Phantastische Erzählungen

Edgar Allan Poe

Phantastische Erzählungen

mit Illustrationen
von Karel Hruška

Vitalis

Die Deutsche Bibliothek – CIP-Einheitsaufnahme
Ein Titeldatensatz für diese Produktion ist bei
Der Deutschen Bibliothek erhältlich.

Konrad-Utz-Straße 6
D-93437 Furth im Wald

ISBN 3-934774-65-2

Aus dem Amerikanischen übersetzt von:
Fanny Fitting und Wilhelm Cremer
Umschlag und Illustrationen: Karel Hruška
Druck und Bindung: Finidr, Tschechische Republik

Inhalt

Der goldene Käfer

Hallo! Hallo! Er rast im Wahn.
Der Biß der Tarantel ist schuld daran!

All in the Wrong

Vor langen Jahren war ich eng befreundet mit einem Herren William Legrand. Er stammte aus einer alten Hugenottenfamilie, war früher reich und verlor durch eine Reihe von Unglücksfällen sein Vermögen. Um den Demütigungen seiner bedrängten Lage zu entgehen, verließ er seine Vaterstadt New Orleans und siedelte sich in Sullivan's Island bei Charleston in South Carolina an.

Diese Insel ist sehr sonderbar. Sie besteht eigentlich nur aus Seesand, ist ungefähr drei Meilen lang und an keiner Stelle breiter als eine Viertelmeile. Vom Festlande trennt sie ein kleiner Wasserlauf, der langsam durch eine Wildnis von Ried[1] und Schlamm, dem Lieblingsaufenthalt der Sumpfhenne, sickert. Wie sich denken läßt, ist die Vegetation dürftig und zwerghaft. Nirgends ist ein Baum von einiger Höhe zu sehen. Nur am Westende, bei Fort Moultrie, wo einige armselige Holzhäuser im Sommer von Leuten, die vor dem Staub und dem Fieber der Stadt Charleston flüchten, bewohnt sind, kann man die stachelige Zwergpalme noch finden; aber die ganze Insel, mit Ausnahme dieses westlichen Teiles und einer Strecke harter weißer Strandkiesel an der Seeküste, ist mit dem dicken Unterholz jener Myrten bedeckt, die die englischen Gärtner so sehr schätzen. Das Gebüsch erreicht hier oft eine Höhe von 15 bis 20 Fuß[2] und bildet ein fast undurchdringliches Dickicht, das die Luft mit Wohlgeruch erfüllt. Im verborgensten Schlupfwinkel dieses Dickichts hatte sich Legrand eine Hütte gebaut, die er bewohnte, als ich ganz zufällig seine Bekanntschaft machte. Diese wurde bald zur Freundschaft, denn der Einsiedler hatte

---

[1] Schilf.

[2] Ein englischer Fuß entspricht 30,48 cm.

manchen Zug, der Interesse und Achtung erregte. Ich fand ihn sehr gebildet, mit außergewöhnlicher Urteilskraft, aber zur Menschenfeindlichkeit geneigt und raschem Stimmungswechsel von der Begeisterung zum Trübsinn unterworfen. Er hatte viele Bücher, benutzte sie aber selten. Sein Hauptvergnügen war Jagen, Fischen und über den Kies und durch die Myrten schlendern, auf der Suche nach Muscheln und entomologischen[1] Seltenheiten. Seine Sammlung von solchen hätte den Neid eines Swammerdamm[2] erregt. Bei diesen Ausflügen begleitete ihn gewöhnlich ein alter Neger namens Jupiter, der frei gelassen worden war, bevor die Familie in Not geriet, der aber weder durch Drohungen noch durch Versprechungen veranlaßt werden konnte, auf das vermeintliche Recht zu verzichten, seinem jungen Massa Will auf Schritt und Tritt zu folgen. Wahrscheinlich hatten die Verwandten von Legrand, die ihn für etwas geistesgestört hielten, dem Neger diese Hartnäckigkeit beigebracht, um den Wanderer unter Schutz und Aufsicht zu wissen.

Sullivan's Island hat ein so mildes Klima, daß ein strenger Winter sehr selten ist, und wenn einmal im Jahre geheizt werden muß, ist dies ein ausnahmsweises Ereignis. Aber Mitte Oktober 18.. kam doch einmal ein auffallend kalter Tag. Kurz vor Sonnenuntergang arbeitete ich mich durch das immergrüne Gestrüpp hindurch zur Hütte meines Freundes, den ich seit mehreren Wochen nicht gesehen hatte, da ich damals in Charleston wohnte, etwa 9 Meilen von der Insel entfernt, und die Verkehrsmittel sehr viel rückständiger waren als heutzutage. An der Hütte angelangt, klopfte ich wie gewöhnlich, und da ich keine Antwort erhielt, suchte ich den Schlüssel an seinem Versteck, das mir bekannt war, öffnete die Tür und trat ein. Im Herd loderte ein helles Feuer. Das war etwas Neues, aber durchaus nichts Unangenehmes. Ich warf meinen Überrock ab, zog einen Sessel nahe an die knisternden Scheite und erwartete geduldig die Rückkehr meiner Gastgeber. Sie kamen bald nach Ausbruch der Dunkelheit und begrüßten mich aufs herzlichste. Jupiter, von einem Ohr zum andern grinsend, machte sich mit

[1] Die Insektenforschung betreffend.
[2] Jan Swammerdamm (1637-1680); seine Untersuchungsmethoden waren bedeutend für die Insektenkunde und Anatomie.

viel Geräusch daran, ein paar Sumpfhühner zu braten. Legrand hatte einen seiner Anfälle von – ja, wie soll ich sie nennen? – von Verzückung. Er hatte eine unbekannte zweischalige Muschel gefunden, die eine neue Art darstellte, und – was ihm noch mehr bedeutete – er hatte mit Jupiters Hilfe einen Skarabäus müde gejagt und gefangen, einen Skarabäus, den er für ganz unbekannt hielt, über den er aber morgen meine Meinung zu hören wünschte.

„Warum nicht schon heute Abend?" fragte ich, meine Hände über der Flamme reibend und das ganze Volk der Skarabäen zum Teufel wünschend.

„Ach, wenn ich nur gewußt hätte, daß Sie hier sind," sagte Legrand, „aber ich habe Sie solange nicht gesehen und wie konnte ich ahnen, daß Sie mich gerade am heutigen Abend besuchen werden? Auf dem Heimwege traf ich Leutnant G. vom Fort und törichterweise lieh ich ihm den Käfer. Deshalb können Sie ihn unmöglich vor morgen sehen. Bleiben Sie hier über Nacht, dann lasse ich ihn von Jupiter holen bei Sonnenaufgang. Es ist das reizendste Ding der Schöpfung."

„Was – Sonnenaufgang?"

„Unsinn, nein, der Käfer. Er ist glänzend goldfarbig. Etwa von der Größe einer Walnuß, mit zwei kohlschwarzen Flecken an der einen Seite des Rückens und einem etwas längeren an der anderen. Die Fühler sind ..."

„Sein keine da, Massa Will, sage es Ihnen immer Massa Will," unterbrach Jupiter, „ist Käfer aus Gold, innen und alles, nie einen so schweren Käfer gesehen im ganzen Leben."

„Meinetwegen, nimm an, so sei es," antwortete Legrand etwas ernster, schien mir, als nötig, „ist das ein Grund, die Hühner anbrennen zu lassen? – Die Farbe" – hier wandte er sich an mich – „ist tatsächlich so, daß man Jupiter recht geben möchte. Sie haben nie einen leuchtenderen metallischen Glanz gesehen, als die Flügeldecken ausstrahlen. Aber darüber können Sie erst morgen urteilen. Inzwischen will ich Ihnen einen Begriff von der Gestalt geben. Mit diesen Worten setzte er sich an einen kleinen Tisch, wo Feder und Tinte waren, aber kein Papier. Er suchte in einer Schublade, fand aber nichts.

„Gleichviel," sagte er schließlich, „dieses wird auch genügen," und er zog aus seiner Westentasche einen Fetzen, den ich für ein sehr schmutziges Stück Kanzleipapier hielt, und machte darauf eine flüchtige Zeichnung mit der Feder. Ich blieb währenddessen am Feuer sitzen, denn mich fror noch immer. Nachdem er mit der Zeichnung fertig war, reichte er sie mir ohne aufzustehen. Als ich sie ergriff, ertönte ein lautes Knurren und Kratzen an der Tür. Jupiter öffnete und Legrands großer Neufundländer stürzte herein, sprang an meine Schultern und überhäufte mich mit Liebkosungen, denn ich hatte ihm bei meinen früheren Besuchen viel Aufmerksamkeit geschenkt. Als diese Freudensprünge vorbei waren, sah ich auf das Papier und war – ehrlich gesagt – nicht wenig bestürzt über meines Freundes Malerei.

„Na," sagte ich, nachdem ich sie einige Zeit betrachtet hatte, „das ist ein sonderbarer Skarabäus, muß ich gestehen, und mir ganz neu; habe noch nie etwas Derartiges gesehen – außer etwa, wenn es ein Schädel oder ein Totenkopf sein sollte, dem dieser Käfer ähnlicher sieht als irgend sonst etwas, das mir bisher vor Augen kam."

„Ein Totenkopf," wiederholte Legrand, „o ja, gewiß, er hat zweifellos eine gewisse Ähnlichkeit damit – auf dem Papier. Die beiden oberen schwarzen Flecken sehen wie Augen aus, nicht? und der längere unten wie ein Mund – und dann ist die Form des Ganzen oval."

„Vielleicht," sagte ich, „aber, Legrand, ich fürchte, Sie sind kein großer Künstler. Ich muß warten, bis ich den Käfer selbst sehe, wenn ich mir von seinem körperlichen Aussehen einen Begriff machen soll."

„Ich weiß nicht," sagte er etwas gereizt, „ich kann ganz erträglich zeichnen, oder sollte es wenigstens können, da ich gute Lehrer hatte und mir schmeichle, kein Dummkopf zu sein."

„Aber, mein lieber Junge, dann machen Sie Spaß, das ist wirklich ein ganz netter Schädel, ja wirklich, ich kann wohl sagen, ein famoser Schädel, so wie man sich im allgemeinen diese physiologischen Objekte vorstellt, und Ihr Skarabäus muß der ulkigste Skarabäus von der Welt sein, wenn er diesem ähnlich sieht. Was? Wir werden einen schauerlichen Aberglauben damit hervorrufen. Ich nehme an, daß Sie den Käfer ‚scarabaeus caput hominis' nennen werden – es gibt ja so viele derartige Bezeichnungen in der Naturgeschichte. Aber wo sind denn die Fühler, von denen Sie sprachen?"

„Die Fühler," sagte Legrand, der unglaublich heftig über die Angelegenheit wurde, „ich meine, Sie müßten die Fühler genau sehen. Ich machte sie so deutlich, wie sie auf dem Insekt selbst zu sehen sind, und ich denke, das sollte genügen."

„Mag sein," sagte ich, „vielleicht haben Sie das getan, aber ich sehe sie nicht", und ich gab ihm das Papier zurück ohne weitere Bemerkung, da ich ihn nicht aus der Fassung bringen wollte; aber ich war doch sehr erstaunt über die Wendung, die diese Sache nahm, seine Verstimmung verwirrte mich und – auf der Zeichnung des Käfers waren tatsächlich keine Fühler sichtbar; das ganze sah den üblichen Abbildungen von Totenköpfen äußerst ähnlich.

Er nahm das Papier recht verdrießlich und wollte es gerade zerknüllen, um es ins Feuer zu werfen, als ein zufälliger Blick auf die Zeichnung plötzlich seine Aufmerksamkeit zu erregen schien. Einen Augenblick wurde sein Gesicht tiefrot – im nächsten schneebleich. Während einiger Minuten fuhr er fort, die Zeichnung von seinem Platze aus sehr genau zu untersuchen. Schließlich stand er auf, nahm eine Kerze vom Tische und setzte sich auf eine Seemannskiste in der entgegengesetzten Ecke des Zimmers. Hier wiederholte er die sorgfältige Prüfung des Papieres und drehte es nach allen Seiten. Doch sagte er nichts und sein Benehmen erstaunte mich aufs äußerste; ich fand es aber ratsam, seine zunehmende üble Laune nicht noch durch irgendeine Bemerkung zu verschlimmern. Er nahm aus seiner Rocktasche einen Geldbeutel, steckte das Papier sorgfältig hinein und legte beides in ein Schreibpult, das er verschloß. Nun wurde er ruhiger in seinem Benehmen, aber sein ursprüngliches begeistertes Aussehen war verschwunden. Doch schien er weniger verdrießlich als geistesabwesend. Je länger der Abend sich hinzog, je mehr versank er in Träumereien, aus denen ihn auch meine Einfälle nicht reißen konnten. Ich hatte eigentlich beabsichtigt, die Nacht in der Hütte zu verbringen, was ich früher öfters getan hatte, aber als ich meinen Gastgeber in dieser Stimmung sah, hielt ich es für richtiger, mich zu verabschieden. Er redete mir auch nicht zum Bleiben zu, aber als ich fortging, drückte er meine Hand noch herzlicher als gewöhnlich.

Etwa einen Monat später (inzwischen hatte ich von Legrand nichts gehört) empfing ich in Charleston den Besuch seines

Dieners Jupiter. Niemals hatte ich den guten alten Neger so niedergeschlagen gesehen, und ich befürchtete, daß meinem Freunde ein ernstliches Unglück geschehen sei.

„Nun, Jupiter," sagte ich, „was gibt's? Wie geht es deinem Herren?"

„Ja, um Wahrheit zu sagen, er nicht so wohl als sein sollte."

„Nicht wohl? Das tut mir leid, worüber klagt er?"

„Verflucht! Klagt nie nicht, aber doch sehr krank."

„Sehr krank? Jupiter, warum sagtest du das nicht gleich? Ist er ans Bett gebannt?"

„Fand, nichts fand, das ist, wo der Schuh drückt. Mein Herz sehr traurig über armen Massa Will."

„Jupiter, ich möchte wissen, wovon du eigentlich sprichst. Du sagst, dein Herr sei krank. Hat er denn nicht gesagt, was ihm fehlt?"

„Ach Herr, das nicht wert, wild zu werden. Massa Will gar nicht sagt was los ist, aber warum läuft er so herum, mit Kopf unten und Schultern hoch und weiß wie Gans und immer Ziffern herumtragen?"

„Was trägt er?"

„Ja, Ziffern und Zahlen auf der Schiefertafel, so kuriose Zahlen, wie Jupiter nie gesehen. Jupiter wird sich bald fürchten. Muß immer ein Auge auf ihn haben. Neulich ist er mir ganzen Tag durchgegangen, ganz früh am Morgen, Jupiter hat großen Stock geschnitten, Massa Will fest durchhauen wollen, aber dummer Nigger nicht übers Herz gebracht, Massa so schlecht ausgesehen."

„Soso? Eigentlich meine ich, du solltest nicht so streng sein mit dem armen Kerl, mußt ihn nicht hauen, Jupiter, er wird es nicht vertragen, aber weißt du denn gar nicht, woher seine Krankheit kommen kann? Oder sein verändertes Benehmen? Ist irgend etwas Unangenehmes geschehen seit ich bei euch war?"

„Nein, Herr, nichts geschehen seit Sie da waren, fürchte es war vorher, Tag selbst als Sie da waren."

„Wieso? Was meinst du damit?"

„Ach, Herr, Jupiter meint den Käfer, das ist's."

„Den – was?"

„Den Käfer. Jupiter ganz sicher, Goldkäfer hat Massa Will am Kopf gebissen."

„Und welchen Grund hast du, Jupiter, für eine solche Behauptung?“

„Mund genug und Pfoten auch. Nie so verdammten Käfer gesehen. Tötet und beißt alles was nahe kommt. Massa hat ihn festgehalten, aber rasch wieder loslassen müssen, sage ich Ihnen. Damals hat Käfer ihn gebissen. Jupiter hat Maul von Käfer nicht leiden mögen, nicht ihn mit Fingern angerührt, Stück Papier genommen, das gefunden hatte, Käfer eingewickelt, und Stückel von Papier in Maul gestopft. So war's.“

„Und du denkst, daß dein Herr wirklich von dem Käfer gebissen wurde und der Biß ihn krank machte?“

„Jupiter denkt nicht, Jupiter weiß. Warum träumt er von Goldkäfer soviel, wenn Käfer ihn nicht gebissen hat? Jupiter hat solche Sachen von Goldkäfern gehört, früher schon.“

„Aber woher weißt du, daß er von Gold träumt?“

„Woher weiß? Weil Massa im Schlaf spricht – daher weiß.“

„Nun, Jupiter, vielleicht hast du recht. Aber welchem glücklichen Umstande verdanke ich die Ehre deines heutigen Besuches?“

„Was ist los, Herr?“

„Hast du einen Auftrag an mich von Herrn Legrand?“

„Nein, Herr. Nur hier den Zettel.“

Und dabei überreichte mir Jupiter ein Briefchen folgenden Inhalts:

„Lieber Freund, warum haben Sie sich so lange nicht sehen lassen. Ich hoffe doch, daß Sie nicht so töricht waren mir eine meiner kleinen Schroffheiten übel zu nehmen; doch nein, das ist unwahrscheinlich. Seit ich Sie zuletzt sah, hatte ich Veranlassung zu großer Unruhe. Ich möchte Ihnen etwas sagen, aber ich weiß nicht recht, wie ich es sagen soll und ob ich es überhaupt sagen soll. In den letzten Tagen war ich nicht recht wohl und mein guter alter Jupiter quälte mich bis zur Unverträglichkeit mit seiner gutgemeinten Aufmerksamkeit. Können Sie sich vorstellen, daß er neulich einen großen Stock zurecht gelegt hatte, um mich zu züchtigen, weil ich ihm entwischt war, um den Tag solo in den Bergen des Festlandes zu verbringen? Ich glaube tatsächlich, daß nur mein schlechtes Aussehen mich davor bewahrte, Prügel zu bekommen.

Ich habe seither nichts Neues für meine Sammlung gefunden.

Wenn Sie irgend können, richten Sie es so ein, daß Sie mit Jupiter herüber kommen. Bitte kommen Sie. Ich möchte Sie heute Abend noch sehen wegen einer wichtigen Angelegenheit. Ich versichere Sie, es ist von größter Wichtigkeit.

Stets der Ihrige
William Legrand."

Im Tone dieses Schreibens lag etwas für mich Beunruhigendes. Der ganze Stil war wesentlich anders als Legrand sonst schrieb. Wovon konnte er träumen? Welche neue Grille beherrschte seinen so leicht erregbaren Geist? Welche „Angelegenheit von größter Wichtigkeit" konnte er möglicherweise zu erledigen haben? Jupiters Bericht über ihn versprach nichts Gutes. Ich fürchtete, daß unter dem dauernden Druck des Unglücks der Verstand meines Freundes völlig aus dem Gleichgewicht geraten sei. Deshalb entschloß ich mich ohne einen Augenblick des Zögerns, den Neger zu begleiten.

Als wir das Ufer erreichten, bemerkte ich, daß auf dem Boden des Bootes, das wir besteigen sollten, eine Sichel und zwei Spaten lagen, alle drei offenbar neu.

„Was soll das alles bedeuten, Jupiter", fragte ich.

„Sein Sichel und Spaten."

„Gewiß, aber was haben die hier zu suchen?"

„Sein Sichel und Spaten, Jupiter mußte für Massa in Stadt kaufen und Teufelsmenge Geld dafür geben."

„Aber, im Namen alles Geheimnisvollen, was will dein Herr mit Sichel und Spaten anfangen?"

„Das mehr als Jupiter weiß. Und Teufel soll Jupiter holen, wenn Massa selbst weiß. Kommt aber alles von Käfer."

Da ich merkte, daß aus Jupiter nichts herauszubekommen war, da sein ganzer Geist vom „Käfer" eingenommen schien, stieg ich ins Boot und setzte die Segel bei. Bei schöner steifer Brise landeten wir bald in dem kleinen Schlupfhafen nördlich von Fort Moultrier, und eine Wanderung von etwa zwei Meilen brachte uns zur Hütte. Es war ungefähr drei Uhr nachmittags, als wir ankamen. Legrand hatte uns mit heftiger Ungeduld erwartet. Er ergriff meine Hand mit einem nervösen Empressement, das mich erschreckte und meine schon vorher gehegten Befürchtungen noch bestärkte. Sein Aussehen war blaß, ja totenbleich, und seine tiefliegenden Augen blickten wild mit unnatürlichem Glanze. Nachdem ich mich nach seiner Gesundheit erkundigt hatte, fragte ich, da ich nichts Besseres zu sagen wußte, ob er den Skarabäus von Leutnant G. zurückerhalten habe.

„O ja," antwortete er heftig errötend, „er gab ihn mir am folgenden Morgen zurück. Nichts wird mich jemals dazu bringen, mich von diesem Skarabäus zu trennen. Wissen Sie, daß Jupiter ganz recht hatte?"

„Inwiefern?" fragte ich mit trauriger Ahnung im Herzen.

„Als er vermutete, daß der Käfer aus echtem Golde sei."

Er sagte dies in tiefem Ernst und ich war unsagbar betroffen.

„Dieser Käfer wird mir Glück bringen," fuhr er mit triumphierendem Lächeln fort, „er soll mir meine Familienbesitzungen wieder verschaffen. Ist es also ein Wunder, wenn ich ihn preise? Da das Schicksal es für gut fand, ihn mir zu schenken, muß ich ihn nur richtig gebrauchen, um das Gold zu finden, dessen Verkünder er ist. Jupiter, gib mir den Skarabäus."

„Was, den Käfer, Herr? Möchte lieber den Käfer nicht stören. Sie müssen ihn selbst holen."

Legrand stand auf mit ernster und würdiger Miene und brachte mir den Käfer aus einem Glaskasten, in dem er gelegen hatte. Es war ein schöner Skarabäus und damals den Naturkundigen unbekannt, also vom wissenschaftlichen Standpunkte aus sehr wertvoll. Zwei schwarze Flecken waren an einem Ende des Rückens und ein längerer am anderen. Die Flügeldecken waren außerordentlich hart und glänzend und sahen genau aus wie poliertes Gold. Das Gewicht des Insekts war sehr groß, und wenn ich alles in Betracht zog, konnte ich Jupiters Ansicht darüber kaum tadeln, aber was ich aus Legrands Übereinstimmung mit dieser Ansicht machen sollte, konnte ich mit dem besten Willen nicht sagen.

„Ich schickte nach Ihnen," sagte er in großsprecherischem Tone, als ich meine Untersuchung des Käfers beendet hatte, „ich schickte nach Ihnen, um Ihren Rat und Ihre Hilfe zu haben, um die Absichten des Schicksals zu fördern und bezüglich des Käfers ..."

„Mein lieber Legrand," rief ich ihn unterbrechend, „Sie sind sicher unwohl und sollten lieber ein wenig vorsichtig sein. Sie werden sich zu Bett legen, und ich werde einige Tage bei Ihnen bleiben, bis Sie's überstanden haben. Sie sind fiebrig und ..."

„Fühlen Sie meinen Puls", sagte er.

Ich fühlte ihn und, ehrlich gesagt, fand nicht das geringste Anzeichen von Fieber.

„Aber Sie können auch krank sein, ohne Fieber zu haben. Erlauben Sie mir dieses einzige Mal, Ihnen etwas zu verschreiben. Zunächst legen Sie sich zu Bett. Sodann ..."

„Sie irren sich," widersprach er, „ich fühle mich so wohl, wie es möglich ist bei der Aufregung, unter der ich leide. Wenn Sie es wirklich gut mit mir meinen, erlösen Sie mich von dieser Erregung."

„Und wie kann das geschehen?"

„Sehr leicht, Jupiter und ich machen einen Ausflug in die Berge, auf das Festland, und auf diesem Ausfluge brauchen wir die Hilfe eines Menschen, auf den wir uns verlassen können. Sie sind der einzige, dem wir trauen. Gleichviel ob es gelingt oder mißglückt, wird die Aufregung, in der Sie mich jetzt sehen, beschwichtigt werden."

„Es drängt mich, Ihnen in jeder Weise gefällig zu sein," antwortete ich, „aber wollen Sie behaupten, daß dieser Höllenkäfer in irgendeinem Zusammenhang steht mit Ihrem Ausflug in die Berge?"

„So ist es."

„Dann, lieber Legrand, nehme ich an einem so lächerlichen Vorhaben nicht teil."

„Das betrübt mich sehr, denn dann müssen wir es allein versuchen."

„Es allein versuchen! Mann, Sie sind gewiß verrückt? Aber halt! Wie lange beabsichtigen Sie fortzubleiben?"

„Wahrscheinlich die ganze Nacht. Wir werden uns sofort auf den Weg machen und jedenfalls bei Sonnenaufgang zurück sein."

„Und wollen Sie auf Ehrenwort versprechen, daß, wenn dieser närrische Einfall überstanden und die Käfergeschichte – großer Gott! – zu Ihrer Zufriedenheit erledigt ist, Sie nach Hause zurückkommen und meinen Rat genau befolgen werden, als wäre ich Ihr Arzt?"

„Jawohl, ich verspreche es. Und nun lassen Sie uns aufbrechen, denn wir haben keine Zeit zu verlieren."

Schweren Herzens begleitete ich meinen Freund. Wir verließen ungefähr um vier Uhr die Hütte, Legrand, Jupiter, der Hund und ich. Jupiter hatte die Sichel und die Spaten bei sich und bestand darauf, sie zu tragen, ich glaube mehr aus Angst davor, eins der Geräte in Greifweite seines Herrn zu lassen, als aus besonderem Eifer oder großer Zuvorkommenheit. Sein Benehmen war äußerst störrisch und „der verdammte Käfer" waren die einzigen Worte, die während des Ausflugs über seine Lippen kamen.

Ich meinerseits hatte ein paar Blendlaternen zu tragen, während Legrand sich mit dem Käfer begnügte, den er an einer Peitschenschnur befestigt trug und beim Gehen hin und her wirbelte wie ein Beschwörer.

Als ich diesen offenbaren Beweis von meines Freundes Geistesgestörtheit bemerkte, konnte ich mich kaum der Tränen erwehren. Aber ich hielt es doch für am besten, seine Laune zu befriedigen, wenigstens einstweilen, oder bis ich mit einiger Aussicht auf Erfolg energischere Maßnahmen ergreifen konnte. Inzwischen bemühte ich mich, aber vergeblich, ihn über den Zweck der Unternehmung auszufragen. Nachdem er mich dazu gebracht hatte, ihn zu begleiten, schien er sich nicht über irgendein Thema von geringerer Bedeutung unterhalten zu wollen, und auf alle meine Fragen würdigte er mich keiner anderen Antwort als: „Wir werden sehen."

Wir setzten im Ruderboot über den Bach an der Spitze der Insel und, die Anhöhen am Ufer des Festlandes ersteigend, schritten wir in nordwestlicher Richtung vorwärts durch ein äußerst wildes und unheimliches Gebiet, wo keine Menschenspur zu sehen war. Legrand führte mit Sicherheit, nur hie und da einen Augenblick stehen bleibend, offenbar um sich nach gewissen Wegezeichen umzusehen, die er selbst bei einer früheren Gelegenheit angebracht hatte.

So waren wir etwa zwei Stunden gewandert, und die Sonne ging gerade unter, als wir in die düsterste Gegend kamen, die ich je gesehen habe. Es war eine Art von Tafelland[1], nahe bei dem Gipfel eines fast unzugänglichen Berges, dicht bewaldet

[1] Berg von vorwiegend flacher Gesteinsschichtung, dessen oberer Teil ein Plateau bildet.

vom Fuß bis zur Spitze und mit großen Felsen bestreut, die lose auf der Erde zu liegen schienen und häufig nur durch die Stütze der Bäume, an die sie gelehnt waren, davor bewahrt wurden, in die Täler hinunter zu stürzen. Tiefe Schluchten nach den verschiedensten Richtungen gaben der Gegend das Aussehen einer furchtbar düsteren Feierlichkeit.

Die natürliche Plattform, die wir erklommen hatten, war dicht bewachsen mit Dornengebüsch und wir merkten bald, daß es ohne die Sichel unmöglich gewesen wäre, uns einen Weg hindurchzubahnen; Jupiter begann nach Anweisung seines Herrn einen Pfad für uns freizumachen zum Fuße eines riesigen Tulpenbaumes[1], der auf der Höhe stand bei acht oder zehn Eichen, die er alle überragte. Er übertraf überhaupt alle Bäume, die ich je gesehen hatte; durch die Schönheit seiner Gestalt und seines Laubwerks, die weiten Ausbreitungen seiner Zweige und die allgemeine Majestät seiner Erscheinung. Als wir an dem Baume ankamen, wandte sich Legrand an Jupiter und fragte ihn, ob er glaube, daß er hinaufklettern könne. Der alte Mann schien durch die Frage etwas verblüfft und antwortete zunächst gar nicht. Schließlich trat er näher an den riesigen Stamm, umschritt ihn langsam und prüfte ihn mit genauester Aufmerksamkeit. Als er seine Nachforschung beendet hatte, sagte er nur:

„Ja, Herr, Jupiter auf jeden Baum klettert, den er im Leben sieht."

„Dann herauf mit dir, so rasch wie möglich, sonst wird es bald zu dunkel für unser Vorhaben."

„Wie weit muß herauf, Massa?" fragte Jupiter.

„Steige erst den Hauptstamm hinauf, dann werde ich dir sagen, nach welcher Seite du weiter klettern sollst und – halt! – nimm diesen Käfer mit."

„Den Käfer, Massa Will, den goldenen Käfer", schrie der Neger, „auf den Baum heraufnehmen! Verflucht, wenn ich's tue!"

„Wenn du dich fürchtest, Jupiter, ein großer Kerl von einem Neger wie du, dich fürchtest, einen harmlosen kleinen toten Käfer festzuhalten, so magst du ihn an dieser Schnur herauftragen – aber wenn du ihn nicht irgendwie

[1] Ein zu den Magnoliengewächsen gehörender, häufig in Parkanlagen gepflanzter Baum mit tulpenähnlichen, einzelnstehenden Blüten und großen schildförmigen Blättern.

mitnimmst, werde ich mich genötigt sehen, dir mit dieser Schaufel den Schädel einzuschlagen."

„Was das wieder heißen soll, Massa," sagte Jupiter sichtlich beschämt und unterwürfig, „Massa will immer Spaß machen mit altem Neger. Habe auch nur Spaß gemacht. Ich mich fürchten vor Käfer! Was mir liegt an Käfer!" Damit ergriff er vorsichtig das äußerste Ende der Schnur, hielt das Insekt so weit von sich ab, wie es irgend ging, und stellte sich bereit, um den Baum zu besteigen.

Der Tulpenbaum – Liliodendron tulipiferum – der herrlichste Baum der amerikanischen Wälder, hat in seiner Jugend einen besonders glatten Stamm und gelangt oft zu beträchtlicher Höhe ohne seitliche Äste. Aber im höheren Alter wird die Rinde uneben und knorrig und viele kurze Auswüchse erscheinen am Stamm. In diesem Falle lag also die Schwierigkeit der Besteigung mehr im Anschein als in der Wirklichkeit.

Den mächtigen Kegel so fest wie möglich mit Armen und Knien umschlingend, mit den Händen einige Auswüchse ergreifend und auf andere sich mit den nackten Zehen stützend, so schlängelte sich Jupiter, nachdem er ein- oder zweimal fast heruntergefallen wäre, schließlich in die erste große Gabelung und schien die ganze Sache eigentlich für erledigt zu halten. Die Gefahr des Unternehmens war auch tatsächlich jetzt vorüber, obgleich der Kletternde 60 oder 70 Fuß vom Boden entfernt war.

„Welche Seite muß Jupiter jetzt gehen, Massa?"

„Bleibe weiter auf dem größten Ast, hier auf dieser Seite", sagte Legrand. Der Neger gehorchte sofort, anscheinend ziemlich mühelos. Er kletterte höher und höher, bis durch das dichte Laubwerk, das ihn umgab, keine Spur seiner untersetzten Gestalt mehr sichtbar war. Jetzt hörten wir seine Stimme laut schreien:

„Wie weit soll noch gehen?"

„Wie hoch bist du?"

„Ganz hoch", antwortete der Neger. „Kann Himmel sehen durch Spitze vom Baum."

„Der Himmel geht dich nichts an, aber paß auf, was ich dir sage. Sieh am Stamm herunter und zähle die Äste unter dir auf dieser Seite. An wievielen bist du vorüber?"

„Eins, zwei, drei, vier, fünf. Bin an fünf dicke Äste vorbei auf dieser Seite."

„Dann geh noch einen höher."

Nach wenigen Minuten hörten wir die Stimme wieder, diesmal meldend, daß der siebente Ast erreicht sei.

„Jetzt, Jupiter," schrie Legrand, offenbar sehr erregt, „sollst du auf diesem Ast vorwärts gehen, soweit du kannst. Wenn du irgend etwas Besonderes siehst, sage es mir."

Nun war jeder Zweifel, den ich noch über meines Freundes Geistesgestörtheit hegen konnte, ausgeschlossen. Ich mußte ihn für wahnsinnig halten und wurde wirklich ängstlich, wie ich ihn nach Hause bringen könnte. Während ich darüber grübelte, was geschehen sollte, ließ Jupiters Stimme sich wieder vernehmen.

„Habe sehr Angst auf diesem Ast weiter gehen, ist toter Ast fast überall."

„Sagtest du, es sei ein toter Ast, Jupiter?" schrie Legrand mit zitternder Stimme.

„Ja, Massa, er tot wie ein Türnagel, ganz sicher tot – hier kein Leben drin."

„Was in Gottes Namen soll ich tun?" fragte Legrand offenbar in größter Verzweiflung.

„Tun!" sagte ich, froh, daß ich eine Gelegenheit hatte, ein Wort einzulegen; „nach Hause gehen und sich ins Bett legen! Kommen Sie, seien Sie vernünftig. Es wird spät und außerdem denken Sie an Ihr Versprechen."

„Jupiter," schrie er, ohne mich im geringsten zu beachten, „kannst du mich verstehen?"

„Ja, Massa verstehe Sie ganz gut."

„Versuche mit deinem Messer, ob das Holz sehr morsch ist."

„Ist morsch, Herr, ganz gewiß", antwortete der Neger nach wenigen Augenblicken. „Aber nicht so sehr morsch, wie könnte sein. Will mich weiter wagen auf dem Ast, aber allein, das ist wahr."

„Allein – was meinst du damit?"

„Oh, meine den Käfer, ist sehr schwerer Käfer. Denke, werfe ihn erst herunter, dann wird Ast nicht brechen vom Gewicht von nur Neger allein."

„Du infamer Spitzbube!" schrie Legrand, sichtlich erleichtert, „was fällt dir ein, mir solchen Unsinn zu erzählen! Wenn du den Käfer herunterwirfst, breche ich dir ganz gewiß das Genick! Hörst du mich, Jupiter?"

„Ja, Massa, brauchen alten Neger nicht so anzuschreien."

„Also hör zu! Wenn du es wagst, auf diesem Ast soweit vorzugehen, wie du ihn für sicher hältst, und dabei den Käfer nicht fallen zu lassen, werde ich dir einen Silberdollar schenken, sobald du herunterkommst."

„Bin soweit, Massa, tatsächlich bin ich", antwortete der Neger, „sehr bald fast ganz am Ende."

„Ganz am Ende!" Legrand schrie es fast ängstlich, „sagtest du, du seist ganz am Ende dieses Astes?"

„Bald bin ich am Ende, Herr, oooh! Herrgott der Gnade! Was ist das hier auf diesem Baum!"

„Nun," rief Legrand höchst entzückt, „was ist es?"

„Oh, ist nichts als ein Schädel, jemand hat sein Kopf auf Baum liegen lassen und die Krähen haben jedes Stückchen Fleisch davon gerissen."

„Ein Schädel sagst du – gut – wie ist er am Aste befestigt? Was hält ihn fest?"

„Gleich, Massa, will nachsehen. Oh, da eine sehr merkwürdige Sache, auf mein Wort, ist ein dicker Nagel im Schädel, hält ihn am Baum fest."

„Also Jupiter, jetzt tu genau, was ich dir sage. Verstehst du mich?"

„Ja, Massa."

„Paß auf, suche das linke Auge des Schädels."

„Hu! Da ist kein einziges Auge mehr."

„Verdammte Dummheit! Kannst du deine rechte Hand von deiner linken unterscheiden."

„Ja, das kann ich, das kann ich alles. Das meine linke Hand, mit der ich Holz hacke."

„Richtig, du bist linkshändig, und dein linkes Auge ist auf derselben Seite wie deine linke Hand. Jetzt denke ich, kannst du auch das linke Auge des Schädels finden, oder die Stelle, wo früher das linke Auge war, hast du es?"

Nun kam eine lange Pause. Endlich fragte der Neger: „Ist linkes Augen von Schädel auch auf selbe Seite wie linke Hand von Schädel? Schädel hat gar kein bißchen Hand mehr. Schadet nichts, habe jetzt linkes Auge, was muß damit tun?"

„Laß den Käfer durchfallen, soweit die Schnur reicht, aber paß auf, daß du die Schnur nicht losläßt."

„Ist alles getan, Herr. Ist ganz leicht, den Käfer durch Höhle stecken. Kann ihn da unten sehen."

Während dieses Gespräches war von Jupiters Körper nichts zu sehen, aber der Käfer, den er herunter gelassen hatte, wurde jetzt am Ende der Schnur sichtbar und glänzte wie eine Kugel aus poliertem Golde in den letzten Strahlen der untergehenden Sonne, die noch die Anhöhen, auf der wir standen, schwach beleuchteten. Der Skarabäus hing ganz frei von den Zweigen weg, und wäre, wenn man ihn losgelassen hätte, zu unseren Füßen niedergefallen. Legrand ergriff sofort die Sichel und machte damit einen kreisförmigen Platz frei, drei oder vier Ellen im Durchmesser, genau unter dem Insekt. Als das geschehen war, befahl er Jupiter, die Schnur loszulassen und vom Baume herunterzukommen.

Nachdem er einen Pflock mit großer Genauigkeit an der Stelle in die Erde getrieben hatte, wo der Käfer hingefallen war, zog mein Freund ein Bandmaß aus der Tasche. Er befestigte ein Ende davon an dem Punkte des Stammes, der dem Pflock am nächsten war, rollte es auf bis an den Pflock und dann noch weiter in der Richtung, die durch die beiden Punkte, Baum und Pflock, schon angegeben war, auf eine Entfernung von etwa 50 Fuß. Jupiter entfernte das Dornendickicht mit der Sichel. An dem so erreichten Platze wurde ein zweiter Pflock eingetrieben und um diesen Mittelpunkt ein kunstloser Kreis von etwa vier Fuß Durchmesser gezogen. Nun ergriff Legrand selbst einen Spaten, gab Jupiter einen und mir auch und bat uns, so rasch wie möglich zu graben. Ehrlich gesagt, hatte ich niemals eine große Vorliebe für eine solche Beschäftigung und in diesem Augenblick würde ich sie besonders gern abgelehnt haben, denn die Nacht brach ein, und ich war von den bisherigen Anstrengungen schon recht müde; aber ich sah keinen Ausweg und fürchtete, durch eine Weigerung meines Freundes Gleichmut zu stören. Wenn ich Jupiters Beistandes sicher gewesen wäre, hätte ich nicht gezögert, den Wahnsinnigen mit Gewalt nach Hause zu schaffen. Aber ich kannte die Anhänglichkeit des alten Negers zu genau, als daß ich hätte hoffen können, er würde mir unter irgendwelchen Umständen in einem persönlichen Streit gegen seinen Herrn beistehen. Ich bezweifelte nicht, daß dieser von irgendeinem der zahlreichen Aberglauben

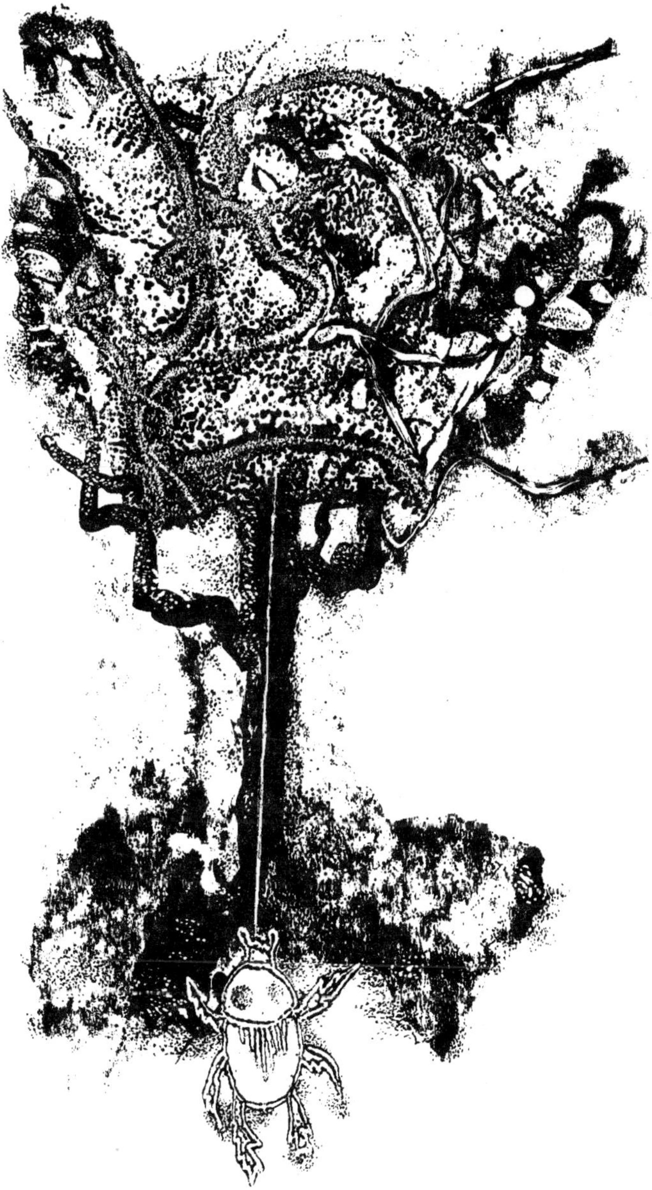

des Südens über vergrabenes Geld angesteckt sei und daß dieser Wahn durch den Fund des Skarabäus Bestätigung gefunden hatte; vielleicht auch durch Jupiters hartnäckige Behauptung, daß es ein Käfer von echtem Golde sei. Ein Geist, der zum Wahnsinn neigte, konnte leicht durch solche Suggestionen irre geführt werden, besonders wenn sie mit vorgefaßten Lieblingsgedanken übereinstimmten. Und dann erinnerte ich mich wieder an meines Freundes Redensart, daß der Käfer ein Verkünder seines Glückes sei. Von alledem war ich traurig und verwirrt, aber ich beschloß doch, aus der Not eine Tugend zu machen, gutwillig zu graben, und dadurch um so früher den Träumer zu überzeugen, wie trügerisch seine Einbildungen seien.

Nachdem wir die Laternen angesteckt hatten, fingen wir alle an zu arbeiten mit einem Eifer, der einer besseren Sache würdig gewesen wäre, und als das Licht auf unsere Personen und Werkzeuge fiel, mußte ich denken, welche malerische Gruppe wir bildeten und wie sonderbar und verdächtig unsere Tätigkeit jedem Beobachter erscheinen mußte, der zufällig auf uns stieße. Wir gruben standhaft weiter während zwei Stunden. Es wurde wenig gesprochen, und unsere größte Verlegenheit war das Bellen des Hundes, der außerordentliches Interesse an unserer Beschäftigung nahm. Schließlich wurde er so geräuschvoll, daß wir fürchteten, er könnte irgendwelche Landstreicher in der Nähe aufmerksam machen. Wenigstens war das Legrands Befürchtung, denn ich selbst hätte mich über jede Störung gefreut, die es mir ermöglicht hätte, den Wanderer heimzuschaffen. Schließlich machte Jupiter in erfolgreicher Weise dem Lärm ein Ende, indem er mit tückischer Entschiedenheit aus der Höhle herausstieg, das Maul des Tieres mit seinem Hosenträger zuband und dann mit einem befriedigten Kichern zu seiner Arbeit zurückkehrte.

Als die angegebene Zeit verstrichen war, hatten wir eine Tiefe von fünf Fuß erreicht, aber noch hatte sich keine Spur eines Schatzes gezeigt. Eine allgemeine Pause trat ein und ich begann zu hoffen, daß die Posse zu Ende sei. Aber obgleich Legrand ziemlich enttäuscht schien, wischte er sich nur gedankenvoll den Schweiß von der Stirne und begann von neuem. Wir hatten den ganzen Kreis von vier Fuß Durchmesser ausgehoben, nun verbreiterten wir den Umfang etwas und gelangten zu einer Tiefe von weiteren zwei Fuß. Aber noch wurde nichts sichtbar. Der Goldgräber, den ich ehrlich bedauerte, kletterte endlich aus der Grube heraus, jeden Zug seines Gesichtes von bitterster Enttäuschung beherrscht, und begann langsam und widerwillig seinen Rock wieder anzuziehen, den er zu Beginn der Arbeit abgelegt hatte. Ich hatte inzwischen keine Bemerkung geäußert. Auf einen Wink seines Herrn sammelte Jupiter die Werkzeuge. Nachdem dies geschehen und der Hund befreit war, gingen wir in tiefem Schweigen heimwärts.

Als wir etwa ein Dutzend Schritte in dieser Richtung getan hatten, ging Legrand mit einem lauten Fluch auf Jupiter zu und packte ihn am Kragen. Der erstaunte Neger sperrte Mund und Augen auf, ließ die Werkzeuge fallen und fiel auf die Knie. „Du Spitzbube," sagte Legrand, die Silben zwischen den geschlossenen Zähnen hervorstoßend, „du verdammter schwarzer Halunke! Antworte mir sofort ohne Umstände, welches ist dein linkes Auge?"

„O Gottchen, Massa Will, ist nicht das ganz sicher mein linkes Auge?" brüllte der erschreckte Jupiter, legte seine Hand auf sein rechtes Sehorgan und behielt sie dort mit verzweifelter Beharrlichkeit, als fürchte er einen sofortigen Angriff seines Herrn, um ihm das Auge auszureißen.

„Ich dachte es mir, ich wußte es, hurra!" schrie Legrand, ließ den Neger los und vollführte eine Anzahl Luftsprünge und Wendungen zum großen Erstaunen seines Dieners, der sich von den Knien erhob und abwechselnd von seinem Herrn zu mir und von mir zu seinem Herrn blickte.

„Kommt, wir müssen zurückgehen," sagte letzterer, „das Spiel ist noch nicht aus", und führte uns wieder zum Tulpenbaume zurück.

„Jupiter," sagte er, als wir am Fuße des Baumes angekommen waren, „höre zu. War der Schädel an dem Ast angenagelt mit dem Gesicht nach außen oder mit dem Gesicht nach dem Ast?"

„Das Gesicht war außen, Herr, daß die Krähen konnten an die Augen kommen ohne Mühe."

„Hast du durch dieses Auge oder durch dieses den Käfer geworfen?" Hier berührte Legrand Jupiters Augen nacheinander.

„Dies war's, Massa, linkes Auge, wie Massa gesagt hat", und dabei zeigte der Neger wieder auf sein rechtes Auge.

„Das genügt, wir wollens nochmal versuchen."

Mein Freund, in dessen Verrücktheit ich jetzt einige Anzeichen von Methode sah oder zu sehen glaubte, entfernte den Pfahl, der die Stelle bezeichnet hatte, wohin der Käfer gefallen war und schlug ihn drei Zoll westlich von seiner früheren Stellung ein. Dann maß er den Abstand vom nächsten Punkt des Stammes zum Pfahl wie vorher, und in gerader Linie in dieser Richtung weiter bis zur Entfernung von 50 Fuß erreichte er einen Punkt, der etwa sieben Ellen von der Stelle entfernt war, wo wir gegraben hatten. Um den neuen Platz wurde ein etwas größerer Kreis beschrieben als beim erstenmal, und wir begaben uns wieder mit den Spaten an die Arbeit. Ich war schrecklich müde, aber ohne recht zu verstehen, was meine Sinnesänderung veranlaßt hatte, fühlte ich jetzt keinen großen Widerwillen mehr gegen die aufgezwungene Arbeit. Mein Interesse war seltsam geweckt, ja ich war sogar erregt. Vielleicht war irgend etwas in Legrands überschwenglichem Benehmen, irgendein Anschein von Ahnung und Überlegung, der mir Eindruck machte. Ich grub eifrig und überraschte mich manchmal dabei, daß ich mit einer Art Erwartung nach dem eingebildeten Schatz Ausschau hielt, dessen Traumbild meinen unglücklichen Gefährten verrückt gemacht hatte. In einem Augenblick, als solche seltsamen Einfälle mich vollständig beherrschten, und als wir etwa anderthalb Stunden gearbeitet hatten, wurden wir wieder durch das heftige Geheul des Hundes gestört. Seine Unbehaglichkeit war beim ersten Mal deutlich gewesen, aber als Folge von Spielerei oder Laune, während er jetzt einen bitteren und ernsten Ton annahm. Als Jupiter erneut versuchte, ihm das Maul zuzubinden, widersetzte er sich wütend, sprang in die Höhle und wühlte rasend mit seinen Pfoten die Erde heraus. In wenigen Sekunden hatte er eine Menge Knochen aufgedeckt, die zwei vollständige menschliche Skelette bildeten, vermischt mit vielen Metallknöpfen und etwas, was der Moder von verfaultem Wollzeug zu sein schien. Ein oder zwei Spatenstiche brachten die Klinge eines spanischen Messers ans Licht und als wir tiefer gruben, kamen drei oder vier lose Gold- oder Silberstücke zutage. Bei diesem Anblick konnte Jupiters Freude kaum gebändigt werden, während seines Herrn Haltung den Ausdruck äußerster Enttäuschung zeigte. Er veranlaßte uns trotzdem, unsere Anstrengungen fortzusetzen, und kaum hatte er ausgesprochen, als ich stolperte und vorwärts fiel, da sich die Spitze meines Stiefels in einem großen eisernen Ring gefangen hatte, der halb versteckt in der losen Erde lag.

Nun arbeiteten wir ernster und niemals habe ich zehn so aufregende Minuten verbracht. In dieser Zeit hatten wir einen länglichen hölzernen Kasten ausgegraben, der so gut erhalten und von so wunderbarer Festigkeit war, als ob er mit metallischen Stoffen durchtränkt wäre, vielleicht mit Quecksilber-Bichlorid. Diese Kiste war dreieinhalb Fuß lang, drei Fuß breit und zweieinhalb Fuß tief. Sie war fest geschlossen, mit schmiedeeisernen Bändern genietet, die eine Art Gitterwerk über dem Ganzen bildeten. An jeder Seite der Truhe, nahe an der Oberfläche, waren drei eiserne Ringe, sechs im Ganzen, an denen sechs Personen sie festhalten konnten. Unsere vereinten äußersten Anstrengungen konnten die Truhe nur wenig aus ihrer Lage bringen. Wir sahen gleich, daß es unmöglich war, ein so großes Gewicht fortzuschaffen. Glücklicherweise bildeten zwei Schiebverschlüsse die einzige Befestigung des Deckels. Wir zogen sie zurück, zitternd und vor Erregung keuchend. Im nächsten Augenblick lag ein Schatz von unberechenbarem Werte leuchtend vor uns. Als das Licht der Laternen in die Grube fiel, loderte aus einem zusammengeworfenen Haufen von Gold und Edelsteinen ein solcher Glanz, ein solches Glühen auf, daß unsere Augen ganz geblendet wurden.

Ich will nicht versuchen, meine Gefühle bei diesem Anblick zu beschreiben. Natürlich war die Überraschung vorherrschend. Legrand schien vor Erregung erschöpft und sprach nur wenige Worte. Jupiters Aussehen zeigte während einiger Minuten eine so geisterhafte Blässe, wie sie bei einem Negergesichte überhaupt möglich ist. Er schien verblüfft, wie vom Donner gerührt. Dann fiel er in der Grube auf die Knie, vergrub seine nackten Arme bis zum Ellenbogen in Gold und ließ sie darin, als ob er die Wonne eines Bades genieße. Dann rief er mit einem tiefen Seufzer wie im Selbstgespräch:

„Das alles kommt vom goldenen Käfer, hübscher goldener Käfer, armer kleiner goldener Käfer, den ich habe auf so wilde Weise beschimpft. Schämst du dich nicht selbst, du Nigger, sag mal?“

Schließlich mußte ich den Herrn sowohl wie den Knecht aufrütteln, da es mir ratsam schien, den Schatz wegzubringen, es wurde schon spät, und große Anstrengung war nötig, um vor Tagesanbruch alles nach Hause zu schaffen.

Es war schwer zu sagen, wie wir es anfangen sollten, und wir verbrachten viel Zeit mit Beratungen, so verwirrt waren alle unsere Gedanken. Endlich machten wir die Kiste dadurch leichter, daß wir ihr zwei Drittel des Inhalts entnahmen, so daß es uns mit einiger Mühe möglich wurde, sie aus der Höhle zu heben. Die herausgeholten Gegenstände wurden in das Gestrüpp gelegt und der Hund als Wache dagelassen mit dem ausdrücklichen Befehl von Jupiter, unter keinen Umständen weder den Ort zu verlassen noch Laut zu geben bis zu unserer Rückkehr. Dann gingen wir eilig mit der Truhe nach Hause und erreichten die Hütte heil, aber nach allzu schwerer Arbeit erst um ein Uhr morgens. Wir waren so erschöpft, daß es nicht menschenmöglich war, gleich noch mehr zu tun. Wir ruhten bis um zwei Uhr, nahmen einen Imbiß, und sofort nachher brachen wir wieder nach den Bergen auf mit drei festen Säcken, die glücklicherweise im Hause lagen. Etwas vor vier Uhr kamen wir an der Grube an, verteilten den Rest der Beute, so gleichmäßig wie möglich, ließen die Höhlen unausgefüllt und machten uns wieder auf den Weg nach der Hütte, wo wir zum zweiten Male unsere goldene Bürde abluden, gerade als die ersten schwachen Streifen des grauenden Morgen durch die Baumwipfel im Osten schienen. Wir waren jetzt vollständig zerschlagen; aber die heftige Aufregung des Augenblicks ließ uns nicht ruhen. Nach einem unruhigen Schlummer von etwa drei oder vier Stunden standen wir auf, wie auf Verabredung, um unseren Schatz zu besichtigen.

Die Truhe war bis zum Rand gefüllt, und wir verbrachten den ganzen Tag und den größten Teil der nächsten Nacht mit der Untersuchung ihres Inhalts. Es war keinerlei Ordnung oder Einteilung darin gewesen. Alles war durcheinander geworfen. Nachdem wir alles geordnet hatten, merkten wir, daß unser Reichtum noch größer war, als wir zuerst vermutet hatten. An gemünztem Gelde waren es mehr als 450.000 Dollar bei möglichst genauer Schätzung der Geldstücke nach dem Kurs der Zeit. Nicht ein Stück Silber, alles nur Gold aus alter Zeit und von den verschiedensten Arten – französisches, spanisches, deutsches Geld, dazu einige englische Guineen und einige Münzen, wovon wir niemals vorher Muster gesehen hatten. Es waren mehrere sehr große und schwere Goldstücke dabei, so abgenutzt, daß wir ihre Inschriften nicht entziffern konnten. Kein amerikanisches Geld. Der Wert der Juwelen war schwieriger abzuschätzen. Da waren Diamanten, manche außerordentlich groß und schön – 110 im ganzen und kein einziger kleiner – 18 Rubine von erstaunlichem Glanz; 310 Smaragde, alle sehr schön; 21 Saphire und 1 Opal. Alle diese Steine waren aus ihren Fassungen gebrochen und lose in die Truhe geworfen. Die Fassungen, die wir aus dem übrigen Golde heraussuchten, schienen mit dem Hammer zerschlagen, wie um jede Feststellung unmöglich zu machen. Außerdem war noch eine große Menge massiven Goldschmuckes da: fast 200 Fingerringe und Ohrringe; 30 schwere Ketten – 83 sehr große und schwere Kruzifixe; 5 goldene Weihrauchfässer von großem Wert; 1 riesengroße goldene Punschbowle, mit schweren getriebenen Weinblättern und bacchischen Figuren verziert und mit zwei entzückend gearbeiteten Schwertgriffen, und viele andere kleinere Stücke, auf die ich mich nicht besinnen kann. Das Gewicht dieser Wertgegenstände war mehr als 350 engl. Pfund, und bei dieser Schätzung habe ich nicht mit eingerechnet 197 prachtvolle goldene Uhren, wovon 3 Stück je 500 Dollar wert waren. Manche waren sehr alt und als Zeitmesser wertlos, da die Werke mehr oder weniger durch Rost gelitten hatten, aber alle waren reich mit Edelsteinen verziert und in Gehäusen von großem Werte. Wir schätzten den ganzen Inhalt der Truhe in dieser Nacht auf eineinhalb Millionen Dollar, und als wir später die Schmucksachen und Juwelen verkauften (wir haben nur wenige zum eigenen Gebrauch zurückbehalten), stellte es sich heraus, daß wir den Wert sehr unterschätzt hatten. Als wir schließlich mit unserer Untersuchung fertig waren, und die heftige Aufregung dieser Zeit sich einigermaßen gelegt hatte, begann Legrand, der merkte, daß ich vor Ungeduld nach des sonderbaren Rätsels Lösung verging, einen genauen Bericht aller damit verbundenen Umstände.

„Sie besinnen sich“, sagte er, „auf die Nacht, als ich Ihnen die flüchtige Skizze des Skarabäus gab. Sie erinnern sich auch, daß ich ganz ärgerlich wurde, weil Sie darauf bestanden, daß die Zeichnung einem Totenkopfe ähnlich sehe. – Zuerst, als Sie diese Behauptung aufstellten, hielt ich sie für einen Scherz; aber dann gedachte ich der sonderbaren Flecken auf dem Rücken des Insekts und gab in Gedanken zu, daß die Bemerkung tatsächlich einigermaßen begründet sei. Aber Ihr spöttisches Lächeln über meine zeichnerischen Fähigkeiten ärgerte mich – denn ich gelte für einen guten Zeichner – und deshalb wollte ich den Pergamentstreifen, als Sie ihn mir zurückgaben, zerknüllen und ärgerlich ins Feuer werfen."

„Den Papierstreifen", sagte ich.

„Nein, er sah zwar genau wie Papier aus, und ich hatte ihn auch zuerst dafür gehalten, aber als ich darauf zeichnete, entdeckte ich, daß es ein Stück ganz dünnes Pergament war. Sie erinnern sich wohl, daß es ganz schmutzig war. Nun, im Begriff es zu zerknüllen, fiel mein Blick auf die Skizze, und Sie können sich mein Erstaunen vorstellen, als ich genau an der Stelle, wohin ich den Käfer gezeichnet zu haben glaubte, die Abbildung eines Totenkopfes entdeckte. Einen Augenblick war ich zu verblüfft, um klar denken zu können. Ich wußte, daß meine Zeichnung ganz anders ausgesehen hatte als diese, obgleich eine gewisse Ähnlichkeit in den allgemeinen Umrissen bestand. Ich ergriff sofort eine Kerze, setzte mich an das andere Ende des Raumes und begann das Pergament sehr genau zu prüfen. Als ich es umdrehte, sah ich auf der Rückseite meine eigene Zeichnung genau wie ich sie gemacht hatte. Mein erster Eindruck war Überraschung über die wirklich auffallende Übereinstimmung der Umrisse und über das sonderbare Zusammentreffen, daß, ohne mein Wissen, ein Schädel auf der anderen Seite des Pergaments gewesen sein sollte, genau unter der Abbildung des Skarabäus, und das dieser Schädel nicht nur im Umriß, sondern auch in der Größe so genau meiner Zeichnung glich.

Wie gesagt, die Sonderbarkeit des Zusammentreffens verblüffte mich einige Zeit. Das ist die übliche Folge solcher Zufälle. Der Verstand bemüht sich, einen Zusammenhang – eine Folge von Ursache und Wirkung – festzustellen und – da er es nicht vermag, erleidet er eine Art von vorübergehender Lähmung. Aber als ich mich von dieser Erstarrung erholt hatte, ging allmählich eine Überzeugung in mir auf, die mich noch mehr überraschte als das Zusammentreffen. Ich konnte mich tatsächlich genau erinnern, daß keine Zeichnung auf dem Pergament war, als ich die Skizze des Skarabäus machte. Das stand nun ganz fest bei mir, denn ich erinnerte mich, daß ich erst die eine, dann die andere Seite umgedreht hatte, um die sauberste Stelle zu suchen. Wenn damals schon der Schädel darauf gewesen wäre, hätte ich ihn nicht übersehen können. Hier war wirklich ein Geheimnis, das aufzuklären ich unfähig war; aber schon damals, so früh schon, schien ganz schwach in den fernsten Kammern meines Gehirns ein glühwürmchengleicher Schimmer jener Wahrheit aufzudämmern, die durch das Abenteuer der vorigen Nacht in so prächtiger Weise bewiesen wurde. Ich stand gleich auf, legte das Pergament sorgfältig fort und unterließ alle weitere Überlegung, bis ich wieder allein war.

Als Sie gegangen waren, und Jupiter fest schlief, begab ich mich an eine methodischere Untersuchung der Sache. Zunächst überlegte ich, auf welche Weise das Pergament in meinen Besitz gelangt war. Die Stelle, wo wir den Skarabäus entdeckt hatten, lag an der Küste des Festlandes, etwa eine Meile östlich von der Insel und nur in kurzer Entfernung über der Hochwassergrenze. Als ich ihn nahm, versetzte er mir einen sehr scharfen Biß, der mich veranlaßte, ihn fallen zu lassen. Bevor Jupiter das Insekt, das auf ihn zugeflogen kam, ergriff, sah er sich mit seiner üblichen Vorsicht erst nach einem Blatt oder etwas Ähnlichem um, um es festzuhalten, und dabei fiel sein Blick und auch der meinige auf ein Stück Pergament, das ich damals für Papier hielt. Es lag halb vergraben im Sande, nur eine Ecke ragte heraus. In der Nähe der Stelle, wo wir es fanden, bemerkte ich die Überreste eines Schiffsrumpfes, der vielleicht einmal eine Pinasse[1] gewesen war. Das Wrack schien schon sehr lange dagelegen zu haben, denn die Ähnlichkeit mit Bootsrippen konnte kaum mehr nachgewiesen werden. Also, Jupiter hob das Pergament auf, wickelte den Käfer hinein und gab ihn mir. Bald nachher gingen wir nach Hause und trafen unterwegs Leutnant G. Ich zeigte ihm das Insekt und er bat mich, es ins Fort mitnehmen zu dürfen. Da ich es ihm erlaubte, steckte er es in seine Westentasche, ohne das Pergament, worin

[1] Größeres Beiboot von Kriegsschiffen.

es eingeschlagen war, und das ich weiter in der Hand hielt. Vielleicht fürchtete er, daß ich anderen Sinnes werden könnte und wollte die Beute gleich in Sicherheit bringen. – Sie wissen ja, welche Begeisterung er für alle Dinge hat, die mit Naturgeschichte zusammenhängen. Dabei muß ich nun unwissentlich das Pergament in meine eigene Tasche gesteckt haben.

Sie erinnern sich, daß ich, als ich an den Tisch ging, um die Skizze des Insekts zu machen, kein Papier fand, wo ich es sonst verwahrte. Ich sah in die Schublade und fand keins. Ich durchsuchte meine Taschen in der Hoffnung, irgendeinen alten Brief zu finden, als meine Hand auf das Pergament fiel. So kann ich ganz genau feststellen, auf welche Weise es in meinen Besitz kam, denn die Umstände machten mir besonders starken Eindruck.

Zweifellos werden Sie mich jetzt phantastisch nennen, aber ich hatte schon einen gewissen Zusammenhang gefunden. Ich hatte zwei Glieder einer großen Kette zusammengefügt. Dort lag ein Boot an der Seeküste und nicht weit von dem Boot ein Pergament – kein Papier –, auf dem ein Schädel abgebildet war. Sie werden natürlich fragen, wo ist der Zusammenhang. Ich antworte: Der Schädel oder Totenkopf ist das wohlbekannte Abzeichen der Seeräuber. Die Flagge mit dem Totenkopf wird bei allen Gefechten gehißt. Ich habe gesagt, daß das Stückchen Pergament war, nicht Papier. Pergament ist dauerhaft, fast unzerstörbar. Unbedeutende Dinge werden selten auf Pergament niedergeschrieben, da für alle gewöhnlichen Zwecke des Zeichnens und Schreibens es längst nicht so geeignet ist wie Papier. Diese Überlegung ließ eine gewisse Bedeutung – eine Beziehung zu dem Totenkopfe vermuten. Ich versäumte auch nicht, die Form des Pergaments zu beachten. Obgleich durch irgendeinen Zufall eine Ecke zerstört war, konnte man doch sehen, daß die ursprüngliche Form rechteckig war. In der Tat war es solch ein Streifen, wie man ihn für eine Aufzeichnung wählen würde, für einen Bericht, der lange und sorgfältig bewahrt werden soll."

„Aber," unterbrach ich, „Sie sagten doch, daß der Schädel noch nicht auf dem Pergament war, als Sie die Zeichnung des Käfers machten. Wie können Sie dann einen Zusammenhang nachweisen zwischen dem Boot und dem Schädel, da dieser nach Ihrer eigenen Annahme – Gott weiß wie und von wem – erst gezeichnet wurde, nachdem Sie den Skarabäus skizziert hatten?"

„Ja, darum dreht sich das ganze Geheimnis, obgleich die Lösung mir in diesem Punkte wenig Schwierigkeit verursachte. Meine Schritte waren zuversichtlich und konnten nur ein einziges Ergebnis haben. Ich überlegte z. B. so: Als ich den Skarabäus zeichnete, war kein Schädel auf dem Pergament sichtbar. Als ich die Zeichnung vollendet hatte, gab ich sie Ihnen und beobachtete Sie genau, bis Sie sie zurückgaben. Sie hatten also den Schädel nicht gezeichnet, und niemand anderes war anwesend, der es tun konnte. Also war sie nicht von Menschenhand gemacht worden. Und doch war sie da. An dieser Stelle meiner Überlegungen bemühte ich mich – und es gelang mir auch – mich an jedes Ereignis der fraglichen Zeit zu erinnern. Das Wetter war frostig (o seltener und glücklicher Zufall) und ein Feuer brannte im Herd. Ich war durch körperliche Bewegung erhitzt und saß am Tisch. Sie dagegen hatten einen Stuhl nahe an den Kamin gezogen. Gerade als ich das Pergament in Ihre Hand legte, und als Sie im Begriff waren es zu betrachten, kam Wolf, der Neufundländer, herein und sprang an Ihre Schulter. Mit der linken Hand streichelten Sie ihn und wehrten ihn von sich ab, während Ihre Rechte, die das Pergament hielt, lose zwischen Ihre Knie fiel, in nächste Nähe des Feuers. Einen Augenblick glaubte ich, die Flammen hätten es ergriffen, und wollte Sie aufmerksam machen, aber bevor ich noch sprechen konnte, hatten Sie es weggezogen und sich hinein vertieft. Als ich alle diese Einzelheiten in Betracht zog, zweifelte ich keinen Augenblick, daß die Hitze die Kraft gewesen war, die auf dem Pergament den Schädel zu Tage gebracht hatte, den ich darauf gezeichnet sah. Sie wissen wohl, daß es chemische Präparate gibt und seit Menschengedenken gegeben hat, womit man auf Papier sowohl wie auf Pergament so schreiben kann, daß die Schriftzeichen nur sichtbar werden, wenn sie der Einwirkung des Feuers ausgesetzt sind. Zaffer[1], in aqua regia[2] aufgeweicht und in vier Teilen Wasser aufgelöst, wird zuweilen angewendet; daraus entsteht eine grüne, durch Kobaltchlorur eine rote Farbe. Diese Farben verschwinden für längere oder kürzere

[1] Alte Bezeichnung für Kobaltoxid.

[2] Königswasser; Lösung aus Salzsäure und Salpetersäure im Verhältnis 1:4; K. ist die einzige Flüssigkeit, in der Gold löslich ist.

Zeit, wenn das Material, auf das geschrieben wurde, abgekühlt ist; erscheinen aber wieder unter der abermaligen Einwirkung von Hitze. Ich untersuchte den Totenkopf mit Vorsicht. Sein äußerer Rand – der Rand der Zeichnung, der dem Rand des Pergaments zunächst war, schien sehr viel deutlicher als das übrige. Es war klar, daß der Einfluß der Hitze ungenügend oder ungleich gewesen war. Ich zündete sofort ein Feuer an und unterwarf jeden Teil des Pergaments einer Gluthitze. Zunächst war der einzige Erfolg die Verstärkung der dünnen Linien des Schädels; aber als ich die Versuche fortsetzte, wurde an der Ecke des Streifens, der in der Diagonale der Stelle lag, wo der Totenkopf gezeichnet war, eine Abbildung sichtbar, die ich zunächst für einen Bock hielt. Eine genauere Prüfung überzeugte mich aber, daß es tatsächlich ein Zicklein sein sollte."

„Haha," rief ich, „sicher habe ich kein Recht, über Sie zu lachen, denn anderthalb Millionen sind eine zu ernste Sache für Heiterkeit – aber jetzt können Sie doch kein drittes Glied in Ihre Kette fügen; Sie werden keinen besonderen Zusammenhang finden zwischen Ihren Piraten und einem Geisbock; Piraten, wissen Sie, haben nichts mit Geisböcken zu tun, die gehören mehr ins Gebiet der Bauern!"

„Ich sagte ja schon, daß die Abbildung keinen Geisbock vorstellte."

„Nun, ein Zicklein ist doch ungefähr dasselbe."

„Ungefähr, aber nicht ganz", sagte Legrand. „Vielleicht haben Sie von einem Kapitän Kidd[1] gehört. Ich betrachtete die Abbildung des Tieres sofort als eine Art von Wortspiel oder hieroglyphischer Unterschrift. Die Stelle, wo sie auf dem Pergament angebracht war, brachte mich auf den Gedanken. Der Totenkopf in der entgegengesetzten Ecke machte gleicherweise den Eindruck eines Stempels oder Siegels. Aber ich war bedenklich aus der Fassung gebracht durch das Fehlen von allem anderen, dem Hauptteil meines mutmaßlichen Dokuments, dem Text für den Zusammenhang."

„Ich nehme an, Sie erwarteten, zwischen Stempel und Unterschrift einen Brief zu finden?"

[1] Kidd: engl. Zicklein.

„Irgend etwas Derartiges. Tatsächlich hatte ich die unwiderstehliche Ahnung, daß mir irgendein großes Glück bevorstehe. Ich kann eigentlich nicht sagen warum. Vielleicht war der Wunsch der Vater des Gedankens, aber, wissen Sie, daß Jupiters törichte Worte, daß der Käfer aus echtem Golde sei, meiner Phantasie großen Eindruck machte? Und dazu diese Folge von Ereignissen und Zusammentreffen. – Sie waren alle so außergewöhnlich! Bemerken Sie, welch ein Zufall es war, daß alle diese Ereignisse sich gerade an dem einzigen Tage des Jahres zutrugen, wo es kalt genug war oder sein konnte, um Feuer zu machen, und daß ohne das Feuer oder ohne die Dazwischenkunft des Hundes in eben dem Augenblicke, als er erschien, ich niemals den Totenkopf entdeckt hätte, niemals in den Besitz des Schatzes gelangt wäre?"

„Erzählen Sie weiter. Ich bin sehr gespannt."

„Also, Sie haben natürlich die zahlreichen Geschichten gehört, die tausend unklaren Gerüchte, die im Umlauf sind, über Geld, das Kidd und seine Gefährten irgendwo an der Atlantischen Küste vergraben haben sollen. Diesen Gerüchten mußte doch irgend etwas zu Grunde liegen. Und daß diese Gerüchte so lang und andauernd bestehen konnten, mußte daher kommen, daß der Schatz noch immer vergraben lag. Hätte Kidd seinen Raub einige Zeit verborgen und später zurückgeholt, so wären die Gerüchte uns sicher nicht in der jetzigen unveränderten Form zugetragen worden. Sie müssen beachten, daß die Erzählungen alle von Goldsuchern nicht von Goldfindern handeln. Hätte der Pirat sein Geld wieder bekommen, so wäre die Geschichte damit zu Ende gewesen. Mir schien, als ob irgendein Zufall – sagen wir der Verlust einer Aufzeichnung, die den geheimen Platz beschrieb – ihn der Mittel beraubt habe, es wieder zu finden, und daß dieses Ereignis seinen Nachfolgern zu Ohren kam, die sonst wohl niemals gehört hätten, daß überhaupt ein Schatz verborgen war; deren vergebliche, weil durch nichts geleitete Versuche, ihn zurückzugewinnen, hatten die jetzt so verbreiteten Gerüchte erst entstehen lassen und dann allgemein bekannt gemacht.

Haben Sie jemals gehört, daß ein großer Schatz irgendwo an der Küste ausgegraben wurde?"

„Niemals.“

„Aber es ist wohl bekannt, daß Kidd riesige Mengen aufgehäuft hatte. Deshalb nahm ich sicher an, daß sie noch in der Erde lagen. Es wird sie wohl kaum wundern, wenn ich Ihnen sage, daß ich die Hoffnung nährte, die fast zur Sicherheit wurde, der unter so merkwürdigen Umständen gefundene Pergamentstreifen enthalte eine verlorengegangene Beschreibung des Aufbewahrungsortes.“

„Aber, was taten Sie nun?“

„Ich hielt das Pergament wieder an das Feuer und steigerte die Hitze; aber nichts erschien. Dann kam mir der Gedanke, daß der Schmutzüberzug irgendwie mit meinem Mißerfolg zusammenhängen könne; also spülte ich das Pergament vorsichtig ab, indem ich warmes Wasser darüber goß, legte es dann, den Schädel nach unten, in eine Zinnpfanne und setzte die Pfanne auf einen Schmelzofen mit brennender Holzkohle. Als nach wenigen Minuten die Pfanne ganz heiß geworden war, entfernte ich das Blatt und fand zu meiner unsagbaren Freude, daß es an mehreren Stellen befleckt war mit etwas, was ich für Zahlen hielt, die in Zeilen geordnet waren. Ich legte es wieder in die Pfanne, ließ es noch eine Minute darin, und als ich es herausnahm, war es so, wie Sie es jetzt sehen.“

Nachdem Legrand das Pergament wieder erhitzt hatte, gab er es mir zur Untersuchung. Folgende Zeichen waren mit roter Tinte zwischen dem Totenkopf und dem Zicklein zu sehen:

53±±†305))6*;4826)4±.)4±);806*;48
†8ð60))85;1±(;:±*8†83(88)5*†;46(;88
96?;8)*±(;485);5*†2:*±(;4956*2(5*
– 4)8ð8*;4069285);)6†8)4±±;1(±9;48
081;8:8±1;48†85;4)485†528806*81(±9
;48;(88;4(±?34;48)4±;161;:188;±?;

„Aber“, sagte ich, als ich ihm das Blatt zurückgab, „ich bin noch ebenso im Dunkeln wie vorher. Wenn alle Schätze von Golconda[1] mir als Preis für die Lösung dieses Rätsels versprochen würden, könnte ich sie sicher nicht gewinnen!“

[1] Sagenhafte indische Ruinenstadt bei Hyderabad.

„Und doch“, sagte Legrand, „ist die Lösung längst nicht so schwierig, wie Sie Ihnen bei der ersten flüchtigen Besichtigung der Zeichen scheint. Diese Zeichen bilden – wie sich jedermann denken kann – eine Chiffre, d. h. sie haben eine Bedeutung; aber nach allem, was ich von Kidd gehört hatte, konnte ich ihn nicht für fähig halten, eine sehr verwickelte Geheimschrift zu erfinden. Ich nahm an, daß dies eine solche einfacher Art sein müsse, die aber dem ungebildeten Geist des Seemannes unlösbar vorkommen mochte, ohne den Schlüssel.“

„Sie lösten sie wirklich?“

„Ganz rasch. Ich habe andere gelöst, die tausendmal verwickelter waren. Die Umstände und eine gewisse Veranlagung meines Geistes haben mich dazu gebracht, an solchen Rätseln Interesse zu finden; es ist überhaupt zweifelhaft, ob menschlicher Scharfsinn fähig ist, ein Rätsel zu erfinden, das menschlicher Scharfsinn nicht auch lösen kann, wenn er richtig angewendet wird. Tatsächlich habe ich mir, nachdem ich festgestellt hatte, daß es zusammenhängende und leserliche Zeichen waren, keine Gedanken mehr gemacht über die Schwierigkeit, ihre Bedeutung herauszufinden. Im vorliegenden Falle – wie übrigens in allen Fällen von Geheimschrift – muß die erste Frage sein, welches die Sprache der Chiffre ist; denn – insbesondere soweit einfache Chiffren in Betracht kommen, beruhen die Verfahren der Lösung – und wechseln auch dementsprechend – auf dem Geist der betreffenden Sprache. Wer eine solche Lösung vollbringen will, hat im allgemeinen keine andere Wahl, als es mit allen Sprachen, die er kennt, zu versuchen (wobei ihn die Wahrscheinlichkeit leiten kann), bis er die richtige findet. Bei der hier vorliegenden Chiffre war ich aller Schwierigkeiten behoben durch das Signum. Das Wortspiel mit ‚Kidd‘ ist in keiner anderen Sprache als im Englischen möglich. Ohne diese Überlegung würde ich meine Versuche mit Spanisch oder Französisch begonnen haben, da es am wahrscheinlichsten wäre, daß ein Pirat der spanischen Gewässer ein Geheimnis solcher Art in einer dieser Sprachen abfassen würde. So aber nahm ich an, daß die Geheimschrift englisch sei. Wie Sie sehen, sind keine Abschnitte zwischen den Worten. Wären Absätze da, würde die Aufgabe verhältnismäßig leicht gewesen sein. In einem solchen Falle hätte ich damit begonnen, die kürzeren Worte damit zusammenzustellen und zu zergliedern, und wenn ein Wort aus einem einzigen Buchstaben vorgekommen wäre, (wie a oder I)[1] hätte ich die Lösung schon für geglückt gehalten. Aber, da die Absätze fehlten, mußte ich erst die häufigsten und die seltensten Buchstaben heraussuchen. Nachdem ich alle gezählt hatte, stellte ich folgende Tabelle auf:

8	kommt	33	mal	vor,
;	„	26	„	„
4	„	19	„	„
± und)	„	16	„	„
*	„	13	„	„
5	„	12	„	„
6	„	11	„	„
† und I	„	8	„	„
0	„	6	„	„
9 und 2	„	5	„	„
: und 3	„	4	„	„
?	„	3	„	„
ð	„	2	„	„
– und .	„	1	„	„

Im Englischen ist nun der häufigste Buchstabe *e*. Dann ist die Reihenfolge so: a o i d h n r s t u y c f g l m w b k p q r z. *e* ist so vorherrschend, daß kaum ein einziger Satz vorkommt, gleichviel von welcher Länge, worin *e* nicht der häufigste Buchstabe ist. Hier haben wir also gleich zu Beginn die Grundlage zu etwas, was mehr ist als nur Raten. Es ist einleuchtend, wozu diese Tabelle hauptsächlich benutzt werden kann, aber speziell in dieser Chiffre werden wir ihre Hilfe nur teilweise benötigen. Da unser vorherrschendes Zeichen *8* ist, werden wir damit anfangen, es als *e* des wirklichen Alphabets einzusetzen. Um diese Vermutung zu prüfen, wollen wir aufpassen, ob *8* häufig doppelt zu sehen ist, denn im Englischen kommt das doppelte *e* sehr viel vor, in Worten wie: meet, fleet, speed, seen, been, agree etc[2]. In diesem Falle sehen wir das doppelte *e*

[1] a: engl. ein; I: engl. Ich.

[2] begegnen, Flotte, Eile, gesehen, gewesen, annehmen.

nicht weniger als fünfmal, obgleich die Geheimschrift kurz ist. Nehmen wir also an, daß *8 e* bedeutet. Nun ist der Artikel ‚the' das häufigste Wort in der englischen Sprache. Suchen wir also, ob nicht Wiederholungen von drei Zeichen in derselben Anordnung vorkommen, deren letztes *8* ist. Wenn wir solche Wiederholungen finden, ist anzunehmen, daß sie ‚the' bedeuten. Bei dieser Nachforschung sehen wir nicht weniger als sieben solcher Zusammenstellungen, nämlich: ;48. Wir können also annehmen, daß ;=t ist, 4=h und 8=e. Letzteres ist nun voll bestätigt. So haben wir einen großen Schritt vorwärts gemacht. Aber, nachdem wir so ein einzelnes Wort entziffert haben, können wir noch einen weiteren wichtigen Punkt finden, nämlich: Wir können mehrere Anfänge und Endungen anderer Worte feststellen. Kommen wir z. B. auf den vorletzten Fall, wo ;48 steht, nahe beim Schluß der Chiffre. Wir wissen, daß das sofort folgende ; der Anfang eines Wortes ist, und von den sechs Zeichen, die auf dieses ‚the' folgen, kennen wir nicht weniger als fünf. Nun wollen wir diese Zeichen aufschreiben, so daß zwischen den Buchstaben, die wir aufgeklärt haben, eine Lücke für die unbekannten bleibt. t eeth hier können wir gleich das th ausschalten, da es nicht zu dem Wort gehört, das mit dem ersten t anfängt, denn wenn wir das ganze Alphabet durchsuchen nach einem Buchstaben, der in die Lücke paßt, merken wir, daß kein Wort gebildet werden kann, welches dieses th enthält. Also beschränken wir uns auf t ee, gehen, wenn nötig, wieder wie vorher das Alphabet durch und kommen auf das Wort ‚tree' (Baum) als das einzig mögliche. So gewinnen wir einen neuen Buchstaben *r*, der durch (bezeichnet wird, so daß wir die Wörter ‚the tree' zusammenstellen können. Gehen wir noch etwas weiter, so sehen wir kurz nach diesen Worten abermals die Gruppe ;48 und verwenden sie als Ende für das, was davor steht. So haben wir folgende Anordnung: the tree thr ±?3h the. Wenn wir nun für die unbekannten Zeichen Platz freilassen oder Punkte einsetzen, lesen wir the tree thr...h the und verfallen von selbst auf das Wort, ‚through' (durch). Diese Entdeckung gibt uns drei neue Buchstaben: *o u g*, dargestellt durch *±? und 3*. Durchsuchen wir nun die Chiffre genau nach Zusammenstellungen bekannter Zeichen, so finden wir in der Nähe des Anfangs 83(88, or egree, was sicher auf das Wort

‚degree‘ (Grad) schließen läßt und uns einen anderen Buchstaben gibt, *d* bezeichnet durch †. Vier Buchstaben nach dem Wort degree sehen wir die Zusammenstellung ;48(;88. Wir übertragen die bekannten Zeichen in Buchstaben, ersetzen die unbekannten durch Punkte wie vorher und lesen th.rtee und kommen sofort auf das Wort ‚thirteen‘ (dreizehn), was auch wieder zwei neue Zeichen liefert: *i* und *n* durch *6* und * bezeichnet.

Jetzt gehen wir zum Anfang der Geheimschrift zurück und finden die Gruppe 53± ±†, übersetzen wie zuvor und bekommen das Wort ‚good‘, woraus wir sicher schließen, daß der erste Buchstabe A sein muß und die zwei ersten Worte ‚A good‘.

Jetzt wird es Zeit, unseren Schlüssel, soweit wir ihn herausgebracht haben, in Form einer Tabelle zusammenzustellen, um Verwirrungen zu vermeiden. Dann wird er so aussehen:

5	bedeutet	a
†	„	d
8	„	e
3	„	g
4	„	h
6	„	i
*	„	n
±	„	o
(	„	r
;	„	t

Wir haben also nicht weniger als zehn wichtige Buchstaben festgestellt, und es ist unnötig, mit den Einzelheiten der Lösung fortzufahren. Ich habe genug gesagt, um Sie zu überzeugen, daß derartige Chiffren leicht zu lösen sind und um Ihnen einen Einblick in ihre vernunftgemäße Entwicklung zu geben. Aber seien Sie versichert, daß das vorliegende Beispiel zu den allereinfachsten Arten der Geheimschrift gehört. Jetzt bleibt nur noch die volle Übersetzung der Zeichen auf dem Pergament zu geben, wie ich sie enträtselt habe.

‚A good glass in the bishop's hostel in the devils seat forty-one degrees and thirteen minutes northeast and by north main branch seventh limb east side shoot from the left eye of the death's-head a bee line from the tree through the shot fifty feet out[1].'"

„Aber", sagte ich, „das Rätsel scheint mir noch in ebenso schlimmen Zustande wie vorher. Wie soll man einen Sinn herausbringen aus diesem Kauderwelsch von Teufels Sitz und Totenkopf und Bishop's Hostel?"

„Ich gebe zu," sagte Legrand, „daß die Sache noch immer böse aussieht, wenn man sie flüchtig betrachtet. Mein erstes Bestreben war, den Satz in die natürlichen Abschnitte einzuteilen, wie der Geheimschreiber beabsichtigte."

„Sie meinen die Zeichensetzung?"

„Etwas Ähnliches."

„Aber wie war das möglich?"

„Ich überlegte, daß der Schreiber mit Absicht seine Worte ohne Zeichen aneinander gehängt hat, um die Lösung zu erschweren. Nun wird ein nicht allzu scharfsinniger Mensch höchstwahrscheinlich in den Fehler verfallen zu übertreiben. Wenn er im Verlauf seines Schreibens an eine Stelle kommt, die eigentlich eine Unterbrechung erfordert, wird er erst recht seine Zeichen aufeinander häufen.

Wenn Sie die Schrift darauf untersuchen wollen, werden Sie leicht fünf Stellen herausfinden, die ganz außergewöhnlich gedrängt sind. Nach diesem Fingerzeig handelnd, machte ich folgende Einteilung: ‚Ein gutes Glas in Bishop's Hotel am Teufelssitz – 41 Grad und 13 Minuten – nordost bis nord – Hauptstamm 7. Ast Ostseite – schieße aus dem linken Auge des Totenkopfes – eine Luftlinie vom Baum durch den Schuß 50 Fuß fort.'"

„Auch diese Einteilung", sagte ich, „läßt mich noch im Dunkeln."

„Mir ging es ebenso", sagte Legrand, „während einiger Tage, die ich damit verbrachte, eifrig in der Nachbarschaft von Sullivans Island nach einem Gebäude zu forschen, das unter dem Namen Bishop's Hotel bekannt war, denn natürlich ließ ich das veraltete Hostel fallen. Da ich keinerlei Auskunft erhalten

[1] Ein gutes Glas in Bishops Hostel in des Teufels Sitz 41 Grad und 13 Minuten nordost bis nord Hauptstamm 7. Ast Ostseite schießen aus dem linken Auge des Totenkopfes eine Luftlinie vom Baum durch den Schuß 50 Fuß fort.

konnte, wollte ich gerade meine Nachforschung auf einen größeren Umkreis ausdehnen und systematischer vorgehen, als mir eines Morgens einfiel, daß Bishop's sich auf eine alte Familie namens Bessop beziehen könnte, der seit Menschengedenken ein altes Landhaus etwa vier Meilen nördlich der Insel gehörte. Ich begab mich natürlich nach der Plantage und erneuerte dort meine Nachfragen bei den alten Negern. Endlich sagte eine der ältesten Frauen, daß sie von einem Ort, namens Bessop's Castle, gehört habe und daß sie mich wohl dorthin führen könne; es sei aber weder ein Schloß noch ein Wirtshaus, sondern ein hoher Felsen. Ich bot ihr eine gute Belohnung für ihre Mühe an und nach einigem Zögern willigte sie ein, mich an den Ort zu begleiten. Wir fanden ihn ohne große Schwierigkeit, dann entließ ich sie, um den Platz genau zu besichtigen. Das ‚Schloß' bestand aus einer unregelmäßigen Anhäufung von Klippen und Felsen, und einer der letzteren fiel durch seine Höhe, sein freistehendes und künstliches Aussehen auf. Ich erkletterte seinen Gipfel und war dann einigermaßen in Verlegenheit, was ich nun tun sollte. Während ich so grübelte, fiel mein Blick auf einen schmalen Grat an der Ostseite des Felsens, etwa eine Elle unter dem Gipfel, auf dem ich stand. Dieser Grat sprang etwa achtzehn Zoll vor und war höchstens einen Fuß breit. Eine Nische in der Klippe darüber gab ihm eine gewisse Ähnlichkeit mit einem jener tiefen Sessel, die unsere Vorfahren liebten. Ich bezweifelte gar nicht, daß dies des Teufels Sitz sei, worauf die Schrift anspielte, und nun glaubte ich des Rätsels Lösung in Händen zu halten.

Ich wußte, daß das ‚gute Glas' nur ein Teleskop sein konnte, denn Seeleute gebrauchen das Wort Glas selten in einem anderen Sinne. Ich verstand also gleich, daß hier ein Teleskop benutzt werden sollte, und zwar von einem bestimmten Gesichtspunkte aus, der keinerlei Änderung zuließ. Ich bezweifelte auch nicht, daß die Ausdrücke ‚41 Grad und 13 Minuten' und ‚nordöstlich bis nördlich' als Anleitung für die Einstellung des Glases gedacht waren. Höchst aufgeregt durch diese Entdeckung eilte ich nach Hause, holte ein Teleskop und kehrte zu dem Felsen zurück. Ich ließ mich auf die Klippe herunter und merkte, daß man nur in einer bestimmten Haltung dort sitzen konnte. Das bestätigte meine vorgefaßten Gedanken.

Ich begann nun mit dem Glase zu arbeiten. Natürlich konnte mit 41 Grad und 13 Minuten nur die Höhe über dem sichtbaren Horizont gemeint sein, da die horizontale Richtung ja durch die Worte nordöstlich bis nördlich genau angegeben war. Letztere Richtung stellte ich gleich vermittels eines Taschenkompasses her; dann schätzte ich so genau wie möglich einen Winkel von 41 Grad ab, richtete das Glas darauf, und bewegte es vorsichtig auf und nieder, bis meine Aufmerksamkeit durch einen kreisförmigen Spalt, eine Öffnung im Blattwerke eines hohen Baumes angezogen wurde, der seine Umgebung überragte. In der Mitte dieses Spalts sah ich einen weißen Fleck, konnte aber zunächst nicht erkennen, was es war. Ich stellte nun den Brennpunkt des Teleskops genau ein, sah wieder durch und erkannte einen menschlichen Schädel. Nach dieser Entdeckung war ich so zuversichtlich, daß ich das Rätsel für gelöst hielt. Denn die Wendung ‚Hauptstamm 7. Ast Ostseite' konnte sich nur auf die Lage des Schädels auf dem Baume beziehen, während ‚schieße vom linken Auge des Totenkopfes' auch nur eine Auslegung zuließ, in Bezug auf die Suche nach einem vergrabenen Schatze. Ich begriff, daß die Absicht war, eine Kugel vom linken Auge des Schädels fallen zu lassen und eine Luftlinie, mit anderen Worten eine gerade Linie, vom nächsten Punkt der Stammes durch den Schuß (d. h. die Stelle, wohin die Kugel fiel) und von dort aus noch 50 Fuß weiter zu ziehen; so würde ein genauer Punkt angegeben, und ich hielt es für mindestens möglich, daß unter diesem Punkt ein wertvoller Fund verborgen liege."

„Das alles", sagte ich, „ist sehr klar und, obgleich sehr fein erdacht, doch auch ganz einfach und einleuchtend. Und wie ging es dann weiter, als Sie Bishop's Hotel verließen?"

„Ich merkte mir die Lage des Baumes sehr genau und ging nach Hause. Sobald ich den Teufelssitz verlassen hatte, verschwand der kreisförmige Spalt und ich konnte ihn auch nachher nicht wieder entdecken, soviel ich mich umsah. Das ausgeklügeltste an dem Ganzen ist meiner Ansicht nach die Tatsache (denn ein wiederholter Versuch hat mir bewiesen, daß es eine Tatsache ist), daß die kreisförmige Öffnung von keinem anderen erreichbaren Punkte sichtbar wird als nur von diesem engen Riff auf der Vorderseite des Felsens.

Auf diesem Unternehmen nach Bishop's Hotel hatte mich Jupiter begleitet, der zweifellos schon seit einigen Wochen meine verträumte Haltung bemerkt und sich bemüht hatte, mich nicht allein zu lassen. Aber am nächsten Tage stand ich sehr früh auf, es gelang mir, ihm zu entwischen, und ich ging in die Berge auf die Suche nach dem Baume. Mit vieler Mühe fand ich ihn. Als ich nach Hause kam, wollte mein Diener mich prügeln. Die Fortsetzung des Abenteuers kennen Sie, glaube ich, so gut wie ich selbst."

„Ich vermute," sagte ich, „daß Sie beim ersten Versuch des Grabens den richtigen Fleck deshalb verfehlten, weil Jupiter in seiner Torheit den Käfer durch das rechte statt durch das linke Auge des Schädels fallen ließ."

„Ganz richtig. Der Irrtum machte einen Unterschied von zweieinhalb Zoll aus für den Schuß, d. h. für die Lage des Pfahles zunächst dem Baum. Hätte der Schatz unter dem Schuß gelegen, so würde der Irrtum nicht viel bedeutet haben. Aber der Schuß und der nächste Punkt des Baumes bildeten zusammen nur zwei Punkte einer Richtlinie. Und so unbedeutend der Irrtum auch zu Anfang war, vergrößerte er sich doch im Verlauf der Linie, und als wir fünfzig Fuß gegangen waren, brachte er uns ganz von der Spur ab. Ohne meine festgewurzelte Überzeugung, daß der Schatz noch irgendwo vergraben sein müsse, wäre unsere Mühe vielleicht vergeblich gewesen."

„Aber Ihre Großsprecherei und Ihr ganzes Benehmen, als Sie den Käfer schwangen – wie war das alles sonderbar! Ich hielt Sie tatsächlich für verrückt. Und warum bestanden Sie darauf, statt einer Kugel den Käfer aus dem Schädel fallen zu lassen?"

„Na, ehrlich gesagt, ärgerte ich mich darüber, daß Sie offensichtlich meinem Geisteszustande mißtrauten; und ich beschloß, Sie auf meine Art durch ein klein wenig Täuschung zu strafen. Deshalb schwang ich den Käfer und deshalb ließ ich ihn vom Baume fallen. Ihre Bemerkung über sein großes Gewicht brachte mich auf diesen Gedanken."

„Ja, das kann ich verstehen. Jetzt verwirrt mich nur noch ein Punkt. Wie sollen wir uns die Skelette erklären, die wir in der Höhle fanden?"

„Diese Frage kann ich ebensowenig beantworten wie Sie. Doch scheint es mir nur eine verständliche Erklärung dafür zu geben – obgleich es gräßlich ist, an eine solche Scheußlichkeit zu glauben, wie meine Vermutung sie voraussetzt. Es ist klar, daß Kidd – wenn es Kidd war, der diesen Schatz vergrub, was ich nicht bezweifle –, es ist klar, daß er bei seinem Werk Hilfe gehabt haben muß. Aber, nachdem das Werk vollendet war, fand er es wohl zweckmäßig, alle Augenzeugen aus der Welt zu schaffen. Vielleicht genügten zwei Schläge mit einer Hacke, während seine Gehilfen in der Grube schafften, vielleicht auch ein Dutzend – wer weiß?"

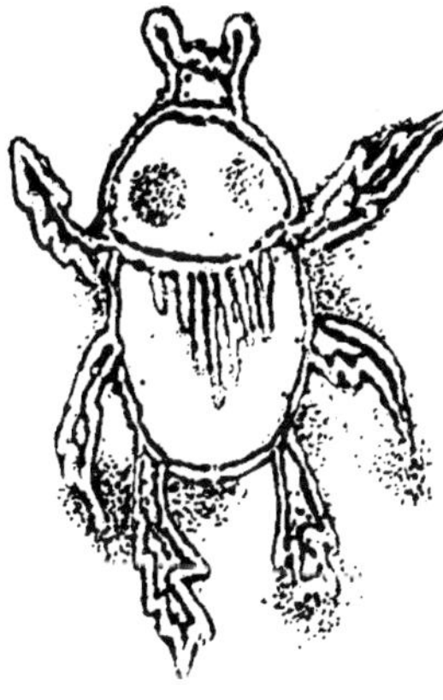

Der Sturz in den Malstrom

> Gottes Wege in der Natur wie in der Vorsehung sind nicht unsere Wege; noch sind die Bilder, die wir schaffen, in Größe, Tiefe und Unerforschlichkeit seinen Werken vergleichbar, denn diese sind tiefer als die Quelle des Demokrit[1].
>
> *Joseph Glanvill*

Wir hatten nun den höchsten Gipfel der Klippe erreicht. Während einiger Minuten schien der alte Mann zu erschöpft, um zu sprechen.

„Vor kurzem noch", sagte er, „hätte ich Sie auf diesem Wege so gut führen können wie mein jüngster Sohn; aber vor drei Jahren hatte ich ein Erlebnis, wie es noch keinem sterblichen Menschen geschehen ist, oder wenigstens, wie es noch keiner überstanden hat, um davon erzählen zu können – und sechs Stunden Todesangst haben mir Leib und Seele zerrüttet. Sie halten mich wohl für einen ganz alten Mann, aber das bin ich nicht. Weniger als ein Tag hat genügt, um dieses einst pechschwarze Haar zu bleichen, meine Glieder zu erschlaffen und meine Nerven zu schwächen, so daß ich jetzt bei der geringsten Anstrengung zittere und mich vor dem Schatten fürchte. Wissen Sie, daß ich kaum über diesen kleinen Abhang sehen kann, ohne schwindlig zu werden?"

Der kleine Abhang, über dessen Rand er sich so sorglos zur Rast niedergeworfen hatte, daß der schwerste Teil seines Körpers überhing, während er nur dadurch vom Fallen bewahrt wurde, daß er sich mit dem Ellbogen an seiner äußersten schlüpfrigsten Kante aufstützte, dieser kleine Abhang erhob sich als unüberbrückbare Steilwand aus schwarzem glänzendem Felsgestein von etwa 15-1600 Fuß aus einer Welt von Klippen unter uns. Nichts hätte mich näher als höchstens sechs Ellen an ihren Rand locken können. Ich war tatsächlich so erregt durch

[1] Griechischer Philosoph (um 460 v. Chr.); Naturforscher, Mathematiker, Astronom, Sprachgelehrter.

die gefährliche Stellung meines Gefährten, daß ich der Länge nach hinfiel, mich an dem Gebüsch ringsum festhielt und nicht einmal wagte, nach dem Himmel aufwärts zu schauen; dabei kämpfte ich vergeblich mit mir, um mich von dem Gedanken zu befreien, daß die Grundfesten des Berges durch die Wut des Stromes gefährdet seien. Es dauerte lange, bis ich den nötigen Mut zusammenbrachte, um mich aufzurichten und in die Ferne zu blicken.

„Sie müssen diese Einbildungen überwinden," sagte der Führer, „denn ich habe Sie hierher gebracht, um Ihnen die beste Aussicht auf den Schauplatz des erwähnten Ereignisses zu bieten und um Ihnen die ganze Geschichte zu erzählen, während Sie die Stelle vor Augen haben.

Wir sind jetzt", fuhr er in der ihm eigenen umständlichen Art fort, „genau über der norwegischen Küste, auf dem 68. Grad nördlicher Breite, in der großen Provinz Nordland, in dem öden Gebiet der Lofoten. Der Berg, auf dem wir stehen, ist der Helseggen, der Wolkige. Jetzt richten Sie sich ein wenig auf – halten Sie sich am Grase fest, wenn Sie schwindlig werden – so – und nun blicken Sie über den Dunstgürtel unter uns in die See."

Ich sah verwirrt auf eine weite Strecke des Meeres, dessen Wasser so tintenschwarz war, daß es mich sofort an den Bericht des nubischen Geographen von der mare tenebrarum erinnerte. Ein öderes, einsameres Panorama konnte die menschliche Einbildungskraft nicht ausdenken. Rechts und links, soweit das Auge reichte, erstreckten sich, wie Schutzwehren der Erde, Reihen schrecklicher, schwarzer, schroffer Klippen, deren Düsterheit durch die Brandung, die ewig heulend und schrillend ihre weißen gespenstischen Kämme aufwarf, nur noch mehr hervorgehoben wurde. Gerade dem Vorgebirge gegenüber, auf dessen äußerster Spitze wir standen, etwa 5-6 Meilen entfernt, war eine kleine öde Insel im Meere zu sehen. Oder vielmehr, ihre Lage war durch die wilde Brandung, die sie umgab, erkennbar. Etwa 2 Meilen näher am Lande erhob sich eine andere kleinere, die furchtbar zerrissen, kahl und an mehreren Stellen mit Klumpen dunkler Felsen bestanden war.

Zwischen der entfernteren Insel und der Küste hatte der Ozean ein ganz ungewöhnliches Aussehen. Obgleich zur Zeit eine steife Brise landeinwärts wehte, so daß eine Brigg[1], die in einiger Entfernung unter doppelt gerafftem Gaffelsegel[2] lag, dauernd ihren ganzen Rumpf untertauchte, daß man ihn nicht mehr sah, war hier gar keine eigentliche Dünung, sondern das Wasser schlug wild nach allen Richtungen, auch gegen den Wind. Von Schaum war wenig zu bemerken, außer in unmittelbarer Nähe der Felsen.

„Die entferntere Insel", sagte der alte Mann, „wird von den Norwegern Vurrgh genannt. Die in der Mitte liegende heißt Moskoe, eine Meile weiter nördlich liegt Ambaaren. Dort drüben sind Islesen, Hotholm, Kelidhelm, Suarven und Buckholm; weiter weg, zwischen Moskoe und Vurrgh, Otterholm, Flimen, Sandflesen und Stockholm. Das sind die richtigen Namen dieser Orte. – Aber warum man sie überhaupt benennen mußte, ist mehr als Sie und ich verstehen können. Hören Sie irgend etwas? Sehen Sie irgendeine Veränderung des Wassers?"

Wir waren nun seit etwa zehn Minuten auf dem Gipfel des Helseggen, den wir von innen her aus den Lofoten bestiegen hatten, so daß wir vom Meer nichts sahen, bis es von der Höhe aus plötzlich sichtbar wurde. Während der alte Mann sprach, hörte ich einen lauten, langsam anschwellenden Ton, wie das Brüllen einer Büffelherde auf amerikanischen Prärien; und zu gleicher Zeit fiel mir auf, daß die Bewegung, die die Seeleute das „Stoßen" des Meeres nennen, sich rasch in eine nach rechts gewendete Strömung verwandelt hatte. Zusehends erreichte diese Strömung eine furchtbare Geschwindigkeit. Jeden Augenblick nahm ihre Eile, ihr überstürztes Ungestüm zu. Nach fünf Minuten war die ganze See bis nach Vurrgh hin in unbezähmbarer Wut; aber zwischen Moskoe und der Küste hielt der Aufruhr seine Wut an. Hier brach plötzlich das weite Bett der Gewässer – in tausend widerstreitende Kanäle eingeengt und getrennt – in krampfhafte Zuckungen aus und stürzte sich wallend, zischend, brausend, in riesigen unzähligen Wirbeln kreisend und alles fortreißend und in die Tiefe ziehend, nach Osten, mit einer Schnelligkeit, die das Wasser sonst nirgends annimmt, außer in jäh abstürzenden Fällen.

---

1 Segelschiff mit zwei Masten.

2 An einem längsschiff angebrachten Rundholz am oberen Teil eines Schiffsmastes befestigtes Segel.

Nach wenigen Minuten kam eine neue gründliche Veränderung über die Szene. Die ganze Oberfläche wurde etwas ruhiger und die Strudel verschwanden nach und nach, während gewaltige Schaumstreifen sichtbar wurden, wo bisher überhaupt keine zu sehen waren. Die Streifen, die sich über einen großen Raum ausdehnten und sich vereinigten, nahmen schließlich die drehende Bewegung des überwältigten Wirbels in sich auf und schienen den Kern eines anderen, größeren, zu bilden. Plötzlich, ganz plötzlich, trat dieser in deutliche und begrenzte Erscheinung in einem Kreise von mehr als einer Meile Durchmesser. Der Rand des Strudels wurde durch einen breiten Gürtel glänzender Gischt umschlossen, aber kein Teil davon glitt in den Schlund des furchtbaren Trichters, dessen Inneres, soweit das Auge es erspähen konnte, ein glatter, glänzender, pechschwarzer, in einem Winkel von 45° zum Horizont geneigter Wasserwall war, der sich in schwindelnder Hast drehte, mit schwingender, rasender Bewegung, und nach allen vier Windrichtungen ein furchtbares Getöse schickte, halb Schrei, halb Heulen, wie selbst der mächtige Niagarafall in seinem Ringen ihn nicht zum Himmel sendet.

Der Berg erzitterte in seinen Tiefen und der Felsen wankte. Ich warf mich auf mein Gesicht und klammerte mich in äußerster Nervenerregung an das schwache Gras.

„Das," sagte ich schließlich zu dem alten Manne, „das kann nichts anderes sein als der große Wirbel des Malstromes." „So nennt man ihn manchmal," sagte er, „wir Norweger nennen ihn den Moskoestrom nach der Insel Moskoe in der Mitte."

Die bekannten Berichte über diesen Wirbel hatten mich durchaus nicht auf das Schauspiel vorbereitet, das ich nun sah. Der von Jonas Ramus, der vielleicht der ausführlichste von allen ist, kann nicht im entferntesten einen Begriff geben, weder von der wunderbaren Schönheit noch von dem Grauen des Schauspiels, noch von dem verwirrenden Eindruck des Niegesehenen, das den Beschauer erschüttert. Ich weiß nicht, von welchem Gesichtspunkte aus der Verfasser es sah, noch zu welcher Zeit; aber es kann weder vom Gipfel des Helseggen aus, noch während eines Sturmes gewesen sein. Immerhin mögen einige Stellen seiner Beschreibung bezüglich der Einzelheiten anerkannt werden, obgleich ihr Ausdruck viel zu schwach ist, um ein solches Schauspiel zu schildern.

„Zwischen den Lofoten und Moskoe", sagte er, „beträgt die Tiefe des Wassers etwa 35-40 Faden[1]. Aber an der anderen Seite, nach Ver (Vurrgh) zu, nimmt sie so stark ab, daß sie nicht für die Durchfahrt eines Schiffes genügt ohne Gefahr, an den Felsen zu zersplittern, was auch bei ruhigstem Wetter vorkommt. Wenn Flut ist, rast der Strom mit tobender Schnelligkeit die Gegend zwischen Lofoten und Moskoe herunter. Aber das Heulen seiner heftigen Ebbe kann kaum mit den lautesten und schrecklichsten Wasserfällen verglichen werden, denn der Lärm ist mehrere Meilen weit zu hören, und die Wirbel oder Schlünde sind von solcher Ausdehnung und Tiefe, daß jedes Schiff, das in die Nähe ihrer Saugkraft kommt, unvermeidlich verschlungen und in die Tiefe gezogen wird, wo die Felsen es in Stücke zerschmettern und, wenn die Wasser sich zurückziehen, seine Trümmer wieder heraufgeworfen werden. Aber diese Zeiten der Ruhe entstehen nur beim Wechsel von Ebbe und Flut und bei stillem Wetter, und sie dauern nur eine Viertelstunde; dann kehrt die Wucht nach und nach zurück. Wenn der Strom am ungestümsten ist, und seine Wut durch einen Sturm erhöht wird, ist es gefährlich, sich ihm auf eine norwegische Meile zu nähern. Boote, Jachten, Schiffe sind hinweggetragen worden, wenn sie sich nicht rechtzeitig in Sicherheit brachten, bevor sie in seine Nähe kamen. Es geschieht auch häufig, daß Wale dem Strom zu nahe schwimmen und durch seine Heftigkeit überwunden werden; dann ist ihr Heulen und Brüllen bei den fruchtlosen Kämpfen um Befreiung unbeschreiblich. Als einst ein Bär versuchte, von Lofoten nach Moskoe zu schwimmen, wurde er vom Strom gefangen und heruntergezogen, und er heulte so furchtbar, daß man ihn an der Küste hörte. Große Mengen von Kiefern und Fichten, die von der Strömung verschlungen wurden, erscheinen wieder in so zerrissenem Zustande, als ob Stacheln auf ihnen gewachsen wären. Dies beweist zur Genüge, daß die Tiefe aus klippigen Felsen besteht, zwischen welchen sie hin- und hergewirbelt wurden. Dieser Strom wird von Ebbe und Flut des Meeres geregelt, da immer alle sechs Stunden das Wasser hoch steht und wieder tief. Im Jahre

---

[1] Maßeinheit, die etwa 1,8 m entspricht und besonders zur Angabe der Wassertiefe dient.

1645 raste er am frühen Morgen des Sonntags Sexagesima[1] mit einem solchen Lärm und einer solchen Wucht, daß die Häuser an der Küste zusammenfielen."

Ich konnte nicht verstehen, wie es überhaupt möglich sein sollte, die Tiefe des Wassers in der unmittelbaren Nähe des Wirbels festzustellen. Die „40 Faden" müssen sich nur auf Stellen des Kanals dicht an der Küste von Moskoe oder Lofoten beziehen. Die Tiefe in der Mitte des Moskoestromes muß unermeßlich groß sein; und einen besseren Beweis dafür kann es nicht geben, als einen Seitenblick in den Abgrund des Wirbels von der höchsten Klippe des Helseggen. Als ich von dieser Spitze auf den heulenden Phlegethon[2] heruntersah, mußte ich lächeln über die Einfalt, mit der der ehrliche Jonas Ramus als eine kaum glaubliche Sache die Anekdoten von Walen und Bären wiedererzählte, denn mir schien es tatsächlich ganz selbstverständlich, daß das größte Schiff aller Verkehrslinien, wenn es unter den Einfluß dieser todbringenden Anziehungskraft gerät, ihr so wenig Widerstand bieten kann wie eine Feder dem Orkan, und sofort leibhaftig verschwinden muß.

Die Versuche, das Phänomen zu ergründen, von denen mir einige beim Durchlesen ganz glaubhaft vorgekommen waren, machten mir nun einen ganz anderen, unbefriedigenden Eindruck. Die allgemeine Ansicht ist, daß dieser Wirbel sowohl als die drei kleineren bei den Ferroe-Inseln keine andere Ursache haben als den Zusammenprall der steigenden und fallenden Wogen bei Ebbe und Flut gegen eine Reihe von Felsen und Riffen, die das Wasser so einpressen, daß es sich wie ein Wasserfall herabstürzt; so muß der Fall um so tiefer sein, je höher die Flut steigt, und die natürliche Folge alles dessen ist ein Wirbel oder Strudel, dessen wunderbare Saugkraft durch weniger bedeutende Versuche genügend bekannt ist. Das sind die Worte der Encyclopaedia Britannica. Kircher[3] und andere glauben,

[1] Im Kirchenjahr ist dies der achte Sonntag vor Ostern.

[2] Strom der Unterwelt in der griechischen Sage (wörtl.: ‚der Flammende').

[3] Athanasius Kircher (*1602 Geisa bei Fulda, †1680 Rom): Bedeutender jesuitischer Gelehrter, Prof. für Mathematik, Hebräisch und Syrisch. Forschungen auf dem Gebiet der Naturwissenschaften, darunter die erste Laterna Magica, weiters die erste gedruckte kartographische Aufzeichnung der wichtigsten Meeresströmungen.

daß sich in der Mitte des Bettes des Malstromes ein Abgrund befinde, der durch die Erdkugel hindurchdringe, und an einer entfernten Stelle münde – in einem Falle wird ziemlich bestimmt der Bottnische Meerbusen genannt.

Diese Ansicht, so müßig sie an und für sich ist, war doch diejenige, die meiner Einbildungskraft am wahrscheinlichsten schien, als ich hinblickte; und als ich sie meinem Führer gegenüber erwähnte, war ich ziemlich überrascht, ihn sagen zu hören, daß dies zwar die allgemeine Auffassung in Norwegen, aber doch nicht die seinige sei; was aber die frühere Ansicht betreffe, so gestehe er, daß er sie nicht begreifen könne, und hier stimmte ich ihm zu, denn so schlüssig sie auch auf dem Papier scheinen mag, so wird sie doch ganz unverständlich und sogar widersinnig inmitten des donnernden Abgrundes.

„Jetzt können Sie den Wirbel gut sehen," sagte der alte Mann, „und wenn Sie um diese Felsspitze herumkriechen wollen, so daß Sie in ihren Schutz kommen, und das Heulen des Wassers nicht hören, will ich Ihnen eine Geschichte erzählen, die Sie überzeugen wird, daß ich etwas vom Malstrom wissen muß."

Ich stellte mich so, wie er es wünschte, und er begann:

„Ich und meine beiden Brüder besaßen einmal ein als Schoner aufgetakeltes Küstenschiff von etwa 70 Tonnen, mit dem wir zwischen den Inseln hinter Moskoe nahe bei Vurrgh auf den Fischfang fuhren. In allen heftigen Meereswirbeln ist besonders gute Gelegenheit zum Fischen, wenn man nur den Mut hat, sie zu ergreifen, aber von allen Küstenbewohnern der Lofoten waren wir drei die einzigen, die regelmäßig ein Geschäft daraus machten, zu den Inseln zu fahren, wie ich Ihnen schon sagte. Die üblichen Fischplätze sind ein großes Stück weiter nach Süden. Dort kann man zu allen Zeiten ohne große Gefahr Fische fangen, und deshalb werden diese Plätze bevorzugt. Die ausgesuchten Stellen hier um die Felsen enthalten aber nicht nur die vorzüglichsten Arten, sondern diese auch in größeren Mengen, so daß wir oft an einem einzigen Tage so viel fingen wie die ängstlichere Mannschaft nicht in einer Woche zusammenkratzen konnte. Tatsächlich setzten wir unseren Stolz in rücksichtsloses Wagen – die Lebensgefahr ersetzte die Arbeit und der Mut entsprach dem Kapital. Wir verwahrten die

Schmacke[1] in einem Schlupfhafen etwa 5 Meilen weiter oben an der Küste. Und es war unsere Gewohnheit, bei schönem Wetter die 15 Minuten Stillwasser auszunutzen, um über den mittleren Kanal des Malstromes vorzudringen, weit über den Wirbel, und dann stromab zu treiben nach einem Ankerplatz bei Otterholm oder Sandflesen, wo die Strudel weniger heftig sind als anderswo. Hier blieben wir dann, bis die Zeit des Stillwassers beinahe wieder da war, um den Anker zu lichten und heimwärts zu fahren. Wir zogen nur dann auf diese Unternehmungen aus, wenn für die Hin- und Rückfahrt ein steter Wind von der Seite wehte, ein Wind, von dem wir sicher waren, daß er uns nicht vor der Rückfahrt im Stich lassen werde; und wir verrechneten uns selten in diesem Punkte. Zweimal in sechs Jahren waren wir genötigt, die ganze Nacht vor Anker zu liegen wegen vollständiger Windstille, die gerade hierzulande sehr selten ist; und einmal mußten wir fast eine Woche fortbleiben und starben fast vor Hunger, denn ein Sturm war kurz nach unserer Ankunft ausgebrochen und machte den Kanal zu ungestüm, um an Abfahrt zu denken. Bei dieser Gelegenheit hätten wir trotz allem in die See hinausgetrieben werden müssen (denn die Wirbel warfen uns so heftig herum, daß sich schließlich unsere Taue verwickelten und wir vor Anker trieben), wenn wir nicht in einen der zahllosen Gegenströme geraten wären, die heute hier und morgen dort sind, der uns in den Schutz von Flimen brachte, wo wir glücklicherweise vor Anker gehen konnten.

Ich kann Ihnen nicht den zwanzigsten Teil aller Schwierigkeiten erzählen, die uns auf den Fischplätzen entgegentraten – sie sind schon ein böser Aufenthalt bei gutem Wetter –, aber wir bemühten uns immer, ohne Unfall das Wagnis mit dem Malstrom aufzunehmen, wenn mir auch manchmal das Herz im Halse schlug, weil wir eine Minute früher oder später kamen als das Stillwasser. Zuweilen war der Wind nicht so stark, wie wir bei der Abfahrt glaubten, und dann legten wir weniger Weg zurück als wir gewünscht hatten, da die Strömung die Schmacke unlenksam machte. Mein ältester Bruder hatte einen achtzehnjährigen Sohn, und ich selbst hatte auch zwei kräftige Buben. Diese hätten uns zu solchen Zeiten gute Dienste tun können,

[1] Kleines, vorn und hinten rund gebautes, anderthalbmastiges Seeschiff.

beim Rudern sowohl als hinterher beim Fischen, aber irgendwie wagten wir nicht, unsere Jungen in die Gefahr zu bringen, der wir uns selbst aussetzten, denn nach allem war es eine schreckliche Gefahr, das ist die Wahrheit.

In einigen Tagen werden es drei Jahre, daß sich zutrug, was ich Ihnen jetzt erzählen will. Es war am 10. Juli 18.., ein Tag, den die Menschen, die diesen Teil der Erde bewohnen, nie vergessen werden, denn damals tobte der schrecklichste Orkan, der je vom Himmel kam; und doch hatten wir den ganzen Morgen und bis spät in den Nachmittag hinein eine günstige und steife Brise aus Südwesten gehabt, während die Sonne hell schien, so daß die ältesten Seeleute unter uns nicht ahnen konnten, was folgen sollte.

Wir drei, meine Brüder und ich, kreuzten zu den Inseln hinüber – etwa um 2 Uhr nachmittags – und hatten bald unsere Schmacke voll schöner Fische geladen, die, wie wir alle bemerkten, an diesem Tage reichlicher vorhanden waren, als wir jemals erlebt hatten. Es war genau sieben auf meiner Uhr, als wir Anker lichteten, um heimzufahren und das Schlimmste zu schaffen, während im Strom Stillwasser war, und wir wußten, daß dies um 8 Uhr sein mußte. Wir brachen auf bei frischem Wind von Steuerbord und fuhren einige Zeit sehr schnell dahin, ohne von Gefahr zu träumen, denn wir hatten wirklich nicht die geringste Ursache zu Befürchtungen. Da wurden wir ganz plötzlich von einer Brise, die von jenseits des Helseggen kam, zurückgerissen. Das war ganz ungewöhnlich – etwas Niedagewesenes – und mir wurde ungemütlich, ohne daß ich genau wußte warum. Wir brachten das Boot an den Wind, konnten aber gar nicht vorwärts kommen wegen der Strudel, und ich wollte gerade vorschlagen, zum Ankerplatz zurückzukehren, als wir rückwärtssehend bemerkten, daß der ganze Himmel mit sonderbaren kupferfarbigen Wolken bedeckt war, die mit erschreckender Schnelligkeit aufzogen.

Inzwischen war die Brise, die uns von vorn entgegengeblasen hatte, weggefallen, und wir trieben in totenähnlicher Ruhe nach allen Seiten. Dieser Zustand dauerte aber nicht so lange, daß wir Zeit hatten, darüber nachzudenken. In weniger als einer Minute war der Sturm über uns, in weniger als zwei der Himmel vollständig überzogen und es wurde nun so dunkel – dazu noch bei der tosenden Gischt –, daß wir uns gegenseitig in der Schmacke nicht sehen konnten.

Es wäre Wahnsinn, wollte ich versuchen, einen Orkan wie den, der damals tobte, zu beschreiben. Die ältesten Seeleute in Norwegen hatten nie etwas Derartiges erlebt. Wir hatten unsere Segel eingezogen, bevor er uns vollständig faßte; aber beim ersten Windstoß gingen unsere beiden Maste über Bord, wie wenn sie abgesägt wären – und der Hauptmast riß meinen jüngsten Bruder, der sich der Sicherheit halber daran angebunden hatte, mit sich fort.

Unser Boot war wie die leichteste Feder, die jemals auf dem Wasser schwamm. Es hatte ein ganz flaches Deck mit nur einer einzigen kleinen Luke in der Nähe des Bugs, und diese Luke pflegten wir zu verschließen, wenn wir den Strom kreuzen wollten, aus Vorsicht gegen das Stoßen der See. Aber bei dieser Gelegenheit hätten wir sofort sinken müssen, denn wir lagen einige Augenblicke vollständig begraben. Wodurch mein ältester Bruder damals dem Tode entging, kann ich nicht sagen, denn ich hatte niemals Gelegenheit, es festzustellen. Ich meinerseits warf mich, nachdem ich das Focksegel gesetzt hatte, flach auf das Deck, die Füße gegen das enge Schanzdeck auf dem Bug gestemmt und die Hände an den Ringbolzen nahe beim Fuß des Focksegels geklammert. Lediglich mein Instinkt hieß mich dies tun, was übrigens entschieden das Beste war, was ich tun konnte, denn ich war viel zu aufgeregt, um zu denken. Während einiger Augenblicke waren wir völlig überflutet, und während dieser ganzen Zeit hielt ich den Atem an und krampfte mich an den Bolzen. Als ich es nicht mehr aushielt, erhob ich mich auf die Knie, ohne die Hände loszulassen und machte so meinen Kopf frei; augenblicklich schüttelte sich unser kleines Boot wie ein Hund, der aus dem Wasser kommt, und befreite sich einigermaßen von den Wogen.

Ich versuchte nun die Betäubung zu überwinden, die mich ergriffen hatte, und meine Sinne zusammenzunehmen, um zu überlegen, was jetzt zu tun sei, als ich fühlte, daß mich jemand am Arm ergriff. Es war mein ältester Bruder, und mein Herz hüpfte vor Freude, denn ich hatte sicher geglaubt, er sei über Bord gefallen, aber im nächsten Augenblick verwandelte sich die Freude in Entsetzen, denn er näherte seinen Mund meinem Ohr und schrie nur das eine Wort: ‚Malstrom‘.

Niemand wird je erfahren, was ich in diesem Augenblick empfand. Ich bebte vom Kopf zu den Füßen wie in einem Anfall von heftigem Schüttelfrost. Ich wußte nur zu gut, was er mit diesem einen Wort meinte, was er mir damit zu verstehen geben wollte. Bei dem Wind, der uns jetzt trieb, mußten wir bestimmt in den Strom geraten, und nichts konnte uns retten. Sie wissen ja, daß wir beim Kreuzen im Stromkanal immer ein großes Stück oberhalb des Wirbels blieben, selbst beim ruhigsten Wetter, und dann vorsichtig warten mußten, bis das Stillwasser kam; aber nun trieben wir genau in den Wirbel und dazu bei einem solchen Orkan! ‚Sicher', dachte ich, ‚werden wir gerade in der Zeit des Stillwassers ankommen, da ist noch ein wenig Hoffnung', aber im nächsten Augenblick fluchte ich mir selbst, daß ich ein solcher Narr sei, überhaupt noch von Hoffnung zu träumen. Ich wußte sehr wohl, daß wir verurteilt waren und wenn wir zehnmal ein neunziger Kanonenboot gewesen wären.

Zu dieser Zeit hatte sich die erste Wut des Sturmes erschöpft, oder vielleicht kam es uns so vor, weil wir vor ihm herliefen, aber jedenfalls erhoben sich die Wogen, die bisher durch den Wind niedergehalten flach und schäumend lagen, jetzt zu wahren Bergen. Auch am Himmel zeigte sich eine merkwürdige Veränderung. Ringsum war er in jeder Richtung immer noch so schwarz wie Pech, aber fast genau über unseren Köpfen brach ganz plötzlich ein kreisrunder Spalt des klaren Himmels hervor, so klar in tiefstem Blau, wie ich ihn kaum jemals sah, und durch ihn schien der Vollmond hindurch mit einem Glanze, den ich nie vorher an ihm gekannt hatte. Er beleuchtete alles um uns her mit größter Deutlichkeit – aber, o Gott! Welches Schauspiel war es, das er da beschien!

Ich machte nun einen oder zwei Versuche, mit meinem Bruder zu sprechen, aber auf irgendeine Weise, die ich nicht begriff, hatte das Getöse so zugenommen, daß er nicht ein einziges Wort verstehen konnte, obgleich ich so laut wie möglich in sein Ohr schrie. Bald darauf schüttelte er den Kopf, wurde totenbleich und hob einen Finger in die Höhe als wollte er sagen: ‚Horch!'

Zuerst verstand ich nicht, was er meinte – aber bald blitzte ein gräßlicher Gedanke in mir auf; ich zog meine Uhr aus der

Tasche. Sie ging nicht. Ich schaute beim Mondlicht auf das Zifferblatt und brach in Tränen aus, während ich sie weit weg in den Ozean warf. Sie war um sieben Uhr stehen geblieben. Wir waren schon über die Zeit der Stille hinaus, und der Wirbel des Stromes in voller Wut!

Wenn ein Boot gut gebaut, richtig ausgerüstet, und nicht zu tief geladen ist, scheint es bei steifer Brise und ungehinderter Fahrt immer, als ob die Wogen hinter ihm herhüpften; das kommt den Landratten sehr sonderbar vor und ist was wir in der Seemannsprache ‚reiten' nennen. Also bisher waren wir sehr geschickt ‚geritten', aber nun ergriff uns eine riesige Woge gerade unter der Quillung, trug uns mit sich und stieg hoch – immer höher – als ob sie in den Himmel wollte. Ich hätte nicht gedacht, daß eine Welle jemals so hochsteigen könne. Und dann kamen wir wieder herunter mit einem Schwung, einem Gleiten und Tauchen, daß ich mich krank und schwindlig fühlte, als ob ich im Traume von einem hohen Berge herunterfiele. Aber während wir oben waren, hatte ich einen raschen Blick rundum geworfen, und dieser Blick genügte schon. Ich übersah in einem Augenblick unsere ganze Lage. Der Wirbel des Moskoestroms war etwa eine Viertelmeile unmittelbar vor uns – aber dem alltäglichen Moskoestrom nicht ähnlicher als der Wirbel, den Sie jetzt sehen, einem Mühlgerinne. Wenn ich nicht gewußt hätte, wo wir waren und was wir zu erwarten hatten, würde ich die Stelle überhaupt nicht erkannt haben. Bei diesem Anblick schloß ich unwillkürlich die Augen vor Entsetzen. Meine Lider preßten sich zusammen wie in einem Krampf.

Es kann nicht mehr als zwei Minuten gedauert haben, bis wir fühlten, daß plötzlich die Wellen nachließen und wir in Schaum eingehüllt waren. Das Boot machte eine scharfe Drehung nach Backbord und schoß dann in seiner neuen Richtung vorwärts wie ein Blitzstrahl. Im gleichen Augenblick wurde das Heulen des Wassers vollständig übertönt durch eine Art von schrillem Schrei, einem Laut, wie Sie ihn sich vielleicht vorstellen können, wenn die Dampfpfeifen einiger tausend Schiffe zu gleicher Zeit ihren Dampf auslassen. Wir waren nun in dem Dunstgürtel, der immer den Wirbel umgibt; und ich dachte natürlich, daß der nächste Augenblick uns in den Abgrund hinunterreißen müsse, in dessen Tiefe wir nur undeutlich sehen konnten infolge der furchtbaren Schnelligkeit, die uns weiterzog. Das Boot schien gar nicht in das Wasser zu sinken, sondern wie eine Luftblase auf der Oberfläche der Brandung hinzugleiten. Seine Steuerbordseite war dem Wirbel zunächst, während Backbord die Welt des Ozeans sich erhob, den wir verlassen hatten. Er stand zwischen uns und dem Horizont wie ein ungeheuerer sich windender Wall.

Es mag sonderbar erscheinen, aber jetzt, da wir im Rachen des Abgrundes waren, fühlte ich mich ruhiger als solange wir uns ihm nur näherten. Daß ich mich damit abgefunden hatte, nichts mehr zu hoffen, befreite mich zum großen Teil von dem Schrecken, der mich zuerst entmutigt hatte. Ich nehme an, daß es die Verzweiflung war, die meine Nerven anspannte. Es mag wie Prahlerei klingen und doch sage ich Ihnen die volle Wahrheit, ich begann nun zu überlegen, wie herrlich es sei, auf diese Weise zu sterben, und wie töricht es von mir war, angesichts dieses herrlichen Beweises von Gottes Größe an etwas so Jämmerliches wie mein eigenes persönliches Leben zu denken. Ich glaube, daß ich vor Scham errötete, als dieser Gedanke meinen Geist durchfuhr. Nach kurzer Zeit ergriff mich die heftigste Neugierde auf den Wirbel selbst. Ich empfand tatsächlich den Wunsch, seine Tiefen zu erkunden, trotz des Opfers, das ich bringen mußte, und mein größter Kummer war, daß ich nie in der Lage sein würde, meinen alten Gefährten am Ufer von den Geheimnissen zu erzählen, die ich sehen würde. Das waren zweifellos sonderbare Einfälle für den Geist eines Mannes in höchster Not. Seither habe ich oft gedacht, daß der Kreislauf des Bootes rings um den Wirbel mich wohl etwas im Kopfe verwirrt hatte.

Noch ein anderer Umstand trug dazu bei, meine Selbstbeherrschung wiederherzustellen, und dies war das Aufhören des Windes, der uns in unserer jetzigen Lage nicht erreichen konnte, denn, wie Sie es selbst sahen, ist der Dunstgürtel wesentlich niedriger als das allgemeine Bett des Ozeans, und dieses türmte nun über uns eine hohe schwarze Gebirgskette. Wenn Sie nie in einer schweren Brise zur See waren, können Sie sich keinen Begriff von der Geistesverwirrung machen, die von Wind und Gischt zu gleicher Zeit verursacht wird. Sie blenden, betäuben und ersticken uns und nehmen uns alle Fähigkeit zu handeln oder zu denken. Aber wir waren diese Plage jetzt in hohem

Maße losgeworden, wie den zum Tode verurteilten Verbrechern noch kleine Vergünstigungen gestattet werden, die ihnen versagt waren, so lange das Urteil noch ausstand.

Ich kann nicht sagen, wie oft wir um den Gürtel herumfuhren. Wir jagten vielleicht eine Stunde lang um und um, mehr fliegend als treibend, mehr und mehr in die Mitte der Sturzsee gelangend, und dann näher und näher zu ihrem fürchterlichen inneren Rand. Während dieser ganzen Zeit ließ ich den Ringbolzen keinen Augenblick los. Mein Bruder war im Heck und hielt sich an einem kleinen Wasserfaß fest, das, sicher unter dem Korb der Quillung befestigt, das einzige Ding an Deck war, das nicht über Bord ging, als der Sturm uns ergriff. Als wir uns dem Rande des Schlundes näherten, ließ er los und stürzte sich auf den Ring, von dem er in seiner Todesangst meine Hände gewaltsam entfernen wollte, da er nicht groß genug war, um uns beiden einen Halt zu bieten. Niemals habe ich tieferen Schmerz empfunden als damals über den Versuch meines Bruders, obgleich ich wußte, daß er im Wahnsinn handelte, im rasenden Wahn der blassen Furcht. Ich wollte aber nicht mit ihm über diesen Punkt sprechen. Ich wußte ja, daß es nichts ausmachte, ob sich überhaupt einer von uns festhielt, deshalb ließ ich den Bolzen los und ging achtern zu dem Faß. Ich hatte dabei wenig Schwierigkeit, da die Schmacke gleichmäßig genug herumflog, den Kiel frei von Schwankungen, nur hin und her den riesigen Schwingungen, dem mühsamen Ringen des Wirbels folgend. Kaum hatte ich mich in meiner neuen Stellung geborgen, als wir einen wilden Ruck Steuerbord bekamen und kopfüber in den Abgrund stürzten. Ich murmelte ein rasches Gebet zu Gott und glaubte, nun sei alles vorbei. Als ich den greulichen Schwung des Sturzes fühlte, hatte ich mich instinktiv fester an das Faß geklammert und die Augen geschlossen. Während einiger Sekunden wagte ich nicht, sie zu öffnen, denn ich erwartete den sofortigen Tod und wunderte mich, daß ich noch nicht im Wasser mit dem Tode kämpfte. Aber Sekunde auf Sekunde verging und ich lebte immer noch. Das Gefühl des Fallens war vorbei und die Bewegung des Schiffes schien wieder so zu sein wie bevor wir in den Schaumgürtel geraten waren, mit der Ausnahme, daß es jetzt längs lag. Ich nahm meinen Mut zusammen und blickte wieder auf meine

Umgebung. Niemals werde ich die Gefühle von Angst, Schrecken und Bewunderung vergessen, mit denen ich um mich sah. Das Boot schien wie durch ein Wunder mittwegs nach der inneren Oberfläche des Trichters zu hängen, der von weitem Umfang und unglaublicher Tiefe war, und dessen glatte Seiten man für Ebenholz gehalten hätte ohne die erschreckende Schnelligkeit ihres Herumwirbelns und den grausigen Schimmer den sie ausströmten, wie die Strahlen des Vollmondes aus dem kreisrunden Spalt, den ich schon beschrieben habe, die eine Flut goldenen Scheines auf die schwarzen Wände und weit hinunter in die innersten Winkel des Abgrundes gossen.

Zuerst war ich zu sehr verwirrt, um irgend etwas genau beobachten zu können. Die plötzliche Erscheinung schrecklicher Größe war alles, was ich begriff. Als ich wieder zu mir kam, fiel mein Blick zufällig nach unten. In dieser Richtung konnte ich ungehindert sehen, wie die Schmacke auf der geneigten Oberfläche des Strudels hing. Sie lag parallel, d. h. ihr Deck lag auf gleicher Ebene mit dem Wasser – aber dieses lag schräg in einem Winkel von mehr als 45°, so daß wir zu kentern schienen. Trotzdem konnte ich bemerken, daß es mir in dieser Lage kaum mehr Mühe machte, Halt und Stand zu wahren, als wenn wir ganz eben gelegen hätten, und ich vermute, daß dies von der Schnelligkeit kam, mit der wir uns drehten.

Die Mondstrahlen schienen den untersten Grund des tiefen Schlundes zu durchsuchen. Aber noch immer konnte ich nichts genau sehen, durch den dicken Nebel, der alles einhüllte und über dem ein herrlicher Regenbogen hing wie die schmale, schwankende Brücke, die nach dem Glauben der Mohammedaner den einzigen Pfad zwischen Zeit und Ewigkeit bildet. Dieser Nebel oder diese Gischt entstand zweifellos durch den Anprall der großen Wände des Trichters, wenn sie in der Tiefe alle zusammenstießen, aber für das Gellen, das aus dem Nebel zum Himmel drang, habe ich keine Erklärung.

Unser erstes Eingleiten aus dem Schaumgürtel in den eigentlichen Abgrund hatte uns ein großes Stück den Hang hinunter getragen, aber unser weiterer Sturz stand nicht im Verhältnis dazu. Um und um schwangen wir, nicht mit einförmiger Bewegung, sondern in schwindelnden Stößen und Rucken, die uns manchmal nur einige hundert Ellen weit, manchmal aber auch durch den ganzen Umfang des Wirbels warfen. Unser Vorwärtskommen bei jeder Drehung war langsam aber merklich.

Als ich um mich schaute über die weite Wüste von flüssigem Ebenholz, die uns trug, merkte ich, daß unser Boot nicht der einzige Gegenstand in den Fängen des Wirbels war. Über uns und unter uns wurden Schiffstrümmer sichtbar, große Massen von Bauholz und Baumstämmen nebst vielen kleineren Gegenständen wie Möbeln, zerbrochenen Kisten, Fässern und Stabholz. Ich habe schon die unnatürliche Neugierde beschrieben, die auf meinen ursprünglichen Schrecken gefolgt war. Sie schien zuzunehmen, je näher ich der Erfüllung meines furchtbaren Schicksals kam. Ich begann nun mit sonderbarem Interesse die vielen Dinge zu beobachten, die mit uns zusammen herumschwammen. Ich muß wahnsinnig gewesen sein, denn ich fand Vergnügen daran, die jeweilige Geschwindigkeit ihres Absturzes in den Schaum unter uns zu erraten. ‚Diese Fichte', hörte ich mich einmal sagen, ‚wird sicher der nächste Gegenstand sein, der den furchtbaren Sturz tut und verschwindet.' Dann war ich enttäuscht, als ich sah, daß das Wrack eines holländischen Frachtschiffes sie überholte und zuerst unterging. Nachdem ich schließlich mehrmals so geraten und mich jedesmal geirrt hatte, brachte mich diese Tatsache – die Tatsache meiner immer wieder falschen Berechnung – auf einen Gedankengang, der meine Glieder erzittern und mein Herz wieder schwerer schlagen ließ. Es war kein neuer Schrecken, der mich so erregte, sondern das Dämmern einer neuen Hoffnung. Diese Hoffnung entstand teils aus der Erinnerung, teils aus augenblicklicher Beobachtung. Ich rief mir die große Verschiedenheit des schwimmenden Materials in Erinnerung, das auf der Küste der Lofoten zerstreut lag, nachdem es von dem Moskoestrom verschlungen und wieder ausgeworfen worden war. Weitaus die meisten Gegenstände waren in unglaublicher Weise zerschmettert – so zerrieben und rauh, als wären sie mit Splittern bespickt –, aber dann besann ich mich genau, daß einige auch gar nicht entstellt waren. Für diese Verschiedenheit konnte ich keine andere Erklärung finden, als daß die rauhgeriebenen Trümmer die einzigen waren, die vollständig verschlungen wurden, und daß die anderen zu so später Zeit der Flut in den

Wirbel geraten oder aus einem anderen Grunde nach dem Einstürzen so langsam gesunken waren, daß sie den Grund nicht erreichten, bevor der Wechsel der Flut oder der Ebbe – wie der Fall eben lag – eintrat. Ich hielt es für möglich, daß sie wieder auf die Fläche des Ozeans in die Höhe zurückgewirbelt waren ohne das Schicksal der anderen zu erleiden, die früher heruntergezogen oder rascher verschlungen wurden. Ich machte außerdem drei wichtige Beobachtungen: Die erste war eine allgemeine Regel, daß, je größer ein Körper ist, desto rascher sein Sturz sein muß; die zweite, daß von zwei Körpern gleichen Rauminhalts, der eine kugelförmig, der andere von irgendwelcher anderen Gestalt, der kugelförmige die größere Geschwindigkeit des Fallens hat; die dritte, daß von zwei Körpern gleicher Größe, der eine zylindrisch, der andere von beliebiger anderer Gestalt, der zylindrische am langsamsten verschlungen wurde. Seit meiner Errettung hatte ich verschiedene Unterhaltungen über diese Fragen mit einem alten Schulmeister unserer Gegend, und von ihm lernte ich die Ausdrücke ‚kugelförmig und zylindrisch'. Er erklärte mir – aber ich habe seine Ausführungen wieder vergessen –, daß ich Tatsachen beobachtet habe, die nur die natürliche Folge der Gestalt der schwimmenden Trümmer seien, und zeigte mir, wie es kam, daß ein in einem Wirbel schwimmender Zylinder der Saugkraft mehr Widerstand entgegensetzte und mit mehr Mühe heruntergezogen wurde als ein ebenso großer Körper von irgendeiner anderen Gestalt.

Noch ein überraschender Umstand, der erheblich dazu beitrug, mir diese Beobachtungen aufzuzwingen und mich eifrig bestrebt zu machen, sie auszunutzen, war, daß wir bei jeder Drehung an einer Art Faß, oder vielleicht der Segelstange eines Schiffsmastes vorbeikamen, während viele der Gegenstände, die in gleicher Höhe mit uns gewesen waren, als ich zum ersten Male die Augen aufschlug, um die Wunder des Wirbels zu sehen, jetzt hoch über uns waren und sich nur wenig von ihrer ursprünglichen Lage entfernt zu haben schienen.

Ich überlegte nicht länger, was zu tun sei, sondern beschloß, mich fest an dem Wasserfaß anzubinden, an dem ich mich hielt, es von der Quillung abzuschneiden und mich damit ins Meer zu werfen. Ich erregte meines Bruders Aufmerksamkeit

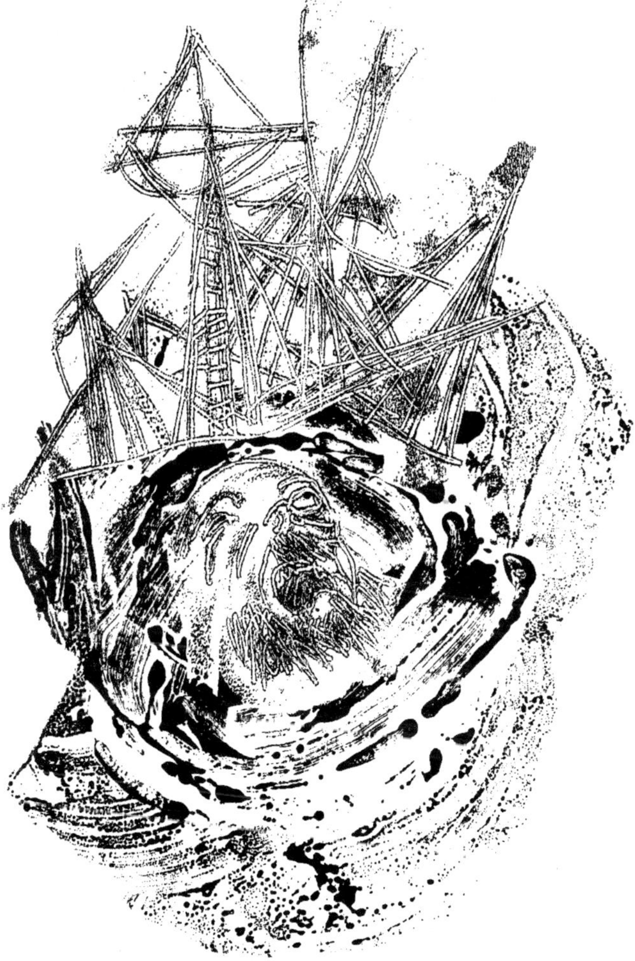

durch Zeichen, deutete auf das schwimmende Faß, das in unsere Nähe kam, und tat alles, was in meinen Kräften stand, um ihm begreiflich zu machen, was ich zu unternehmen im Begriffe stand. Schließlich glaubte ich, daß er meine Absicht verstanden habe, aber gleichviel ob dies der Fall war oder nicht, er schüttelte verzweifelnd den Kopf und lehnte es ab, seine Stellung am Ringbolzen zu verlassen. Es war mir unmöglich, ihn zu erreichen, die dringende Lage gestattete keinen Aufschub, und so überließ ich ihn nach schwerem inneren Kampfe seinem Schicksal, befestigte mich an dem Fasse vermittelst der Laschen, die es an der Quillung festhielten, und stürzte mich damit ohne einen Augenblick des Zögerns ins Meer. Der Erfolg war genau der erhoffte. Da ich selbst Ihnen diese Geschichte erzähle, Sie also sehen, daß ich entkam, und da Sie schon wissen, auf welche Weise meine Rettung geschah, Sie also schon im voraus ahnen müssen, was ich noch weiter zu sagen habe, will ich meine Erzählung rasch beenden. Es mochte ungefähr eine Stunde vergangen sein, nachdem ich das Boot verlassen hatte, als es, nachdem es eine weite Strecke unter mich gestürzt war, drei oder vier wilde Drehungen rasch nacheinander machte und – meinen lieben Bruder mit sich fortreißend – plötzlich kopfüber untertauchte und auf ewig im schaumigen Chaos der Tiefe verschwand. Das Faß, das mich trug, war nur wenig tiefer gesunken als in die Mitte des Abstandes zwischen dem Boden des Abgrundes und der Stelle, wo ich über Bord gesprungen war, als der Wirbel sich vollständig veränderte. Die schrägen Seiten des weiten Trichters wurden jeden Augenblick weniger steil. Die Drehungen des Wirbels nahmen zusehends an Heftigkeit ab. Nach und nach verschwanden sowohl der Schaum als auch der Regenbogen, und der Grund des Schlundes schien langsam aufzusteigen. Der Himmel war klar, der Wind hatte sich gelegt, und der Vollmond ging strahlend im Westen auf, als ich mich auf der Oberfläche des Ozeans angesichts der Küste von Lofoten wiederfand über der Stelle, wo der Wirbel des Malstromes gewesen war. Es war Stillwasserzeit – aber die See wogte noch immer in bergähnlichen Wellen infolge des Orkans. Ich wurde mit Wucht in den Kanal des Stromes getragen und nach wenigen Minuten auf die Küste der Fischplätze geworfen. Ein Boot fischte mich auf, vor Müdigkeit erschöpft und (jetzt, da die Gefahr vorüber war) sprachlos in der Erinnerung an ihre Schrecken. Die mich an Bord zogen, waren meine alten Kameraden und Gefährten, aber sie erkannten mich nicht besser, als wenn ich ein Reisender aus dem Geisterlande gewesen wäre. Mein Haar, am Tag vorher noch rabenschwarz, war so weiß, wie Sie es jetzt sehen. Sie sagen auch, daß mein Gesichtsausdruck sich verändert habe. Ich erzählte ihnen meine Geschichte, und sie glaubten sie nicht. Ich erzähle sie Ihnen jetzt, aber ich kann kaum erwarten, daß Sie mir mehr Glauben schenken als die lustigen Fischer der Lofoten."

Die schwarze Katze

Für die unheimliche und doch so natürliche Erzählung, die ich jetzt niederschreiben werde, erwarte ich keinen Glauben und verlange ihn auch nicht. Denn, wahnsinnig müßte ich sein, wollte ich von anderen Glauben erwarten in einem Falle, wo selbst meine Sinne ihre eigenen Wahrnehmungen verwerfen. Und ich bin doch nicht wahnsinnig und sicher träume ich auch nicht. Aber morgen muß ich sterben, und heute möchte ich meine Seele entlasten. Meine wahre Absicht ist, kurz und schlicht und ohne Erklärung eine Folge ausschließlich häuslicher Ereignisse aller Welt darzustellen. Die Verkettung dieser Ereignisse hat mich erschreckt, gefoltert und vernichtet. Doch ich will nicht versuchen, sie auszulegen. Für mich haben sie nichts anderes bedeutet als Qual – – aber manchen werden sie weniger schrecklich als barock vorkommen. Späterhin wird sich vielleicht ein Geist finden, der meinen anscheinend phantastischen Bericht als Selbstverständlichkeit deutet – – ein Geist, der ruhiger, logischer und sehr viel weniger erregbar ist als der meinige, und der in den Umständen, die ich mit Angst erzähle, nichts mehr sehen wird, als eine einfache Folge ganz natürlicher Ursachen und Wirkungen.

Seit meiner Kindheit galt ich als fügsam und sanft. Meine Weichherzigkeit war sogar so auffällig, daß ich meinen Kameraden zum Spott wurde. Ich liebte besonders die Tiere, und meine Eltern erlaubten mir, eine große Anzahl zahmer Lieblinge zu halten. Mit diesen verbrachte ich meine freie Zeit und war nie glücklicher, als wenn ich sie fütterte und liebkoste. Diese Eigentümlichkeit meines Charakters nahm zu, als ich heranwuchs, und im Mannesalter war sie eine der Hauptquellen meiner Freuden. Wer jemals einen treuen klugen Hund geliebt hat, kennt die Art und Stärke der Befriedigung, die eine solche Neigung gewährt. Es liegt etwas in der selbstlosen und aufopfernden Liebe eines Tieres, was dem direkt zu Herzen geht, der häufig Gelegenheit hatte, die armselige Freundschaft und wesenlose Treue der Menschen zu erproben.

Ich heiratete früh und war so glücklich, in meiner Frau Verständnis für meine Neigungen zu finden. Als sie meine Vorliebe für Haustiere bemerkte, ließ sie keine Gelegenheit vorübergehen, solche von angenehmster Art zu beschaffen. Wir hatten Vögel, Goldfische, einen schönen Hund, Kaninchen, ein Äffchen und eine Katze. Diese war ein auffallend großes und schönes Tier, ganz schwarz und außergewöhnlich klug. Meine Frau, die im Grunde ziemlich abergläubisch war, machte wegen dieser Klugheit häufige Anspielungen auf den alten Volksglauben, daß alle schwarzen Katzen verkleidete Hexen seien. Nicht als ob sie dies jemals ernsthaft behauptet hätte; ich erwähne die Sache überhaupt nur, weil sie mir eben in den Sinn kommt.

Pluto – – das war der Name der Katze – – war mein Liebling und Spielgefährte. Ich allein fütterte sie und sie begleitete mich überall im Hause. Ich konnte sie sogar nur mit Mühe davon abhalten, mir durch die Straßen zu folgen. So dauerte unsere Freundschaft mehrere Jahre, während welcher mein Temperament und mein Charakter durch den Einfluß des bösen Feindes Unmäßigkeit (ich erröte, es zu gestehen) eine gründliche Wandlung zum Schlechten durchmachten. Von Tag zu Tag wurde ich mürrischer, gereizter und rücksichtsloser gegen die Gefühle anderer. Ich erging mich in zügellosen Ausdrücken gegen meine Frau und drohte ihr schließlich sogar mit Gewalttätigkeiten. Meine Haustiere ließ ich natürlich auch den Wechsel meiner Stimmungen fühlen. Ich vernachlässigte sie nicht nur, sondern ich behandelte sie schlecht. Immerhin behielt ich für Pluto noch Rücksicht genug, um mich davon abzuhalten, die Katze zu quälen, während ich mir kein Gewissen daraus machte, die Kaninchen, den Affen und sogar den Hund zu mißhandeln, wenn sie mir zufällig oder aus Liebe in den Weg liefen. Aber mein Leiden nahm überhand – (denn kein Leiden ist so hartnäckig wie der Trunk!) – und sogar Pluto, jetzt alt und infolgedessen etwas launisch geworden, begann nun die Wirkungen meiner schlechten Stimmung zu erfahren.

Als ich einmal nachts sehr betrunken von einer meiner Streifereien durch die Stadt nach Hause kam, bildete ich mir ein, die Katze fliehe meine Gegenwart. Ich ergriff sie, aber in der Angst vor meiner Gewalttätigkeit brachte sie mit ihren Zähnen meiner Hand eine kleine Wunde bei. Eine teuflische Wut überfiel mich sofort. Ich war meiner selbst nicht mehr mächtig. Es war, als ob meine Seele plötzlich aus meinem Körper geflohen wäre und eine mehr als feindliche Bosheit, vom Branntwein genährt, jede Faser meines Wesens durchdränge. Aus meiner Westentasche nahm ich ein Federmesser, öffnete es, ergriff das arme Tier bei der Kehle und schnitt bedächtig eins seiner Augen aus der Höhle. Ich erröte, ich glühe, ich schaudere, während ich diese verwerfliche Scheußlichkeit verzeichne.

Als am Morgen mein Verstand zurückkehrte, als ich den Dunst der nächtlichen Ausschweifung ausgeschlafen hatte, überkam mich ein Gefühl halb von Grauen, halb von Reue über das Verbrechen, das ich begangen hatte, aber es war doch nur ein schwaches, unbestimmtes Gefühl, und die Seele blieb davon unberührt. Ich verfiel wieder in Ausschweifungen und ertränkte bald alle Erinnerungen an meine Tat im Weine.

Inzwischen genas die Katze allmählich. Die leere Augenhöhle bot allerdings einen schrecklichen Anblick, doch schien sie nicht mehr zu leiden. Sie lief wie gewöhnlich im Hause umher, aber, wie zu erwarten war, floh sie meine Nähe mit wahrem Entsetzen. Soviel war noch von meinem alten Herzen geblieben, daß ich von dieser offenbaren Abneigung eines Geschöpfes, das mich einst so sehr geliebt hatte, zunächst schmerzlich berührt war. Aber dieses Gefühl wich bald dem Zorne, und schließlich, um mich ganz zu verderben, überkam mich der Geist der Perversität. Die Philosophie schenkt diesem Geiste keine Beachtung. Aber, so sicher ich bin, daß ich eine lebendige Seele habe, so sicher weiß ich auch, daß die Perversität einer der primären Triebe des menschlichen Gemütes ist, eine der ursprünglichen, unteilbaren Fähigkeiten oder Empfindungen, die den Charakter des Menschen lenken. Wer hat nicht hundertmal erlebt, daß er eine gemeine oder törichte Tat nur deshalb beging, weil er wußte, daß er es nicht sollte? Haben wir nicht, unserer Einsicht zum Trotz, die dauernde Neigung, das Gesetz zu übertreten, lediglich weil wir wissen, daß es Gesetz ist? Wie gesagt, der Geist der Perversität überkam mich, um mich schließlich zu vernichten. Jenes unergründliche Sehnen der Seele, sich selbst zu quälen, der eigenen Natur Gewalt anzutun, das Schlechte um des Schlechten willen zu begehen, zwang mich, das Unrecht fortzusetzen und zu vollenden, das ich dem unschuldigen Tier angetan hatte. Kalten Blutes legte ich eines

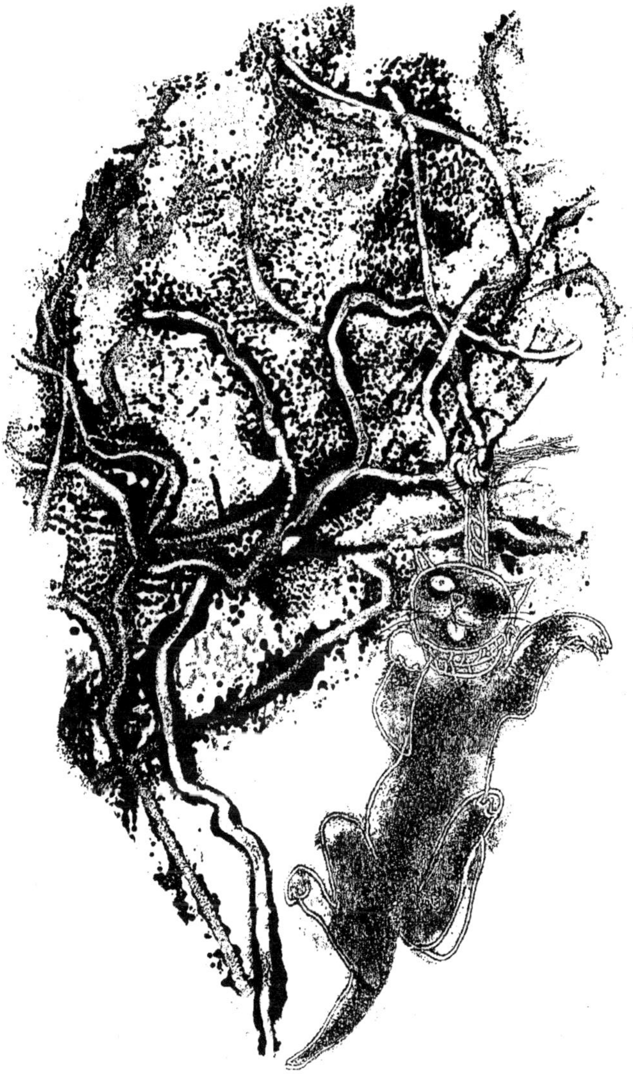

Morgens eine Schlinge um seinen Hals und hängte es am Ast eines Baumes auf. Ich hängte es auf mit Tränen im Auge und mit bitterer Reue im Herzen. Ich hängte es auf, weil ich wußte, daß es mich geliebt hatte, weil ich fühlte, daß es mir keinen Grund zur Unzufriedenheit gegeben hatte, ich hängte es auf, weil ich wußte, daß ich durch diese Tat eine Sünde beging: eine Todsünde, die, wenn dies möglich wäre, meine unsterbliche Seele dem Bereiche der unendlichen Barmherzigkeit des allgütigen und furchtbaren Gottes entrücken könnte.

In der Nacht, die auf den Tag folgte, der die grausame Tat sah, wurde ich durch Feuerlärm aus dem Schlafe geweckt. Meine Bettvorhänge loderten, das ganze Haus stand in Flammen. Nur mit großer Mühe konnten meine Frau, eine Magd und ich aus der Brandstätte entfliehen. Die Zerstörung war vollständig. Meine ganze irdische Habe war verschlungen, und ich gab mich der Verzweiflung hin. Ich fühle mich erhaben über die Schwäche, einen Zusammenhang zwischen dem Unglück und der Greueltat zu suchen. Dennoch reihe ich eine Kette von Tatsachen aneinander, und ich will auch kein einziges Glied auslassen. Am Tage nach dem Feuer besuchte ich die Ruine. Die Mauern, mit einer einzigen Ausnahme waren eingefallen. Die Ausnahme war eine nicht sehr dicke Zwischenwand, die ungefähr in der Mitte des Hauses stand und an der früher das Kopfende meines Bettes gelehnt hatte. Der Bewurf hatte hier der Gewalt des Feuers gut widerstanden, was ich darauf zurückführte, daß er erst kürzlich aufgetragen war. Eine dichte Menschenmenge war um diese Mauer versammelt, und mehrere Personen schienen eine bestimmte Stelle mit großer Aufmerksamkeit genau zu betrachten. Die Worte „sonderbar“, „eigentümlich“ und andere ähnliche Ausrufe erregten meine Neugier. Ich trat näher und sah – wie ein Basrelief[1] in die weiße Oberfläche eingegraben – die Gestalt einer riesigen Katze. Der Ausdruck war mit geradezu wunderbarer Genauigkeit wiedergegeben. Um den Hals des Tieres lag eine Schnur. Als ich diese Erscheinung zuerst wahrnahm – denn ich konnte sie für nichts Geringeres halten – waren mein Erstaunen und mein Schrecken ungeheuer. Aber schließlich kam mir die Überlegung

[1] Tiefrelief; relativ flach gearbeitetes Relief.

zu Hilfe. Ich erinnerte mich, daß ich die Katze in einem Garten aufgehängt hatte, der an das Haus angrenzte. Auf den Feuerlärm hin hatte sofort eine große Menschenmenge den Garten angefüllt, und da mußte irgend jemand das Tier vom Baum abgeschnitten und durch das offene Fenster in mein Zimmer geworfen haben, wahrscheinlich in der Absicht, mich aus dem Schlafe zu wecken. Das Einfallen anderer Wände hatte das Opfer meiner Grausamkeit zusammengepreßt in die Masse des frisch aufgetragenen Gipses. Der darin enthaltene Kalk zusammen mit den „Ammonia" aus der Tierleiche hatte dann das Bildnis vollendet, wie ich es sah. Obgleich ich mich also wegen des eben geschilderten überraschenden Anblicks willig auf meinen Verstand berief – wenn auch nicht zugleich auf mein Gewissen –, so machte er doch einen tiefen Eindruck auf meine Einbildung. Monatelang wurde ich die Erscheinung der Katze nicht los, und während dieser Zeit kam in meinen Geist ein Halbgefühl zurück, das Reue zu sein schien, es aber nicht war. Ich ging so weit, den Verlust des Tieres zu bedauern und mich an den verächtlichen Orten, die ich jetzt regelmäßig besuchte, nach einem anderen Haustier von derselben Art und einigermaßen ähnlichem Aussehen umzusehen, um es an die Stelle des getöteten zu setzen.

In einer Nacht, als ich halb betäubt in einer mehr als übel berufenen Spelunke saß, wurde meine Aufmerksamkeit plötzlich angezogen von einem schwarzen Gegenstand, der auf einem der riesigen Branntwein- oder Rumfässer lag, die die hauptsächliche Ausstattung des Raumes bildeten. Ich hatte schon mehrere Minuten beständig auf dieses Oxhoft[1] hingestarrt, und was mich nun überraschte, war, daß ich den Gegenstand, der darauflag, nicht früher bemerkt hatte. Ich trat näher und berührte ihn mit der Hand. Es war eine schwarze Katze – und zwar eine sehr große – genau so groß wie Pluto und ihr ähnlich in jeder Beziehung außer in einer: Pluto hatte kein weißes Haar am ganzen Körper, während diese Katze einen großen etwas verschwommenen weißen Fleck hatte, der fast die ganze Brust bedeckte. Als ich sie berührte, erhob sie sich sofort, schnurrte laut, rieb sich an meiner Hand und schien von meiner

[1] Hohlmaß besonders für Wein und Spirituosen; hier im Sinne von Gefäß, Faß.

Aufmerksamkeit erfreut. Das war genau das Geschöpf, das ich suchte. Ich bot dem Wirt sofort an, es zu kaufen, aber er erklärte es nicht für sein Eigentum, wußte nichts davon, hatte es früher nicht gesehen. Ich setzte meine Liebkosungen fort, und als ich aufbrach, begleitete mich das Tier. Ich erlaubte es ihm und bückte mich zuweilen unterwegs, um es zu streicheln. Zu Hause gewöhnte es sich gleich ein und wurde rasch der Liebling meiner Frau.

Aber ich fühlte bald eine Abneigung in mir erwachen. Ich hatte genau das Gegenteil erwartet, aber – ich weiß nicht wieso und woher es kam – die offensichtliche Liebe der Katze zu mir war mir ziemlich widerlich und ärgerlich. Langsam ging dieses Gefühl von Widerwillen und Ärger in bitteren Haß über. Ich ging dem Geschöpf aus dem Wege; ein gewisses Schamgefühl und die Erinnerung an meine frühere grausame Tat bewahrte mich davor es körperlich zu mißhandeln. Während mehrerer Wochen schlug ich es nicht und ging auch sonst nicht gewalttätig mit ihm um, aber nach und nach kam ich so weit, es mit unaussprechlichem Ekel zu betrachten und seine abscheuliche Gegenwart wie den Pesthauch zu fliehen.

Zu meinem Haß gegen das Tier trug zweifellos bei, daß ich am Morgen, nachdem ich es nach Hause gebracht hatte, entdeckte, daß es auch, wie Pluto, eines Auges beraubt war. Aber dieser Umstand machte es meiner Frau nur noch lieber, denn, wie ich schon gesagt habe, besaß sie in hohem Maße jenes Gefühl des Mitleidens, das einstmals auch ein besonderer Zug meines Charakters und die Quelle meiner einfachsten und reinsten Freuden gewesen war. Mit meinem Widerwillen gegen die Katze schien deren Vorliebe für mich zuzunehmen. Sie folgte mir auf dem Fuße mit einer Hartnäckigkeit, die ich dem Leser nur schwer verständlich machen kann. Sobald ich saß, kroch sie unter meinen Stuhl oder sprang auf meine Knie und bedeckte mich mit ekelhaften Liebkosungen. Wenn ich aufstand, um zu gehen, geriet sie zwischen meine Füße und warf mich fast um oder schlug ihre langen scharfen Krallen in meinen Rock und kletterte so an meine Brust. In solchen Augenblicken sehnte ich mich danach, sie mit einem Schlag zu vernichten, aber ich wurde davon abgehalten, z. T. durch die Erinnerung an meine frühere Missetat, hauptsächlich aber – laßt es mich gestehen –

durch wirkliche Furcht vor dem Tier. Es war nicht eigentlich Furcht vor körperlichem Schaden – und doch weiß ich nicht, wie ich es sonst erklären soll. Ich schäme mich fast zuzugeben, ja – sogar in dieser Zelle der Schmach schäme ich mich fast zuzugeben –, daß der Schrecken und das Grauen, das dieses Tier mir einflößte, noch erhöht wurde durch das offenbarste Hirngespinst, das sich ausdenken läßt. Meine Frau hatte mich öfters auf die Form der Zeichnung von weißen Haaren aufmerksam gemacht, die ich schon erwähnt habe, und die den einzigen sichtbaren Unterschied bildete, zwischen dem fremden Tier und jenem, das ich getötet hatte. Der Leser wird sich erinnern, daß dieser Fleck ursprünglich zwar groß, aber sehr undeutlich war; aber nach und nach, fast unmerklich – so daß mein Verstand lange darum kämpfte, es nur als Einbildung zu betrachten, hatte er schließlich eine scharfe Deutlichkeit des Umrisses angenommen. Es war jetzt die Darstellung eines Dinges, das zu nennen ich schaudere – und deshalb vor allem verabscheute und fürchtete ich das Ungeheuer und würde mich seiner entledigt haben, wenn ich es gewagt hätte –. Es war jetzt, sage ich, das greuliche Abbild eines grausigen Dings – des Galgens! O klägliches und gräßliches Werkzeug von Schrecken und Verbrechen, von Seelenangst und Tod!

Und nun war ich in der Tat elend, über alle menschlichen Begriffe elend. Und ein unvernünftiges Tier, wie ich ein gleiches geringschätzig zerstört hatte, ein unvernünftiges Tier hatte mich vernichtet? Mich, einen Menschen, der nach Gottes Ebenbild erschaffen war! Welch unerträgliche Pein! Wehe! Weder bei Tage noch bei Nacht kannte ich jemals wieder den Segen der Ruhe. Tagsüber ließ das Geschöpf mich keinen Augenblick allein, und in der Nacht schreckte ich jede Stunde aus Träumen unsagbarer Angst auf und fand den heißen Atem des Dings auf meinem Gesicht und sein schweres Gewicht – einen eingefleischten Nachtmahr[1], den abzuschütteln ich keine Macht hatte – auf meinem Herzen lastend.

Unter dem Drucke solcher Qualen unterlag der schwache Rest des Guten in mir. Böse Gedanken wurden meine einzigen Vertrauten, die dunkelsten und schlimmsten aller Gedanken.

[1] Nachtgespenst, Alp.

Meine gewöhnlich mürrische Stimmung verstärkte sich zum Haß gegen alle Dinge und gegen die ganze Menschheit; und mein, ach! sich nie beklagendes Weib war das häufigste und geduldigste Opfer der unbezähmbaren plötzlichen Ausbrüche einer Wut, der ich mich jetzt blind hingab.

Eines Tages begleitete sie mich auf irgendeinem häuslichen Gang in den Keller des alten Gebäudes, das wir, durch unsere Armut gezwungen, jetzt bewohnten. Die Katze folgte mir die steile Treppe hinunter, warf mich fast kopfüber und reizte mich zum Wahnsinn. Da hob ich eine Axt auf und – in meinem Zorn die kindische Angst vergessend, die bisher meine Hand zurückgehalten hatte – richtete einen Schlag auf das Tier, der es sicher sofort getötet hätte, wäre er gefallen wie ich es wünschte. Aber dieser Schlag wurde von der Hand meiner Frau aufgehalten. Durch diese Einmischung zu mehr als teuflischer Wut gestachelt, entzog ich meinen Arm ihrem Griff und schlug die Axt tief in ihr Haupt. Sie fiel tot auf dem Fleck nieder, ohne einen Laut.

Nachdem ich diesen scheußlichen Mord verübt hatte, begab ich mich sofort und mit ruhiger Überlegung an die Aufgabe, die Leiche zu verbergen. Ich wußte, daß ich sie nicht aus dem Hause entfernen konnte ohne Gefahr, von Nachbarn beobachtet zu werden. Verschiedene Pläne gingen mir durch den Sinn. Zunächst dachte ich daran, die Leiche in kleine Stücke zu zerschneiden und sie zu verbrennen. Sodann wollte ich ein Grab in den Boden des Kellers graben. Des weiteren überlegte ich, ob ich sie im Hof in den Brunnen werfen oder wie eine Ware mit der dabei üblichen Sorgfalt in eine Kiste packen und durch einen Gepäckträger aus dem Hause schaffen lassen sollte. Schließlich verfiel ich auf eine meiner Ansicht nach weit bessere Lösung als die bisherigen. Ich beschloß, sie im Keller einzumauern – so wie erzählt wird, daß die Mönche im Mittelalter ihre Opfer einmauerten. Der Keller war für ein solches Vorhaben sehr geeignet. Die Wände waren leicht gebaut und kürzlich vollständig mit einem rauhen Verputz beworfen, der infolge der Feuchtigkeit der Luft nicht hart geworden war. Außerdem befand sich in einer der Mauern ein von einem falschen Kamin gebildeter Vorsprung, der aufgefüllt und somit ausgeglichen war. Ich bezweifelte nicht, daß ich mit Leichtigkeit die Ziegelsteine an dieser Stelle herausnehmen, die Leiche hineinbringen und das ganze wiederherstellen könnte, wie es vorher gewesen war, so daß kein menschliches Auge Verdacht schöpfen würde.

Und in dieser Berechnung wurde ich nicht getäuscht.

Mit einem Brecheisen nahm ich leicht die Ziegel heraus, dann lehnte ich die Leiche vorsichtig gegen die innere Wand, stützte sie in dieser Lage und setzte den ganzen Aufbau wieder so zusammen, wie er ursprünglich gestanden hatte. Nachdem ich mir mit aller erdenklichen Vorsicht Mörtel und Sand verschafft hatte, machte ich einen Verputz, der von dem alten nicht zu unterscheiden war, und bestrich damit sehr sorgfältig den neuen Backsteinbau. Als ich fertig war, fühlte ich mich befriedigt, da alles in Ordnung schien. Der Wand sah man nicht im geringsten an, daß etwas damit geschehen war. Den Schutt auf dem Boden hatte ich mit größter Sorgfalt entfernt. Ich sah mich triumphierend um und sagte zu mir selbst: „Hier ist nun endlich meine Arbeit nicht vergebens gewesen."

Mein nächstes Unternehmen war, das Tier zu suchen, das soviel Elend verursacht hatte, denn mein Entschluß stand fest, es umzubringen. Hätte ich es in diesem Augenblick erwischen können, so wäre über sein Schicksal kein Zweifel mehr geblieben, aber anscheinend hatte die Heftigkeit meines vorherigen Zornes das listige Tier erschreckt, und es vermied, sich mir in meiner jetzigen Stimmung zu zeigen. Es ist unmöglich, das tiefe wohltuende Gefühl der Erleichterung zu beschreiben oder sich vorzustellen, das die Abwesenheit des verhaßten Geschöpfes in mir erregte. Während der Nacht erschien es nicht, und so schlief ich wenigstens eine Nacht seit seiner Einführung in unser Haus, schlief tief und ruhig, ach! schlief mit der Last eines Mordes auf der Seele.

Der zweite und dritte Tag vergingen auch, ohne daß mein Peiniger kam. Ich atmete wieder einmal wie ein freier Mann. Das Scheusal war aus Angst vor mir aus dem Grundstück entflohen. Ich würde es nie wieder sehen! Mein Glück war grenzenlos! Die Schuld meiner finsteren Tat störte mich nur wenig. Es waren einige Nachfragen erfolgt, die aber leicht beantwortet wurden. Es hatte sogar eine Haussuchung stattgefunden – aber natürlich war nichts entdeckt worden. Ich hielt mein künftiges Glück für gesichert.

Etwa am vierten Tage nach dem Mord kam ganz unerwartet eine Polizeiabteilung in mein Haus zu einer nochmaligen gründlichen Nachforschung auf dem Grundstück. Aber, der Unauffindbarkeit meines Versteckes sicher, fühlte ich mich keineswegs in Gefahr. Die Beamten baten mich, sie bei ihrer Suche zu begleiten. Sie ließen keine Ecke und keinen Winkel undurchstöbert. Schließlich gingen sie zum dritten oder vierten Male in den Keller. Ich zitterte mit keinem Muskel. Mein Herz schlug ruhig wie das eines unschuldig Schlummernden. Ich durchschritt den Keller von einem Ende zum anderen, ich kreuzte meine Arme über der Brust und ging ruhig hin und her. Die Polizei war durchaus befriedigt und im Begriffe fortzugehen.

Die Freude meines Herzens war zu groß, um unterdrückt zu werden. Ich brannte darauf, wenigstens ein einziges Wort des Triumphes zu sagen, auch um die Gewißheit meiner Unschuld doppelt darzutun.

„Meine Herren," sagte ich schließlich, als sie die Stufen hinaufstiegen, „ich bin glücklich, ihren Verdacht zerstreut zu haben, ich wünsche Ihnen beste Gesundheit und etwas mehr Höflichkeit. Übrigens, meine Herren, ist dies ein sehr gut gebautes Haus" (in dem tollen Wunsch, etwas leichthin zu sagen, wußte ich kaum mehr, was ich überhaupt sagte), „ich kann wohl behaupten, ein ausgezeichnet gebautes Haus. Diese Mauern – gehen Sie schon, meine Herren? – diese Mauern sind solid zusammengefügt", und jetzt, in der Raserei der Herausforderung, schlug ich fest mit einem Stock, den ich in der Hand hielt, genau auf den Teil der Wand, wo die Leiche meiner Frau stand.

Aber, Gott schütze mich und befreie mich aus den Krallen des Erbfeindes! Kaum war der Widerhall meiner Schläge verklungen, als die Antwort kam aus dem Grabe! – Durch einen Schrei, erst gedämpft und gebrochen wie das Schluchzen eines Kindes und dann rasch anschwellend in ein langes, lautes, andauerndes Gellen, unnatürlich und unmenschlich, ein Heulen – ein jammernder Angstschrei, halb Grauen, halb Triumph, wie er nur aus der Hölle aufsteigen kann, zugleich aus den Kehlen der Verdammten in Todesangst und der Teufel, die in Verdammnis frohlocken.

Es wäre Wahnsinn, von meinen eigenen Gedanken zu sprechen. Ohnmächtig taumelte ich an die gegenüberliegende Wand. Nur einen Augenblick blieb die Gruppe auf der Treppe bewegungslos aus äußerstem Schrecken und Angst. Dann arbeiteten sofort ein Dutzend starker Arme an der Wand. Sie fiel ein. Die Leiche stand, schon stark verwest und mit geronnenem Blut bedeckt, aufrecht vor den Augen der Beschauer. Über ihrem Kopfe saß mit rotem weitaufgerissenem Maul und einem einzigen feurigen Auge das greuliche Tier, dessen Hinterlist mich zum Morde aufgestachelt und dessen Stimme mich dem Henker ausgeliefert hat.

Ich hatte das Scheusal mit in das Grab gemauert.

Der Fall des Hauses Usher

Mein Herz, ein hängend Saitenspiel,
Bei jedem Hauch erklingt.
Béranger

Während eines ganz dumpfen, dunklen und klanglosen Herbsttages dieses Jahres, als die Wolken drückend tief vom Himmel hingen, war ich zu Pferd durch eine seltsam trübe Gegend geritten und befand mich schließlich als der Abend dämmerte im Angesichte des melancholischen Usherhauses. Ich weiß nicht wie es kam, aber beim ersten Blick auf das Gebäude ergriff mich ein Gefühl von unerträglicher Schwermut. Ich sage „unerträglich", denn das Gefühl wurde nicht durch irgendeine jener halbwohltuenden, weil poetischen Empfindungen erleichtert, womit das Gemüt gewöhnlich selbst die finstersten natürlichen Bilder von Trostlosigkeit oder Schrecken aufnimmt. Ich sah auf das Bild vor mir – auf das Haus selbst, die einfache landschaftliche Umgebung des Besitztums, die kahlen Mauern, die Fenster, die leeren Augenhöhlen glichen, auf etwas wild wachsendes Schilfgras und auf einige morsche weiße Baumstämme – mit einer solchen seelischen Niedergeschlagenheit, daß ich sie mit keinem irdischen Gefühl besser vergleichen kann, als mit dem Nachtraum des Opiumrauchers, dem bitteren Übergang ins tägliche Leben, dem furchtbaren Fallen des Schleiers. Mein Herz empfand eine Eiseskälte, eine krankhafte, drückende, unerlöste Düsterheit, die keine Phantasie ins Erhabene wandeln konnte. Was war es – ich hielt ein, um nachzudenken, was war es, das mich beim Betrachten des Usherhauses so niederdrückte? Es war ein ganz unlösbares Geheimnis; auch konnte ich die schattenhaften Phantasien, die sich um mich häuften, während ich nachsann, nicht überwinden. Ich mußte auf die unbefriedigende Lösung zurückkommen, daß, obgleich es zweifellos Zusammenstellungen sehr einfacher natürlicher Gegenstände gibt, die die Macht haben, uns so zu beeinflussen, doch die Analyse dieser Macht in Betrachtungen liegt, die unser Begriffsvermögen übersteigen. Es wäre möglich, überlegte ich, daß schon eine Änderung in der Anordnung der Szene, in den Einzelheiten des Bildes genügen könnte, um ihr Vermögen, traurige Eindrücke hervorzurufen, zu mildern oder sogar zu vernichten; und diesem Gedanken folgend, lenkte ich mein Pferd zu dem steilen Ufer eines schwarzen, geisterhaften Sees, der in ruhigem Schimmer vor dem Wohnhause lag, und sah hinab, aber mit einem durchdringenderen Schauder als vorher – auf das sich spiegelnde umgekehrte Bild der grauen Schilfgräser, der gespenstischen Baumstämme und der augenähnlichen Fenster.

Trotzdem hatte ich die Absicht, einige Wochen in diesem Hause der Schwermut zu bleiben. Sein Besitzer, Roderick Usher, war einer meiner lustigen Kameraden in der Knabenzeit gewesen; aber seit unserem letzten Zusammensein waren viele Jahre vergangen. Doch hatte mich kürzlich ein Brief von ihm in einer entfernten Gegend des Landes erreicht, ein Brief, dessen seltsam zudringliche Art nur eine persönliche Antwort gestattete. Das Schreiben ließ nervöse Aufregung erkennen. Der Schreiber erwähnte einen Anfall körperlicher Krankheit – eine geistige Störung, die ihn bedrücke, und den aufrichtigen Wunsch, mich zu sehen, mich, seinen besten und tatsächlich einzigen persönlichen Freund. Damit verband er die Hoffnung, daß der erheiternde Eindruck meiner Gesellschaft seine Krankheit vielleicht mildern könne. Es war die Art, wie alles dies und noch manches andere ausgedrückt war, es war der offenbare Anteil des Herzens an dieser Bitte, was mir keinen Augenblick des Zögerns gestattete, und deshalb kam ich sofort der Aufforderung nach, obgleich ich sie immer noch sehr merkwürdig fand.

Wenn wir auch als Knaben sogar recht intime Kameraden gewesen waren, so wußte ich doch tatsächlich recht wenig von meinem Freunde. Er war stets von einer außerordentlichen, ihm natürlichen Zurückhaltung gewesen. Es war mir jedoch bekannt, daß seine sehr alte Familie seit Menschengedenken für ihre besondere Empfindsamkeit des Gemütes berühmt war, die sich lange Jahre hindurch in erhabenen Kunstwerken ausgedrückt und in letzter Zeit sich durch großzügige, aber unaufdringliche Wohltätigkeit geäußert hatte, sowie in der leidenschaftlichen Hingabe an die Schwierigkeiten vielleicht noch mehr als an die eigentlichen und leicht erkennbaren Schönheiten der musikalischen Kunst. Ich hatte auch die merkwürdige Tatsache erfahren, daß der Stamm des Geschlechtes der Usher, so alt ehrwürdig er auch sein mochte, niemals einen dauerhaften Seitenzweig hervorgebracht hatte, mit anderen Worten, daß die ganze Familie sich nur in der direkten Deszendenzlinie[1] erhalten, und, von sehr unbedeutenden und vergänglichen Ausnahmen abgesehen, von jeher so bestanden hatte.

Während ich mir in Gedanken die völlige Übereinstimmung des Charakters des Hauses mit dem mir bekannten Charakter der Familie vor Augen stellte und den Einfluß erwog, den sie möglicherweise im Verlauf der Jahrhunderte aufeinander ausgeübt haben mochten, sagte ich mir, daß vielleicht gerade der Mangel an Seitenlinien und die daraus folgende unausweichliche Vererbung des Besitztums mit dem Namen stets nur vom Vater auf den Sohn dazu geführt haben, beide zu identifizieren und den ursprünglichen Namen des Erbgutes in die sonderbare und doppelsinnige Bezeichnung „Usherhaus" zu verschmelzen, eine Bezeichnung, die in den Köpfen der Bauern, die sie gebrauchten, sowohl die Familie als den Herrensitz umfaßte. Wie gesagt, war der einzige Erfolg meines etwas kindlichen Beginnens, in den See hineinzusehen, der, den ersten sonderbaren Eindruck zu vertiefen. Unzweifelhaft hat das Bewußtsein des raschen Zunehmens meines Aberglaubens – denn weshalb soll ich ihn nicht so nennen? – lediglich dazu gedient, dessen Wachsen noch zu beschleunigen. Dies ist – ich weiß es schon lange – das widerspruchsvolle Gesetz aller Empfindungen, die aus dem Schrecken entstehen – und dies mochte nur der Grund dafür sein, daß, als ich meine Augen von dem Spiegelbilde im Teiche wieder zu dem Hause selbst erhob, in meinem Geiste eine sonderbare Vorstellung entstand, eine so lächerliche Vorstellung, daß ich sie nur erwähne, um die Stärke der Gefühle zu zeigen, die mich bedrückten. Ich hatte meine Einbildungskraft so erregt, daß ich wirklich glaubte, über dem ganzen Herrensitze liege eine ihm und seiner nächsten Umgebung eigentümliche Atmosphäre, eine Atmosphäre, die keine Ähnlichkeit habe mit der Luft des Himmels, sondern die aus den morschen Bäumen, den grauen Mauern und dem stillen

[1] Verwandtschaft, Nachkommen in absteigender Linie.

Teich aufgestiegen sei, ein giftiger und geheimnisvoller Dunst, düster, faul, kaum wahrnehmbar und bleifarben.

Nachdem ich mich von dieser Vorstellung, die nur ein Traumbild sein konnte, befreit hatte, prüfte ich das wirkliche Aussehen des Gebäudes genauer. Das Auffallendste daran schien sein großes Alter zu sein. Die Zeit hatte es stark entfärbt. Winzige Pilze waren über die ganze Außenseite zerstreut und hingen wie schön geknüpftes Netzwerk von den Dachrinnen herab. Aber alles dies machte nicht den Eindruck von besonderem Verfall. Kein Teil des Mauerwerks war eingestürzt, und es schien ein seltsamer Widerspruch zwischen dem wohlerhaltenen Zusammenhang der Teile und dem bröckeligen Zustande der einzelnen Steine zu bestehen. Es erinnerte mich in mancher Beziehung an umfangreiches altes Holzwerk, das lange Jahre hindurch in irgendeinem vernachlässigten Gewölbe gefault hat, ohne vom Atem der Außenluft berührt zu werden. Außer diesen Anzeichen von großer Vermoderung schien das Gebäude noch wohlerhalten. Nur das Auge eines genau prüfenden Beobachters hätte vielleicht einen kaum sichtbaren Riß entdecken können, der sich vom Dache des Hauses in Zickzacklinie an den Mauern herunterzog und sich erst in den trüben Wassern des Teiches verlor.

Nachdem ich diese Beobachtungen gemacht hatte, ritt ich über einen kurzen Straßendamm nach dem Hause. Ein aufwartender Diener nahm mir das Pferd ab und ich trat in das Tor der Halle. Ein anderer Diener führte mich von dort mit leisen Schritten schweigend durch viele dunkle und verschlungene Gänge in das Arbeitszimmer seines Herrn. Vieles, was ich unterwegs sah, trug dazu bei – ich weiß selbst nicht wieso –, das dunkle Gefühl, von dem ich schon sprach, zu verstärken. Obgleich die mich hier umgebenden Gegenstände, die Schnitzereien an den Zimmerdecken, die dunklen Wandteppiche, die ebenholzschwarzen Fußböden und die phantastischen Wappentrophäen, die bei jedem meiner Schritte rasselten, mir in gleicher oder ähnlicher Art aus meiner Kindheit gewohnte Dinge waren, obgleich ich wohl empfand, wie alles dies mich eigentlich anheimelte, wunderte ich mich doch über die unheimliche Vorstellung, die durch diese Bilder in mir erregt wurde. Auf einer der Treppen traf ich den Arzt der Familie. Sein Gesichtsausdruck schien mir aus niedriger Schlauheit und Bestürzung gemischt. Er näherte sich mir unruhig und ging weiter. Nun riß der Diener eine Tür auf und meldete mich seinem Herrn.

Der Raum, in dem ich mich jetzt befand, war sehr groß und hoch. Die Fenster waren lang, eng und spitz und in so großer Entfernung von dem schwarzen Eichenholzfußboden, daß sie von innen fast unerreichbar waren. Schwache Strahlen rötlichen Lichtes drangen durch die vergitterten Scheiben und ließen die hervorragendsten Gegenstände ringsum genügend erkennen; doch das Auge bemühte sich vergebens, die entfernteren Ecken des Zimmers oder die Winkel der gewölbten und geschnitzten Decke zu erreichen. Dunkle Stoffbehänge bedeckten die Wände, die ganze Ausstattung war überreich, ungemütlich, altmodisch und zerrissen. Zahlreiche Bücher und Musikinstrumente lagen umher, gaben aber doch dem Bilde kein belebtes Aussehen. Ich fühlte, daß ich eine Atmosphäre der Trübsal atmete. Ein Anschein von düsterer, tiefer und untilgbarer Schwermut hing über allem.

Als ich eintrat, erhob sich Usher von einem Sofa, auf dem er lang ausgestreckt gelegen hatte, und begrüßte mich mit einer lebhaften Wärme, die viel Ähnlichkeit hatte – so schien es mir zuerst – mit der übertriebenen Herzlichkeit, der gezwungenen Zuvorkommenheit des gelangweilten Weltmannes. Jedoch ein Blick auf seine Gesichtszüge überzeugte mich von seiner vollkommenen Aufrichtigkeit. Wir setzten uns, und während er sprach, betrachtete ich ihn mit einem aus Mitleid und Scheu gemischten Gefühle. Sicher hatte sich nie ein Mensch in so kurzer Zeit so schrecklich verändert wie Roderick Usher! Ich konnte in dem blassen Wesen vor mir nur mit Mühe den Gefährten meiner ersten Knabenzeit erkennen. Und doch war die Art seines Gesichtes von jeher auffallend gewesen. Eine leichenhafte Gesichtsfarbe, ein großes, klares und unbeschreiblich glänzendes Auge; etwas dünne und sehr blasse Lippen von hervorragend schönem Schnitt; eine semitisch feine Nase, deren Flügel aber breiter waren als diesem Typus entspricht; ein schön gebildetes Kinn, das aber wenig vorsprang und damit einen Mangel an Energie anzeigte; Haare, die feiner als Spinnweben und sehr weich waren; diese Züge und dazu eine unregelmäßige Ausbuchtung über der Schläfengegend bildeten zusammen ein

Gesicht, das sich nicht leicht vergessen ließ. Und doch hatte sich durch die übertriebene Betonung der vorherrschenden Merkmale dieses Gesichtes und des Ausdrucks, den es vermittelte, so viel darin verändert, daß ich bezweifelte, mit wem ich sprach. Die grausige Blässe der Haut und der wunderbare Glanz des Auges überraschten und erschreckten mich vor allem. Das seidenweiche Haar hatte Roderick ungepflegt wachsen lassen, und da das wilde lose Gewebe über sein Gesicht mehr flutete als hing, konnte ich mit aller Anstrengung den arabeskenhaften Ausdruck nicht mit dem Begriff von einfacher Menschlichkeit in Übereinstimmung bringen.

Im Benehmen meines Freundes fiel mir gleich eine Zusammenhanglosigkeit, ein innerer Widerspruch auf; ich merkte bald, daß er durch wiederholte schwache Versuche entstand, ein gewohnheitsmäßiges Zittern, eine große nervöse Erregung zu überwinden. Auf etwas Derartiges war ich allerdings vorbereitet, sowohl durch seinen Brief als durch Erinnerungen an gewisse Züge aus der Knabenzeit und durch Schlüsse aus seiner eigenartigen Körperbildung und seinem Temperament. Sein Benehmen war abwechselnd lebhaft und trübsinnig. Seine Sprache wechselte rasch von zitternder Unschlüssigkeit (wenn die Lebensgeister im Zustande der Ungewißheit zu sein schienen) zu jener Art energischer Kürze, jener abgerissenen, schweren, langsamen und hohlklingenden Ausdrucksweise – jener bleiernen, ausgeglichenen und vollständig modulierten Gaumensprache, die bei den unheilbaren Trinkern und Opiumessern während der Zeit ihrer heftigsten Erregung bemerkbar ist. So sprach er vom Zweck meines Besuches, von seinem dringenden Wunsche, mich zu sehen und von der Erleichterung, die ich ihm bringen sollte. Er verbreitete sich über das, was er für die Natur seiner Krankheit hielt. Es war, so sagte er, ein angeborenes Familienübel, gegen das ein Heilmittel zu finden er aufgegeben hatte – ein lediglich nervöses Leiden, fügte er sofort hinzu, das zweifellos bald vorbei sein werde. Es äußerte sich in einer Menge unnatürlicher Empfindungen. Einige davon, die er mir beschrieb, interessierten und erschreckten mich, wozu vielleicht die Ausdrücke und die ganze Art der Erzählung beitrug. Er litt sehr unter einer krankhaften Empfindlichkeit der Sinne; ertrug nur das fadeste Essen; konnte nur Kleider aus gewissen Stoffen tragen;

aller Blumenduft erstickte ihn; seine Augen wurden sogar durch das schwächste Licht geplagt; und nur gewisse Töne – nämlich von Saiteninstrumenten – flößten ihm keinen Schrecken ein; ich erfuhr auch, daß er einer anormalen Art des Grausens unterworfen war; „ich werde zu Grunde gehen," sagte er, „ich muß durch diese erbärmliche Verrücktheit umkommen; so – so – und nicht anders werde ist sterben. Ich fürchte die Ereignisse der Zukunft; nicht um ihrer selbst willen, sondern wegen ihrer Folgen. Ich schaudere beim Gedanken an ein noch so gewöhnliches Ereignis, das meine Seele in unerträgliche Aufregung versetzen könnte. Ich fürchte tatsächlich nicht die Gefahr, sondern ihre unbedingte Folge – den Schrecken. In diesem entkräfteten, bejammernswerten Zustande fühle ich, daß früher oder später die Zeit kommen wird, wo ich Leben und Vernunft zugleich verlassen muß bei irgendeinem Kampfe mit dem grausigen Trugbild – der Furcht."

Außerdem lernte ich in Zwischenräumen und durch abgebrochene und zweideutige Andeutungen einen anderen sonderbaren Zug seines Geisteszustandes kennen. Er war durch gewisse abergläubische Eindrücke an das Haus, das er bewohnte, und aus welchem er sich seit Jahren nicht heraus gewagt hatte, gefesselt; durch einen Einfluß, dessen vermeintliche Kraft er mir in so schattenhaften Ausdrücken schilderte, daß ich sie hier nicht wiedergeben will – einen Einfluß, den einige Besonderheiten in Form und Art des Familienhauses durch langes Leiden über seinen Geist erhalten hatten und vermöge dessen die Beschaffenheit der grauen Mauern und des trüben Teiches, in dem sie sich spiegelten, schließlich seine Seele beherrschten.

Er gab allerdings, wenn auch zögernd, zu, daß viel von dieser sonderbaren Schwermut, die ihn bedrückte, auf eine natürlichere und greifbarere Ursache zurückgeführt werden könne, nämlich auf die schwere und langdauernde Krankheit, ja das herannahende Abscheiden einer geliebten Schwester, seiner einzigen Gesellschaft seit langen Jahren, seiner letzten und einzigen Verwandten auf Erden. Ihr Tod, sagte er mit einer Bitterkeit, die ich niemals vergessen werde, würde ihn (ihn, den Hoffnungslosen und Hinfälligen) als den letzten des alten Geschlechtes der Usher zurücklassen. Während er sprach, ging Lady Madeline (dies war ihr Name) langsam durch einen entfernten Teil des Raumes und verschwand, ohne meine Anwesenheit bemerkt zu haben. Ich betrachtete sie mit einem Erstaunen, das nicht frei von Furcht war, ohne daß ich mir über dieses Empfinden Rechenschaft zu geben vermochte. Ein Gefühl von Erstarrung bedrückte mich, als meine Augen ihren sich entfernenden Schritten folgten. Als sich schließlich eine Tür hinter ihr schloß, suchten meine Blicke unwillkürlich und begierig den Eindruck im Gesichte ihres Bruders, aber er hatte es in den Händen begraben, und ich konnte nur feststellen, daß seine abgezehrten Finger mit noch größerer Blässe überzogen waren als gewöhnlich, und daß viele leidenschaftliche Tränen hindurchflossen.

Das Leiden der Lady Madeline hat lange Zeit die Kunst der Ärzte getäuscht; eine eingewurzelte Apathie, ein langsames Hinschwinden der Person und häufig auch vorübergehende Erkrankungen von teilweise starrsüchtiger Art: das war die eigentümliche Diagnose. Bisher hatte sie sich standhaft gegen die Krankheit gewehrt und sich nicht zu Bett gelegt; aber am Abend meiner Ankunft im Hause unterlag sie (wie mir ihr Bruder in der Nacht mit unbeschreiblicher Aufregung sagte) der vernichtenden Gewalt des Zerstörers; und ich erfuhr, daß der Blick, den ich auf ihre Gestalt geworfen hatte, wohl der letzte gewesen sein müsse, da die Lady zwar noch lebe, doch jedenfalls mir nie wieder zu Gesicht kommen werde.

An den folgenden Tagen wurde ihr Name weder von Usher noch von mir erwähnt; und während dieser Zeit bemühte ich mich ernstlich, meinen Freund von seinem Trübsinn zu befreien. Wir malten und lasen zusammen, oder ich lauschte wie im Traume den wilden Phantasien seiner ausdrucksvollen Gitarre. Und so, je ungehinderter die immer inniger werdende Intimität mich in die Tiefen seines Geistes eindringen ließ, um so schmerzlicher erkannte ich die Nutzlosigkeit aller Versuche, ein Gemüt aufzuheitern, von dem sich Finsternis wie eine innewohnende hartnäckige Eigenschaft auf alle Gegenstände des geistigen und körperlichen Seins in einer unendlichen Ausstrahlung von Schwermut ergoß.

Ich werde mich stets der vielen feierlichen Stunden erinnern, die ich so allein mit dem Herrn des Usherhauses verbrachte. Doch würde mir der Versuch mißlingen, genau die Art der Studien oder der Beschäftigungen zu schildern, in die er mich verwickelte oder auf die er mich brachte. Eine aufgeregte und krankhafte Idealität warf einen drückenden Schimmer über alles.

Seine langen improvisierten Trauerlieder werde ich ewig im Ohr behalten. Vor allen Dingen habe ich eine sonderbare Verdrehung und Ausarbeitung von Webers letztem Walzer in schmerzlicher Erinnerung. Von den Gemälden, über denen seine emsige Phantasie brütete, und die Strich für Strich in eine Unbestimmtheit gerieten, vor der ich um so durchdringender schauderte, als ich nicht wußte warum – von diesen Gemälden (so lebhaft sie mir auch vor Augen stehen) würde ich vergebens versuchen, viel zu sagen, da nur sehr wenig sich in Worte kleiden läßt. Durch die große Einfachheit, sozusagen Nacktheit seiner Zeichnungen, erregte er die Aufmerksamkeit und beherrschte sie. Wenn je ein Sterblicher eine Idee gemalt hat, so war es Roderick Usher. Für mich, in den Verhältnissen, die mich damals umgaben, erwuchs aus den reinen Abstraktionen, die der Tiefsinnige auf die Leinwand zu werfen verstand, ein Angstgefühl von so unerträglicher Stärke, wie es mich bei der Betrachtung der gewiß glühenden, aber zu sehr verkörperten Träumereien von Fuseli bei weitem nicht im gleichen Maße befiel. Einer der phantastischen Entwürfe meines Freundes, dem nicht der Geist der Abstraktion in so starrer Weise aufgeprägt war, mag hier, wenn auch nur in schwachen Worten, skizziert werden. Ein kleines Bild stellte das Innere eines endlos langen, rechteckigen Gewölbes oder Tunnels vor, mit niederen glatten, weißen Wänden, ohne Unterbrechung oder Gliederung. Gewisse Einzelheiten der Zeichnung dienten dazu, den Eindruck zu erwecken, daß diese Höhle in einer großen Tiefe unter der Erde liege. An keinem Teil ihrer großen Ausdehnung war ein Ausgang zu sehen, und keine Fackel oder andere künstliche Lichtquelle war erkennbar, trotzdem rollte eine Flut starker Strahlen hindurch und badete das Ganze in grausiges unwirkliches Licht. Ich habe schon von jenem krankhaften Zustande des Gehörnerves gesprochen, der dem Dulder alle Musik unerträglich machte außer gewissen Tönen auf Saiteninstrumenten. Vielleicht war es der enge Tonkreis, auf den er sich auf der Gitarre beschränkte, der hauptsächlich die phantastische Art seines Spiels hervorrief. Aber die heftige „Leichtigkeit" seiner Impromptus war nicht so zu erklären. Die Noten sowohl wie die Worte seiner wilden Phantasien (denn nicht selten begleitete er sich mit selbst gedichteten Versen) können nur Produkte jener starken geistigen Spannung und Sammlung gewesen sein, die ich bereits als nur in besonderen Augenblicken höchster künstlich herbeigeführter Erregung bemerkbar erwähnt habe.

Die Worte zu einer dieser Rhapsodien konnte ich leicht behalten. Sie haben mir vielleicht um so bezwingenderen Eindruck gemacht, als ich im unbewußten mystischen Zuge ihres Inhalts zum ersten Male bei Usher ein volles Bewußtsein davon zu bemerken glaubte, wie sein hoher Verstand auf seinem Throne schwankte.

Die Verse, die er „Das verwunschene Schloß" betitelt hatte, lauteten, wenn nicht ganz genau, doch ungefähr, so:

I.
Einst stand auf maiengrüner Au,
Von guten Engeln hold belebt,
Ein prächtig stolzer Herrenbau,
Des strahlend Haupt zum Himmel strebt.
„Gedanke" hieß die Fürstenmacht
Dort wo er war;
Nie schwebte über gleicher Pracht
Seraphisch Flügelpaar.

II.
Selbe flammengoldne Fahnen
Wehten von dem Dache frei
(All das war zur Zeit der Ahnen –
Die längst vorbei).
Wenn die sanften Tage dauern
Und die milden Lüfte,
Von den morschen blassen Mauern
Hauchten süße Düfte.

III.
Einstmals vor der Fenster Glanze
Wanderer im Palaste schauten
Geister, die im Reigentanze
Zu dem hellen Ton der Lauten
Schwebten um den Thron, wo mächtig
(Aus Porphyr gehauen)
Wie sein Ruhm, so groß und prächtig,
Reiches Herrscher war zu schauen.

IV.
Rubinen und Perlen glühten
An der Tür zum Herrscherpalast,
Es flüchteten herein und sprühten
Des Echos Scharen in Hast,
Die sich in stürmischen Schwingen
Den Geistern zugesellten,
Um herrlich zu besingen
Den weisen, hohen Helden.

V.
Doch Böses im Kleide der Sorgen
Kam über des Fürsten Macht.
(Laßt ihn uns betrauern – kein Morgen
Wird dämmern seiner Nacht.)
Von allen Glanzes Schimmern,
Das um ihn glühte weit,
Bleibt nur der Erinnerung Glimmern
Aus längst begrabener Zeit.

VI.
Die heute wandern im Tale,
Durch glührote Fenster sehen
Phantastische Wesen im Saale
Zu mißtönendem Klang sich drehn.
Wie grausigen Stromes Brausen
Durch das blasse Tor
Dringt ewig ein furchtbares Sausen,
Gelächter – kein Lächeln hervor.

Ich kann mich daran erinnern, daß Anregungen, die aus dieser Ballade entstanden, uns auf einen Gedankengang brachten, worin eine Ansicht von Usher sich äußerte, die ich nicht wegen ihrer Neuheit erwähne (denn andere Leute haben auch schon so gedacht), sondern wegen der Hartnäckigkeit, mit der er darauf bestand. Diese Ansicht in ihrer allgemeinen Form war die vom Empfindungsvermögen der Pflanzenwelt. Aber in seiner gestörten Phantasie hatte er die Idee kühner entwickelt und unter gewissen Bedingungen sogar ins Gebiet

der unorganischen Welt übertragen. Die Worte fehlen mir, um den ganzen Umfang oder die ernstliche Hingebung an seine Überzeugung zu schildern. Der Glaube hing aber (wie ich vorher schon angedeutet habe) mit den grauen Steinen seines Vaterhauses zusammen. Die Bedingungen der Lehre waren hier, so glaubte er, erfüllt durch die Methode der Zusammenstellung der Steine – in ihrer Anordnung sowohl als in der der vielen Pilze, die sie überstreuten, und der zerfallenen Bäume, die ringsum standen – insbesondere aber in der langen ungestörten Dauer dieser Anordnung und in ihrem Widerschein in den stillen Wassern des Teiches. Ihr Beweis – der Beweis der Lehre – war zu entnehmen, sagte er (und hier stutzte ich bei seinem Vortrage), aus der allmählichen, aber sicheren Verdichtung einer eigenen Atmosphäre über den Wassern und den Mauern. Die Wirkung war sichtbar, fügte er hinzu, in dem stillen, doch lastenden und schrecklichen Einfluß, der seit Jahrhunderten die Geschicke seiner Familie geformt und ihn zu dem gemacht hatte, was er jetzt war und wie ich ihn nun sah. Solche Ansichten bedürfen keiner Deutung und ich werde keine dazu machen.

Unsere Bücher, die Bücher, die seit Jahren nicht zum wenigsten das Geistesleben des Kranken geleitet hatten, waren, wie sich denken läßt, in genauer Übereinstimmung mit diesem phantastischen Charakter. Wir versenkten uns zusammen in Werke wie *Ver-Vert et Chartreuse* von Gresset; *Belphegor* von Machiavelli; *Himmel und Hölle* von Swedenborg; *Die unterirdische Reise des Nicholas Klimm* von Holberg; *Die Chiromantie von Robert Flud* von Jean D' Indaginé und de la Chambre; *Die Reise ins Blaue hinein* von Tieck; und *Die Stadt der Sonne* von Campanella. Ein Lieblingsbuch war eine kleine Oktavausgabe des Directorium Inquisitorium des Dominikaners Eymeric de Gironne; und über Stellen in Pomponius Mela, die alten afrikanischen Satyre[1] und Ägipane betreffend, konnte Usher stundenlang träumen. Sein Hauptvergnügen fand er aber in der Durchsicht eines sehr seltenen und sonderbaren Buches in quarto

[1] Bocksgestaltiger, lüsterner Waldgeist.

Gothic[1] – dem Handbuch einer vergessenen Kirche – Vigilia Mortuorum Secundum Chorum Ecclesiae Maguntinae.

Ich mußte immer an das unheimliche Ritual dieses Werkes und seinen wahrscheinlichen Einfluß auf den Tiefsinnigen denken, als er mir eines Abends kurz mitteilte, daß Lady Madeline gestorben sei und er beschlossen habe, ihren Körper noch zwei Wochen (bis zur endgültigen Beerdigung) in einem der zahlreichen Gewölbe in den dicken Mauern des Hauses aufzubewahren. Der sachliche Grund jedoch, den er für dieses sonderbare Vorhaben angab, war von einer Art, daß ich nicht wagte, darüber zu streiten. Der Bruder war zu diesem Entschlusse gebracht worden (so sagte er mir) durch die Erwägung der außergewöhnlichen Art der Krankheit der Verstorbenen, durch gewisse aufdringliche und eifrige Fragen des Arztes und durch die entfernte und ungeschützte Lage des Familiengrabes. Ich will nicht leugnen, daß ich, als ich mir das finstere Aussehen der Persönlichkeit ins Gedächtnis zurückrief, die ich bei meiner Ankunft auf der Treppe traf, nicht den Wunsch hatte, dem zu widersprechen, was ich höchstens für eine harmlose und jedenfalls nicht unnatürliche Vorsichtsmaßregel hielt. Auf Bitten Ushers half ich ihm persönlich bei den Vorbereitungen für die einstweilige Beisetzung. Nachdem die Leiche eingesargt war, trugen wir beide sie allein zur Ruhe. Das Gewölbe, in das wir den Sarg brachten (und das so lange nicht geöffnet worden war, daß unsere Fackeln, die von der erstickenden Atmosphäre fast gelöscht wurden, uns nur wenig Möglichkeit gaben, Untersuchungen anzustellen) war klein, dumpf, und ohne jede Möglichkeit, Licht hereinzulassen, da es in großer Tiefe genau unter dem Teil des Gebäudes lag, wo sich mein eigenes Schlafzimmer befand. Es hatte offenbar in ferner Ritterzeit zu den übelsten Zwecken eines Burgverlieses und in späteren Tagen zur Aufbewahrung von Pulver und anderen leicht brennbaren Dingen gedient, da ein Teil seines Bodens und das ganze Innere eines langen Botenganges, durch den wir schritten, sorgfältig mit Kupferplatten belegt war. Die Tür, aus massivem Eisen, war nicht weniger fest. Ihr riesig großes Gewicht ließ einen scharfen knirschenden Ton erklingen, als wir sie in ihren Angeln bewegten.

[1] Historische Schrifttype.

Nachdem wir unsere traurige Last in dieser Gegend des Schreckens auf Schragen[1] abgestellt hatten, drehten wir den noch nicht festgeschraubten Deckel des Sarges teilweise zur Seite und betrachteten das Gesicht der Toten. Eine auffallende Ähnlichkeit zwischen Bruder und Schwester erregte jetzt zum ersten Male meine Aufmerksamkeit, und Usher, der vielleicht meine Gedanken erriet, murmelte einige Worte, aus denen ich entnahm, daß die Tote und er Zwillinge waren, und zwischen ihnen stets Symphatien bestanden hatten, wie sie verstandesgemäß schwer begreiflich sind. Unsere Blicke ruhten jedoch nicht lange auf der Toten, denn wir konnten sie nicht ohne Schauder ansehen. Die Krankheit, die die Lady so in der Fülle ihrer Jugend überfiel, hatte, wie dies bei ausgesprochen kataleptischen[2] Leiden gewöhnlich der Fall ist, das Blendwerk eines rosigen Scheines auf Brust und Gesicht, und das spöttische, gleichgültige Lächeln auf ihren Lippen gelassen, das an Toten so schrecklich wirkt. Wir schlossen den Deckel wieder und schraubten ihn zu, und, nachdem wir die eiserne Tür gesichert hatten, begaben wir uns mühsam in die kaum weniger trübseligen oberen Räume des Hauses. Nachdem nun einige Tage bitteren Schmerzes vergangen waren, zeigte sich in den Äußerungen der geistigen Störung meines Freundes ein merklicher Umschwung. Sein bisheriges Benehmen war verändert, seine üblichen Beschäftigungen wurden von ihm vernachlässigt oder ganz aufgegeben. Er irrte von Zimmer zu Zimmer mit raschen, unregelmäßigen und ziellosen Schritten. Die Blässe seines Gesichtes hatte, wenn möglich, einen noch grausigeren Ton angenommen – aber der Glanz seines Auges war verloschen. Seine Stimme war nicht mehr zuweilen rauh wir früher, ein zitterndes Beben, wie in äußerstem Schrecken, wurde für seine Sprache kennzeichnend. Zeitweise glaubte ich, sein unausgesetzt erregtes Gemüt quäle sich mit einem bedrückenden Geheimnis ab, und er bringe nicht den nötigen Mut auf, um es zu enthüllen. Zu anderen Zeiten wieder mußte ich alles für unerklärliche Anfälle von Wahnsinn halten, denn ich sah ihn stundenlang ins Leere starren in der Haltung tiefster Aufmerksamkeit, als ob er einem eingebildeten

[1] Auf kreuzweise verschränkten, hölzernen Füßen ruhendes Gestell.
[2] Starrsüchtigen.

Klang lausche. Es war kein Wunder, daß sein Zustand mich erschreckte – daß er mich sogar ansteckte. Ich fühlte, wie langsam aber sicher der unheimliche Einfluß seines phantastischen, doch eindrucksvollen Aberglaubens auf mich überkroch.

Besonders als ich am siebenten oder achten Tage, nachdem wir Lady Madeline in das Verlies gebracht hatten, spät in der Nacht zu Bett ging, fühlte ich die ganze Gewalt dieser Empfindungen. Der Schlaf floh mein Lager, während die Stunden dahinschwanden. Ich bemühte mich, die Nervosität, die mich beherrschte, zu bekämpfen. Ich wollte mir einreden, daß das meiste, wenn nicht alles, was ich empfand, durch den verwirrenden Einfluß der düsteren Einrichtung des Zimmers – die dunklen zerrissenen Stoffbehänge, die, durch den Atem des aufsteigenden Gewitters verdreht, stoßweise an den Wänden hin und her wehten und an den Verzierungen des Bettes unbehaglich rauschten – veranlaßt sei. Ein ununterdrückbares Zittern ging nach und nach durch meinen Körper und schließlich ängstigte mein Herz ein Alpdruck äußersten grundlosen Schreckens. Keuchend und kämpfend schüttelte ich ihn ab, setzte mich in den Kissen auf, und während ich eifrig in die tiefe Dunkelheit des Zimmers starrte, lauschte ich – ich weiß selbst nicht warum, außer daß mein Instinkt es mir eingab – auf gewisse leise, unbestimmte Laute, die in den Pausen des Sturmes irgendwoher kamen, ich wußte nicht von wo. Das heftige Gefühl eines nicht begreiflichen, doch unerträglichen Entsetzens überwältigte mich und ich kleidete mich an (da ich fühlte, daß ich in dieser Nacht doch nicht mehr schlafen könne) und versuchte mich aus dem jämmerlichen Zustande, in den ich geraten war, zu befreien, indem ich rasch im Zimmer auf und ab ging.

Ich hatte dies noch nicht lange fortgesetzt, als mir ein leichter Tritt auf einer der benachbarten Treppen auffiel. Ich erkannte ihn sofort als den Ushers. Einen Augenblick später klopfte er leise an meine Tür und trat mit einer Lampe in der Hand ein. Sein Gesicht war von der üblichen leichenhaften Blässe – aber außerdem lag eine Art wahnsinniger Heiterkeit in seinen Augen – offenbar eine unterdrückte hysteria in seinem Benehmen. Sein Aussehen erschreckte mich – aber alles war noch der so lange ertragenen Einsamkeit vorzuziehen, und ich begrüßte seine Gegenwart sogar als eine Erlösung.

„Und hast du es nicht gesehen?“ sagte er plötzlich, nachdem er einige Augenblicke schweigend um sich geblickt hatte. „Du hast es nicht gesehen, aber warte, du wirst es sehen.“ Und die Lampe vorsichtig verdunkelnd, eilte er an einen der Fensterflügel und riß ihn weit auf in den Sturm. Die wilde Wucht des eindringenden Windstoßes hob uns fast in die Höhe. Es war in der Tat eine stürmische, doch grausig schöne Nacht, unheimlich seltsam in ihren Schrecken und in ihrer Schönheit. Ein Wirbelbild hatte offenbar seine ganze Kraft in unserer Nähe gesammelt, denn es waren häufige und heftige Änderungen in der Richtung des Windes, und die außerordentliche Dichtigkeit der Wolken (die so niedrig hingen, daß sie auf die Türmchen des Hauses drückten) verhinderte nicht, daß wir die lebendige Eile bemerkten, mit der sie von allen Seiten gegeneinander jagten, ohne weiter fortzuziehen. Ich sage, daß ihre außerordentliche Dichtigkeit uns nicht verhinderte, dies zu bemerken, wir sahen jedoch nichts von Mond und Sternen, auch keine Blitze flammten. Aber die unteren Flächen der gewaltigen Massen erregten Dunstes, so wie alles auf der Erde nahe um uns herum, glühten im unnatürlichen Lichte einer schwach leuchtenden gasigen Ausdünstung, die ringsum das Haus einhüllte.

„Du sollst, du wirst das nicht sehen“, sagte ich schaudernd zu Usher und führte ihn mit sanfter Gewalt vom Fenster fort zu einem Stuhle. „Diese Erscheinungen, die dich so erschrecken, sind nur elektrische Phänomene und nichts Ungewöhnliches; es mag sein, daß sie ihren grausigen Ursprung in den giftigen Nebeln des Teiches haben. Wir wollen diesen Fensterflügel schließen. Die Luft ist kühl und gefährlich für deine Gesundheit. Hier ist einer deiner Lieblingsromane. Ich will lesen und du sollst zuhören; und so werden wir diese schreckliche Nacht zusammen überstehen.“

Der alte Band, den ich ergriffen hatte, war „Mad Trist“ von Sir Launcelot Canning, aber ich hatte ihn mehr aus trübem Scherz als im Ernst Ushers Lieblingsroman genannt, denn in Wahrheit ist in seiner sonderbaren phantasielosen Weitschweifigkeit wenig, was den erhabenen und geistreichen Idealismus meines Freundes interessieren konnte. Es war jedoch kein anderes Buch zur Hand und ich hatte eine schwache Hoffnung, daß die Aufregung, die den Trübsinnigen jetzt bewegte,

Erleichterung finden könne (die Geschichte der Geisterstörungen kennt viele solcher Anomalien), durch die nicht zu überbietenden Narrheiten, die ich vorlesen würde. Und in der Tat, wenn ich nach der seltsam angespannten Lebhaftigkeit urteilen konnte, womit er den Worten der Erzählung lauschte oder doch zu lauschen schien, so durfte ich mich über das Gelingen meiner Absicht freuen.

Ich war nun an die bekannte Stelle gekommen, wo Ethelred, der Held des Trist, nach vergeblichem Versuch, friedlich in die Wohnung des Eremiten zu gelangen, dazu übergeht, mit Gewalt einzudringen. Es heißt dann wörtlich:

„Und Ethelred, der von Natur ein mannhaftes Herz hatte, überdies nun gestärkt durch den Wein, den er getrunken hatte, hielt sich nicht länger damit auf, mit dem Eremiten, der fürwahr hartnäckiger und boshafter Natur war, Unterhandlungen zu pflegen. Als er den Regen auf seinen Schultern fühlte, und das Anschwellen des Sturmes fürchtete, erhob er seine Keule und schaffte rasch Raum in den Planken der Tür für seine gepanzerte Faust; derb zugreifend zertrümmerte, zerriß und zerrte er alles auseinander, daß der Lärm des trocken- und hohlklingenden Holzes durch den ganzen Wald hallte und Schrecken verbreitete."

Als ich diesen Satz beendet hatte, stutzte ich und unterbrach mich für einen Augenblick, denn es schien mir (obgleich ich mir sofort sagte, daß meine erregte Phantasie mich täusche), es schien mir, als ob von einer weit entfernten Stelle des Hauses undeutlich etwas an mein Ohr dringe, das ganz genau das Echo sein konnte (aber natürlich erstickt und dumpf) von jenem zerreißenden und zertrümmernden Lärm, den Sir Launcelot so deutlich beschrieb. Es war zweifellos nur das Zusammentreffen, das meine Aufmerksamkeit erregte, denn inmitten des Rasselns der Fensterrahmen und der gewöhnlichen Geräusche des noch immer zunehmenden Sturmes hatte der Klang in sich selbst sicher nichts, was mich interessieren oder stören konnte. Ich fuhr in meiner Geschichte fort:

„Aber als der gute Held Ethelred nun in die Tür trat, war er bald wütend und erstaunt, nichts von dem bösartigen Eremiten zu sehen, sondern an seiner Stelle einen Drachen von schuppigem und gewaltigem Aussehen, mit feuriger Zunge, der einen

Palast aus Gold mit einem Fußboden aus Silber bewachte, und an der Wand hing ein blendender Messingschild mit der Inschrift:

> Wer hier tritt ein, ein Kämpfer muß sein,
> Erschlägt er den Drachen, der Schild wird sein.

Und Ethelred erhob seine Keule, schlug sie auf das Haupt des Drachens, der vor ihm niederfiel und seinen giftigen Atem aushauchte mit einem Schrei, so schrecklich und rauh und dabei so durchdringend, daß Ethelred seine Ohren mit den Händen zuhalten mußte gegen den furchtbaren Lärm, wie solcher niemals zuvor gehört wurde."

Hier unterbrach ich mich wieder kurz und zwar mit einem Gefühl wilden Schreckens, denn es konnte nun kein Zweifel bestehen, daß ich ihn nun wirklich hörte (wenn ich auch nicht sagen konnte, aus welcher Richtung er kam) den leisen und anscheinend entfernten, doch rauhen und langgezogenen, höchst ungewöhnlich kreischenden oder knirschenden Klang – das genaue Gegenstück dessen, was meine Phantasie schon als den unnatürlichen Schrei des Drachens, den der Sänger beschrieb, heraufbeschworen hatte. Obgleich ich durch dieses zweite, höchst sonderbare Zusammentreffen durch tausend widerstrebende Empfindungen, in denen Erstaunen und äußerster Schrecken vorherrschten, gewiß bedrückt war, behielt ich doch genügend Geistesgegenwart, um nicht durch irgendeine Bemerkung die reizbare Nervosität meines Freundes zu erregen. Ich war durchaus nicht sicher, daß er jene Töne gehört hatte, wenn auch bestimmt in den letzten Minuten eine sonderbare Veränderung in seinem Benehmen eingetreten war. Aus seiner bisherigen Stellung, mir gegenüber, hatte er nach und nach seinen Stuhl so gedreht, daß er mit dem Gesicht nach der Tür des Zimmers saß, so daß ich seine Züge nur teilweise sehen konnte, wenn ich auch bemerkte, daß seine Lippen wie in lautlosem Murmeln zitterten. Sein Haupt war auf die Brust gesunken, aber ich erkannte, als ich von der Seite einen Blick auffing, an den weit und starr geöffneten Augen, daß er nicht schlief. Die Bewegung seines Körpers widersprach auch diesem Gedanken, denn er wiegte sich von einer Seite zur anderen mit leisem, doch andauerndem und gleichförmigem Schwingen. Nachdem ich dies alles rasch bemerkt hatte, beendigte ich die Erzählung von Sir Launcelot folgendermaßen:

„Und als der Held so der schrecklichen Wut des Drachens entgangen war, besann er sich auf den Messingschild und auf das Lösen des Zaubers, der darauf lag, entfernte den Körper des Tieres aus seinem Wege und schritt kühn über das Silberpflaster des Schlosses, an dessen Mauer der Schild hing. Doch dieser wartete wahrlich nicht darauf, daß er ganz nahe herankam, sondern fiel ihm zu Füßen auf den silbernen Boden mit einem mächtig großen, schrecklich klirrenden Klang."

Kaum waren diese Silben über meine Lippen gekommen, als ich – wie wenn wirklich ein schwerer Messingschild auf einen silbernen Fußboden gefallen wäre – einen deutlichen, hohlen, metallisch tönenden doch gedämpften Widerhall hörte. Ganz fassungslos sprang ich auf die Füße, aber Ushers gleichmäßig schwingende Bewegung hatte nicht nachgelassen. Ich stürzte an seinen Stuhl. Seine Augen waren starr geradeaus gerichtet, und in seinem ganzen Aussehen herrschte eine steinerne Starre. Aber als ich meine Hand auf seine Schulter legte, kam ein starkes Zittern über seine ganze Person; ein kränkliches Lächeln bebte um seine Lippen und ich sah, daß er leise, schnell und unverständlich sprach, als ob er von meiner Anwesenheit nichts wisse. Als ich mich über ihn beugte, verstand ich endlich den gräßlichen Sinn seiner Worte:

„Hörst du es nicht? – Ja, ich höre es, und habe es gehört. Lang – lang – lang – viele Minuten, viele Stunden, viele Tage habe ich es gehört – aber ich wagte es nicht – o habe Mitleid mit mir bejammernswerten Elenden, der ich bin! Ich wagte nicht – wagte nicht zu sprechen! Wir haben sie lebend in die Gruft gelegt. Habe ich es nicht gesagt, daß meine Sinne scharf sind? Ich sage dir jetzt, daß ich ihre ersten schwachen Bewegungen in dem hohlen Sarge gehört habe. Ich hörte sie vor vielen, vielen Tagen schon – aber ich wagte nicht, ich wagte nicht zu sprechen! Und nun heute abend – haha! Ethelred – das Aufbrechen der Tür des Eremiten, der Todesschrei des Drachens und das Klirren des Schildes! Sage lieber das Sprengen des Sarges und das Knarren der eisernen Angel ihres Gefängnisses und ihr Ringen im kupfernen Torweg des Gewölbes. O wohin soll ich fliehen? Wird sie nicht gleich hier sein? Eilt sie nicht herbei, um mich wegen meiner Eile zu schmähen? Habe ich nicht ihre Schritte auf der Treppe gehört? Erkenne ich nicht dies schreckliche und schwere Schlagen des Herzens? Wahnsinniger!" Hier sprang er wütend auf und schrie diese Silben wie mit der ganzen Anstrengung seiner Seele. „Wahnsinniger! Ich sage dir, daß sie jetzt vor der Tür steht!"

Als ob in der übernatürlicher Kraft des Schreies die Gewalt eines Zauberspruches gelegen hätte, schlugen langsam die schweren alten Türen, auf die der Sprechende deutete, ihre gewichtigen ebenholzschwarzen Flügel zurück. Es war das Werk des rasenden Sturmes – aber außerhalb dieser Türen stand wirklich die hohe verhüllte Gestalt der Lady Madeline von Usher. Blut war auf ihrem weißen Gewande und die Spur heftiger Kämpfe auf allen Teilen ihres abgezehrten Körpers. Einen Augenblick blieb sie zitternd und hin und her schwankend auf der Schwelle – dann fiel sie mit einem wehen Schrei herein auf den Körper ihres Bruders und riß ihn in ihrem jetzt endgültigen Todeskampf zu Boden – eine Leiche und ein Opfer des vorgeahnten Schreckens.

Ich floh entsetzt aus diesem Zimmer und aus diesem Hause. Draußen raste der Sturm noch in seiner ganzen Wut, als ich den alten Straßendamm überschritt. Plötzlich schoß ein wildes Licht über den Pfad, und ich wandte mich um, um zu sehen, woher ein so ungewöhnlicher Schimmer kommen konnte, denn hinter mir war allein das große Haus mit seinen Schatten. Der Glanz kam von dem blutroten untergehenden Vollmond, der nun lebendig durch den einst kaum erkennbaren Riß schien, von dem ich früher schon gesagt hatte, daß er sich vom Dache in Zickzacklinien zum Grunde zog. Während ich hinschaute, verbreiterte sich der Riß rasch, es kam ein wilder Stoß des Wirbelwindes; der ganze Kreis des Mondes wurde plötzlich meinen Augen sichtbar; mir schwindelte, als ich sah, wie die mächtigen Mauern auseinanderstürzten; ein langer ungestümer und heulender Klang ertönte wie das Rauschen von tausend Wassern, und der tiefe dunkle Teich zu meinen Füßen schloß sich feierlich und schweigend über den Trümmern des Usherhauses.

Ligeia

> Und darin liegt der Wille, der nicht stirbt. Wer kennt die Geheimnisse des Willens in seiner Stärke? Denn Gott ist nur ein großer Wille, der alles durchdringt durch die Natur seiner Gewalt. Der Mensch ergibt sich nicht vollends den Engeln, noch dem Tode, es geschehe denn durch die Schlaffheit seines schwachen Willens.
>
> *Joseph Glanvill*

Ich kann mich, bei meiner Seele, nicht erinnern, wie, wann und selbst wo ich zuerst die Bekanntschaft von Lady Ligeia machte. Lange Jahre sind seitdem verflossen, und mein Gedächtnis ist durch langes Leiden geschwächt. Oder vielleicht kann ich mich nur j e t z t nicht auf diesen Punkt besinnen, weil in Wahrheit der Charakter meiner Geliebten, ihr seltenes Wissen, ihre eigenartige und doch gelassene Schönheit und die ergreifende und bezaubernde Beredsamkeit ihrer musikalischen Sprache den Weg zu meinem Herzen mit so ruhigen und leise nahenden Schritten fanden, daß sie unbemerkt und unerkannt geblieben sind. Doch glaube ich, daß ich ihr zuerst und dann sehr häufig in einer großen, alten, baufälligen Stadt am Rhein begegnet bin. Von ihrer Familie habe ich sie sicherlich sprechen hören. Daß diese aus ferner alter Zeit stammt, kann nicht bezweifelt werden. Ligeia! Ligeia!

In Studien vergraben, die mehr wie alles andere geeignet sind, Eindrücke der Außenwelt zu töten, ist es nur dieses süße Wort allein – Ligeia – das mir in Gedanken ihr Bild vor Augen bringt, das Bild Ligeias, die nicht mehr ist. Und nun, während ich schreibe, kommt mir zum Bewußtsein, daß ich nie den Vatersnamen gekannt habe von ihr, die meine Freundin und meine Verlobte war, die Mitarbeiterin meiner Studien und schließlich mein geliebtes Weib wurde. War es ein spielerisches Gebot Ligeias oder wollte sie die Stärke meiner Liebe prüfen, als sie mir verbot, Fragen über diesen Punkt zu stellen? Oder war es mehr meine eigene Laune, ein seltsam romantisches Opfer am Altar der leidenschaftlichen Verehrung? Ich erinnere mich nur undeutlich der Tatsache selbst – was Wunder, daß ich die Umstände, die diese verursachten oder begleiteten, völlig vergessen habe? Und wirklich, wenn jemals jener Geist, den wir Romantik nennen, wenn jemals sie, die bleiche und dunkelbeschwingte Ashtophet der abgöttischen Ägypter über Ehen, die unter einem unglücklichen Stern geschlossen wurden, schwebte, wie erzählt wird, so muß sie sicher über der meinigen geschwebt haben.

Aber über einen Punkt läßt mein Gedächtnis mich nicht im Stiche. Das ist Ligeias körperliches Bild. Sie war groß von Wuchs, ziemlich schlank, ja in ihren späteren Tagen abgezehrt. Ich würde vergeblich versuchen, die Majestät, die ruhige Gelassenheit ihres Gehabens oder die unbegreifliche Leichtigkeit und Elastizität ihres Schrittes beschreiben zu wollen. Sie kam und ging wie ein Schatten. Nie merkte ich, wenn sie mein geschlossenes Arbeitszimmer betrat, außer durch die liebe Musik ihrer leisen süßen Stimme, wenn sie ihre marmorkühle Hand auf meine Schulter legte. In der Schönheit des Gesichtes ist nie ein Mädchen ihr gleich gekommen. Es war die strahlende Schönheit eines Opiumrausches, eine ätherische, beseligende Erscheinung, seltsamer und göttlicher als die phantastischen Gebilde, die um die schlummernden Seelen der Töchter von Delos[1] schwebten. Und doch waren ihre Züge nicht von dem regelmäßigen Schnitt, den zu bewundern wir durch die klassischen Werke der Heiden fälschlich gelehrt wurden. „Es gibt keine auserlesene Schönheit", äußerte sich Baco von Verulam über die Formen und Arten der Schönheit, „ohne eine gewisse Seltsamkeit in den Maßen." Doch wenn ich auch sah, daß Ligeias Gesichtszüge nicht von klassischer Regelmäßigkeit waren, wenn ich auch sah, daß ihre Lieblichkeit in der Tat „auserlesen" war und fühlte, daß viel „Seltsamkeit" sie durchdrang, so habe ich doch vergeblich versucht, die Unregelmäßigkeit zu ergründen und meine eigene Wahrnehmung des „Seltsamen" treffend festzustellen. Ich prüfte die Zeichnung der hohen, bleichen Stirn – sie war fehlerlos – wie kalt wirkt dieses Wort auf so göttliche Majestät angewandt! Die Haut, die mit dem reinsten Elfenbein wetteiferte, die gebietende

[1] Insel im Ägäischen Meer.

Größe und Ruhe, die sanfte Erhebung über den Schläfen und dann die rabenschwarzen, glänzenden, überreichen und natürlich gewellten Zöpfe, die das Homerische Beiwort „Hyazinthin“[1] zur vollsten Geltung brachten! Ich betrachtete die feine Zeichnung der Nase, und nur auf den reizendsten Medaillons der Hebräer habe ich eine ähnliche Vollkommenheit gefunden. Da war die gleiche köstliche Weichheit des Antlitzes, dieselbe kaum wahrnehmbare leichte Biegung, die gleichen harmonisch gewölbten Nasenflügel, Zeichen des freien Geistes. Ich schaute auf den süßen Mund. Hier war in der Tat der Triumph allen himmlischen Wesens. Die herrliche Linie der kurzen Oberlippe, das zarte schwellende Schmollen der unteren, die spielenden Grübchen und die sprechenden Farben, die Zähne, die mit einem fast überraschenden Glanze jeden Strahl des heiligen Lichtes zurückwarfen, das in ihrem heiteren, ruhigen und doch überschäumend leuchtenden Lächeln auf sie fiel. Ich prüfte die Form des Kinns – und auch hier fand ich die Lieblichkeit der Breite, die Zartheit und die Majestät, die Fülle und Vergeistigung der Griechen – den Umriß, den Gott Apoll[2], wenn auch nur im Traume, dem Cleomenes[3], Sohn der Athenerin, offenbarte. Und dann starrte ich in Ligeias Augen.

Für Augen haben wir kein Vorbild in der weit zurückliegenden Antike. Es mag auch sein, daß in den Augen meiner Geliebten das Geheimnis lag, auf das Lord Verulam anspielte. Sie waren, glaube ich, weit größer als die gewöhnlichen Augen unserer eigenen Rasse. Sie waren selbst tiefer als die tiefsten Gazellenaugen aus dem Stamme des Tales von Nourjahad. Doch nur in Zwischenräumen, in Augenblicken der größten Erregung wurde diese Eigentümlichkeit bei Ligeia besonders bemerkbar. Und in solchen Augenblicken glich ihre Schönheit – vielleicht schien es meiner erhitzten Phantasie nur so – der Schönheit von Wesen, die überirdisch oder der Erde fremd waren – der Schönheit der sagenhaften Huris[4] der Türken. Die Farbe des Auges war vom glänzendsten Schwarz, weit darüber hingen tiefschwarze

---

[1] Eigentlich Hyazinth: besonders schöner Jüngling und ein Liebling Apollos in der griechischen Mythologie.
[2] Griechischer Gott der Dichtkunst.
[3] Spartanischer König.
[4] Schönes Mädchen im Paradies des Islam.

lange Wimpern. Die Augenbrauen, etwas unregelmäßig in der Zeichnung, hatten dieselbe Färbung. Das „Seltsame" jedoch, das ich in ihren Augen fand, war unabhängig von der Form, der Farbe oder dem Strahlen der Züge und mußte sicherlich dem Ausdruck zugeschrieben werden. O Wort ohne Bedeutung! Hinter dessen weitem, leerem Schalle wir so viel unserer Unwissenheit des rein Geistigen verbergen! Der Ausdruck von Ligeias Augen! Wie viele lange Stunden habe ich darüber nachgesonnen! Wie habe ich mich eine lange Sommernacht hindurch abgemüht, ihn zu ergründen! Was war es – tiefer als die Quelle des Demokrit –, das in den Pupillen meiner Geliebten lag? Was war es? Ich war von der Leidenschaft beherrscht, es zu entdecken. Diese Augen! Diese großen, glänzenden, diese göttlichen Sterne! Sie wurden mir Zwillingssterne der Leda[1] und ich ihr ehrfürchtigster Deuter.

Es gibt keinen Punkt in den vielen unbegreiflichen Anomalien der Geisteswissenschaft, der ergreifender und aufreizender ist als die Tatsache, die, soviel ich weiß, niemals in den Schulen erwähnt wird, daß bei unseren Bemühungen, uns etwas lang Vergessenes ins Gedächtnis zurückzurufen, wir uns oft am Rande des Erinnerungsvermögens befinden, ohne imstande zu sein, die Erinnerung völlig zurückzurufen. Und wie oft habe ich bei meinem eifrigen Forschen in Ligeias Augen gefühlt, wie mir die volle Erkenntnis ihres Ausdruckes näher kam – immer näher –, doch nicht ganz mein wurde, um schließlich völlig wieder zu verschwinden. Und (seltsam, o seltsamstes Geheimnis von allem!) ich fand in den alltäglichsten Gegenständen des Weltalls einen Kreis von Analogien zu diesem Ausdruck. Ich will damit sagen, daß lange nach der Zeit, in der mein Geist von Ligeias Schönheit erfüllt war – dort thronend wie auf einem Altar –, ich aus vielen Erscheinungen der Umwelt ein Gefühl ableitete, wie ich es immer um mich und in mir fühlte, wenn ich in ihre großen leuchtenden Augensterne sah. Deshalb konnte ich aber dieses Gefühl doch nicht genau bestimmen, noch es analysieren oder auch nur sicher wahrnehmen. Ich erkannte es – laßt es mich wiederholen – manchmal bei

[1] Gemeint sind die Sterne Castor und Pollux des Sternbildes Gemini (Zwillinge); nach der griechischen Sage die Söhne der Leda und des Zeus. Die Zwillinge galten als Schutzpatrone der Seefahrer.

der Betrachtung von rasch wachsendem wilden Wein, beim Anblick einer Motte, eines Schmetterlings, einer Chrysalide[1], dem Laufe des fließenden Wassers. Ich habe es im Ozean beim Fall eines Meteors, in den Blicken ungewöhnlich alter Leute gefühlt. Und es gibt einen oder zwei Sterne am Himmel (einen besonders, einen Stern sechster Größe, doppelt und wechselnd, der nahe dem großen Stern in der Lyra[2] zu finden ist), bei deren Betrachtung durch das Teleskop dieses Gefühl sich in mir regte. Es erfüllte mich auch bei gewissen Tönen von Saiteninstrumenten und nicht selten bei Stellen in Büchern. Unter unzähligen anderen Beispielen erinnere ich mich genau an einen Satz von Joseph Glanvill, der (vielleicht nur wegen seiner Seltsamkeit, wer kann es wissen?) niemals verfehlte, mir dieses Gefühl einzugeben: „Und darin liegt der Wille, der nicht stirbt. Wer kennt die Geheimnisse des Willens in seiner Stärke? Denn Gott ist nur ein großer Wille, der alles durchdringt durch die Natur seiner Gewalt. Der Mensch ergibt sich nicht vollends den Engeln, noch dem Tode, es geschehe denn durch die Schlaffheit seines schwachen Willens."

Die Länge der Jahre und spätere Überlegung haben es mir ermöglicht, tatsächlich eine entfernte Verbindung zwischen dieser Stelle bei dem englischen Moralisten und einer Seite von Ligeias Charakter herzustellen. Eine Intensität in Gedanken, Handlung oder Sprache war möglicherweise bei ihr ein Ergebnis oder wenigstens ein Anzeichen jener riesigen Willenskraft, die während unseres langen Zusammenlebens keinen anderen, unmittelbareren Beweis ihres Bestehens gab. Keine der Frauen, die ich jemals kannte, war wie sie, die äußerlich gesetzte, ewig ruhige Ligeia, die Beute der ungestümsten Leidenschaft, die sie wie rasende Geier verzehrte. Und die Größe dieser Leidenschaft konnte ich nur ermessen durch die wunderbare Tiefe jener Augen, die mich zugleich entzückten und erschreckten,

---

[1] Insektenpuppe, hauptsächlich für Schmetterlingspuppen verwendeter Begriff.

[2] Die Lyra (Leier) ist ein unscheinbares Sternbild, enthält aber mit der Wega den fünfthellsten Stern am nächtlichen Himmel. Nordöstlich der Wega befindet sich der hier angesprochene Doppelstern. Allerdings handelt es sich tatsächlich um einen der seltenen Vierfachsterne, da beide Sterne noch einmal doppelt sind. Die Größenklassen der Sterne werden von -1 aufwärts angegeben, die Angabe „sechster Größe" bezeichnet ein relativ lichtschwaches Objekt, das gerade noch mit bloßem Auge gesehen werden kann.

durch die zauberische Melodie, Modulation, Klarheit und Gelassenheit ihrer so leisen Stimme und die heiße Energie (die der Kontrast mit der Art ihrer Ausdrucksweise doppelt wirksam machte) der seltsamen Worte, die sie zu sprechen pflegte.

Ich habe von den Kenntnissen Ligeias gesprochen: Sie waren unermeßlich, wie ich sie nie bei einer anderen Frau gefunden habe. In die klassischen Sprachen war sie tief eingedrungen und soweit meine eigene Kenntnis der modernen Sprachen Europas reichte, habe ich nie einen Fehler bei ihr entdeckt. Habe ich wirklich je bei Ligeia einen Irrtum festgestellt in irgendeiner der am meisten bewunderten, weil unverständlichsten Fragen der gerühmten Wissenschaft der Akademie? Wie seltsam, wie ergreifend, daß sich diese eine Seite des Wesens meiner Frau erst jetzt in letzter Zeit meinem Bewußtsein aufgedrängt hat! Ich sagte, ihr Wissen sei derart, wie ich es nie bei einer Frau gefunden habe; aber wo lebt der Mann, der alle die weiten Gebiete des philosophischen, physikalischen und mathematischen Wissens erfolgreich wie sie durchstreift hat? Damals habe ich nicht, wie jetzt, klar erkannt, daß die Kenntnisse Ligeias riesenhaft, überwältigend waren. Doch war mir ihre unendliche Überlegenheit hinreichend klar, um mich mit einer kindlichen Zuversicht ihrer Führung durch die verworrene Welt der metaphysischen Untersuchungen, mit denen ich in den ersten Jahren unserer Ehe sehr eifrig beschäftigt war, anzuvertrauen. Mit welchem großen Triumph – mit welchem lebhaften Entzücken – mit wieviel himmlischer Hoffnung fühlte ich, wenn sie sich bei wenig gesuchten und noch weniger bekannten Studien über mich beugte, wie sich die köstliche Aussicht langsam mir erschloß – jene langen, herrlichen und ganz unbetretenen Pfade –, um schließlich an das Ziel einer Weisheit zu gelangen, die zu göttlich ist, um nicht den Sterblichen verwehrt zu sein!

Wie schmerzlich mußte dann der Kummer sein, als ich einige Jahre später sah, wie meine wohlbegründeten Erwartungen die Flügel breiteten und fortflogen! Ohne Ligeia war ich nur ein Kind, das im Dunkeln umhertastet. Ihre bloße Anwesenheit, ihr Lesen allein machten die vielen Geheimnisse der transzendentalen Philosophie, in die wir uns vergraben hatten, lebendig klar. Ohne den strahlenden Glanz ihrer Augen wurden die funkelnden goldenen Buchstaben trübe wie das Blei des Saturn. Und nun leuchteten diese Augen immer seltener auf die Blätter, über denen ich brütete. Ligeia wurde krank. Die seltsamen Augen glänzten in einem allzu strahlenden Schimmer; die bleichen Finger bekamen die durchsichtige Wachsfarbe des Todes; und die blauen Adern auf der hohen Stirne schwollen und sanken ungestüm im Wechsel der leisesten Erregungen. Ich sah, daß sie sterben mußte – und verzweifelt kämpfte ich im Geiste mit dem düsteren Azrael, und der Kampf meines leidenschaftlichen Weibes war zu meinem Erstaunen noch heftiger als mein eigener. Vieles in ihrer starken Natur hatte in mir den Glauben erweckt, daß der Tod einst ohne seine Schrecken zu ihr kommen werde, doch so war es nicht. Es ist unmöglich in Worten die Heftigkeit ihres Widerstandes und ihres Ringens mit dem Schatten zu schildern. Ich stöhnte vor Kummer bei diesem traurigen Anblick. Ich hätte sie gern beruhigt, ihr gern zugesprochen; aber bei der Heftigkeit ihres wilden Verlangens nach Leben – nach Leben – nur nach Leben –, waren Trost und Vernunftgründe nichts als völliger Wahnsinn. Jedoch nicht vor ihrem letzten Augenblicke mitten in den stärksten Zuckungen ihres ungestümen Geistes war die äußerliche Gelassenheit ihres Gehabens erschüttert. Ihre Stimme wurde immer zarter, immer leiser – doch will ich nicht bei dem unheimlichen Sinne der ruhig gesprochenen Worte verweilen. Mein Kopf schwindelte, als ich, fast von Sinnen, einer überirdischen Melodie lauschte, Forderungen und heißen Wünschen, die kein Mensch vor ihr gekannt hat.

Daß sie mich liebte, hatte ich nie bezweifelt; und leicht hätte ich verstehen müssen, daß in einem Herzen wie dem ihrigen die Liebe nicht als gewöhnliche Leidenschaft herrschen könne. Aber erst bei ihrem Tode wurde ich ganz durchdrungen von der Gewalt ihrer Zuneigung. Lange Stunden hindurch hielt sie meine Hand und schüttete mir ihr überfließendes Herz aus, dessen mehr als leidenschaftliche Hingebung sich zur Vergötterung steigerte. Wie hatte ich es verdient, durch ein solches Geständnis beseligt zu werden? Wie hatte ich es verdient, in der Stunde, da sie es ablegte, durch den Verlust meiner Geliebten bestraft zu werden? Doch ich kann es nicht ertragen, diesen Punkt weiter auszuspinnen. Laßt mich nur sagen, daß in Ligeias mehr als weiblicher Hingabe zu einer Liebe, die ich so wenig verdiente, deren ich so ganz unwert war, ich schließlich den Grund ihres heißen, inbrünstigen Sehnens nach dem Leben erkannte, das nun so eilig entfloh. Für dieses wilde Sehnen, für diese heftige Gewalt des Wunsches nach Leben – nur nach Leben – fehlt mir die Kraft der Wiedergabe, der Ausdruck, der fähig wäre, es zu schildern.

Am späten Nachmittage vor der Nacht, in der sie von mir ging, winkte sie mich gebieterisch an ihre Seite und bat mich, ihr einige Verse, die sie selbst wenige Tage zuvor verfaßt hatte, zu wiederholen. Ich gehorchte ihr. Es waren diese:

Horch! Welch festliche Nacht
Nach Jahren, die einsam vergingen!
Ein weinender Engel, von himmlischer Macht,
Mit schleierverhüllten Schwingen,
Schaut auf der Bühne im Spiel
Hoffnung mit Grauen ringen,
Lauscht wilder Töne Gewühl,
Hört Sphärenmusik erklingen.

Die Spieler, geschaffen nach Gottes Bild,
Murmeln und flüstern und gehen
Hierhin und dorthin, wirr und wild –
Sind doch nur Puppen, sie gehen und stehen,
Geschoben von mächtigen, formlosen Wesen,
Die die Szene gestalten, die Bühne drehen,
Von Kondorschwingen lösen
Schmerzen, ungesehen!

Dies Wahnsinnspiel! Laß dir sagen,
Nie wird es vergessen werden!
Mit seinem Trugbild, das immer jagen
Die Massen, die stumpfen Herden,
In Runden rings unendlicher Länge,
Die ewig zurück zum Anfang kehrten;
Furcht, Irrtum und der Sünden Mengen –
Spielplanes Seele auf Erden.

Doch sieh! Mitten im Spielerring
Ein kriechend Wesen faucht!
Sich krümmend, ein blutrot Ding
Über die einsame Szene kraucht!
Es krümmt sich! Krümmt sich! Mit mordenden Zähnen
Die Spieler als Fressen verbraucht,
Die Fänge – Seraphe weinen Tränen –
In Menschenblut getaucht.

Aus – aus die Lichter – alle!
Über zitternde Wesen der Vorhang fällt;
Ein Leichentuch ist's, im Falle
Rauschend wie der Sturm im Feld –
Bleiche Engel künden frei,
Unverhehlt vor aller Welt:
Daß das Spiel die Tragödie „Mensch" sei,
Eroberer Wurm der Held.

„O Gott!" schrie Ligeia auf, indem sie aus dem Bette sprang und die Arme in krampfhafter Bewegung in die Höhe streckte, als ich diese Zeilen beendet hatte. „O Gott! O himmlischer Vater! Soll es denn unabänderlich so sein? Soll dieser Sieger nicht einmal besiegt werden? Sind wir nicht Stück und Teil von dir? Wer kennt die Geheimnisse des Willens in seiner Stärke? Denn Gott ist nur ein großer Wille, der alles durchdringt durch die Natur seiner Gewalt. Der Mensch ergibt sich nicht vollends den Engeln, noch dem Tode, es geschehe denn durch die Schlaffheit seines schwachen Willens."

Und dann, wie erschöpft durch die Erregung, ließ sie ihre weißen Arme fallen und kehrte feierlich zu ihrem Sterbebette zurück. Und als sie ihren letzten Seufzer tat, kam mit ihm vermengt ein leises Murmeln von ihren Lippen. Ich neigte mein Ohr über sie und erkannte wieder die Schlußworte der Stelle bei Glanvill: „Der Mensch ergibt sich nicht vollends den Engeln, noch dem Tode, es geschehe denn durch die Schlaffheit seines schwachen Willens."

Sie starb, und ich, in den Staub getreten, in tiefster Trauer, konnte nicht länger die einsame Trostlosigkeit meiner Wohnung in der trüben und verfallenden Stadt am Rhein ertragen.

Ich hatte keinen Mangel an dem, was die Welt Reichtum nennt. Ligeia hatte mir weit mehr, sehr viel mehr gebracht als gewöhnlich den Sterblichen zufällt. Nach wenigen Monaten ermüdenden und ziellosen Wanderns kaufte ich eine Abtei, die ich nicht nennen will, in einer der wildesten und wenigst besuchten Gegenden des schönen England. Die düstere und traurige Größe des Gebäudes, das fast wüste Aussehen des Besitztums, die vielen finstern und altehrwürdigen Erinnerungen, die damit verbunden waren, entsprachen dem Gefühle völliger Verlassenheit, das mich in diesen abgelegenen und einsamen Teil des Landes getrieben hatte. Doch obwohl am Äußeren der Abtei mit dem absterbenden Grün, das sie umspann, nur wenig zu verändern war, ließ ich mich in einer kindlichen Perversität und vielleicht in der Hoffnung, meinen Gram zu täuschen, zu einer Entfaltung von mehr als königlicher Pracht im Inneren verleiten. An solchen Torheiten hatte ich schon in meiner Kindheit Geschmack, und nun überkamen sie mich, als ob ich durch den Kummer kindisch geworden wäre. Ach, ich fühle, wieviel beginnender Wahnsinn aus den prächtigen und phantastischen Draperien, den feierlichen ägyptischen Bildwerken, den eigenartigen Gesimsen und Möbeln, den verrückten Mustern der golddurchwebten Teppiche spricht! Ich schmachtete in den Fesseln des Opiumrausches, und meine Arbeiten und Angaben hatten die Färbung meiner Träume angenommen. Aber ich will mich nicht bei der Schilderung dieser Widersinnigkeiten aufhalten. Laßt mich nur von dem einen auf ewig verfluchten Zimmer reden, wohin ich in einem Augenblick von geistiger Verwirrung vom Altar als meine Braut, als Nachfolgerin der unvergessenen Ligeia die blondhaarige, blauäugige Lady Rowena Trevanion von Tremaine geleitete.

Jeder einzelne Teil der Bauart und Ausschmückung dieses Brautgemaches steht mir noch deutlich vor Augen. Wo war das Herz der stolzen Familie der Braut, als sie es aus Habgier zuließ, daß eine Jungfrau und geliebte Tochter die Schwelle eines derart ausgeschmückten Zimmers überschreite? Ich habe gesagt, daß ich mich genau an die Einzelheiten des Zimmers erinnere, doch habe ich in trauriger Weise alle Dinge von tieferer Wichtigkeit vergessen, und hier war kein Plan, kein Halt in der phantastischen Entfaltung, der im Gedächtnis haften könnte.

Der Raum lag in einem hohen Turme der burgartigen Abtei, war fünfeckig und sehr groß. Die ganze Südseite des Fünfecks nahm ein einziges Fenster ein, eine riesige Fläche von ununterbrochenem venetianischem Glase – eine einzige Scheibe von bleifarbenem Tone, so daß die durchfallenden Strahlen der Sonne und des Mondes mit bleichem Schimmer auf die Gegenstände im Raume trafen. Über den oberen Teil dieses hohen Fensters breitete sich das Spalier eines alten wilden Weinstockes aus, der an den massigen Mauern des Turmes emporrankte. Die Decke, aus düsterem Eichenholz, war außerordentlich hoch, gewölbt und kunstvoll geschnitzt mit den wildesten grotesken Bildern halb gotischer, halb druidischer Darstellung. Aus der mittelsten Vertiefung dieses melancholischen Gewölbes hing an einer einzelnen goldenen Kette mit langen Gliedern ein gewaltiger Weihrauchkessel aus gleichem Metall, von sarazenischem Muster und in einer Weise an vielen Stellen durchbrochen, daß mit schlängelnder Lebendigkeit andauernd vielfarbige Flammen hier und dort aufblitzten.

Einige Ruhebetten und goldene Leuchter im orientalischen Stil standen an verschiedenen Stellen, und da war auch das Bett, das Brautbett, von indischer Form, niedrig und aus massivem Ebenholz geschnitzt, mit einem Baldachin, der einem Bahrtuche glich. In jeder Ecke des Raumes stand ein riesiger Sarkophag aus schwarzem Granit, aus den Grabstätten der Könige bei Luxor stammend, die verwitterten Sargdeckel mit uralten Reliefs bedeckt. Doch die Draperien des Zimmers waren das Phantastischste von allem. Die hohen Wände, riesenhaft, ja unverhältnismäßig in ihrer Höhe, waren von oben bis unten mit schweren und massiv aussehenden Stoffbehängen in breiten Falten bedeckt, und der gleiche Stoff diente als Teppich auf dem Estrich, als Decken auf den Ottomanen und dem Ebenholzbette, als Betthimmel und als prächtige, in Falten geworfene Vorhänge, die teilweise das Fenster abblendeten. Das Material war das reichste Goldgewebe. Es war in unregelmäßiger Anordnung über und über bedeckt mit tiefschwarzen Arabesken von etwa einem Fuß Durchmesser, die in das Gewebe eingewirkt waren. Aber nur von einem bestimmten Punkte aus betrachtet, hatten diese Figuren wirklich den Charakter von Arabesken. Durch einen jetzt allgemein bekannten Kunstgriff, der tatsächlich aus dem tiefsten Altertum stammt, waren sie bei der Betrachtung veränderlich. Wenn man den Raum betrat, machten sie nur den Eindruck von Ungeheuern, aber beim weiterem Vorwärtsschreiten verschwand dieser Anschein allmählich, und Schritt für Schritt, wie der Beschauer seinen Platz im Zimmer wechselte, sah er sich umringt von einer endlosen Reihe totenbleicher Gestalten, die zu dem Aberglauben der Normannen gehören oder in den sündhaften Träumen der Mönche entstehen. Die Wirkung des Gaukelspiels wurde noch gewaltig erhöht durch die künstliche Einführung eines starken, andauernden Luftzuges hinter den Teppichen, der dem Ganzen eine greuliche und unheimliche Belebung verlieh.

In Hallen wie dieser, in einem Brautgemach wie diesem, verbrachte ich mit Lady von Tremaine die ruchlosen Stunden des ersten Monats unserer Ehe, verbrachte sie mit nur geringer Unruhe. Es konnte mir nicht entgehen, daß mein Weib die wilde Launenhaftigkeit meines Charakters fürchtete, daß sie mir auswich und mich wohl nicht liebte; aber das freute mich mehr, als wenn es umgekehrt gewesen wäre. Ich verabscheute sie mit einem Hasse, der mehr eines Teufels als eines Menschen würdig war. Meine Erinnerung flog zurück (o mit welcher Heftigkeit des Grams!) zu Ligeia, der Geliebten, der Hehren, der Schönen, der Begrabenen. Ich schwelgte in dem Gedanken an ihre Reinheit, ihr Wissen, ihre erhabene und vergeistigte Natur, ihre leidenschaftliche, ihre vergötternde Liebe. Jetzt endlich entbrannte meine Seele voll und frei in noch heftigerem Feuer als ihrem eigenen. In der Erregung meiner Opiumträume (denn ich war gewöhnlich von dem Gifte berauscht) rief ich laut ihren Namen in die Stille der Nacht oder am Tage in die verborgenen Schlupfwinkel der Schluchten, als ob ich durch die wilde Begierde, die feierliche Leidenschaft, die verzehrende Glut meines Sehnens nach der Heimgegangenen, sie auf die Pfade, die sie verlassen (o möchte es für immer sein!) zur Erde zurückführen könnte.

Gegen Anfang des zweiten Monats unserer Ehe wurde Lady Rowena von einer plötzlichen Krankheit befallen, von der sie sich nur langsam erholte. Das Fieber, das sie verzehrte, machte ihre Nächte unruhig, und in dem gestörten Zustande ihres Halbschlummers sprach sie von Lauten und Bewegungen im Turmzimmer und außerhalb, die, wie ich glaubte, nur in der

Aufregung ihrer Phantasie, oder vielleicht in den gauklerischen Einflüssen des Zimmers selbst ihren Ursprung hatten. Sie erholte sich allmählich und genas schließlich. Doch nur eine kurze Zeit verstrich, bevor eine zweite heftigere Störung sie wiederum auf das Schmerzenslager warf; und von diesem Anfalle erholte sich ihr Körper, der von jeher schwach war, niemals vollständig. Die Krankheitserscheinungen waren von dieser Zeit an beunruhigend und noch beunruhigender die Rückfälle, die dem Wissen und der großen Geschicklichkeit ihrer Ärzte spotteten. Mit dem Zunehmen der chronischen Krankheit, die offensichtlich ihre Konstitution zu heftig angegriffen hatte, um noch durch menschliches Können ausgerottet zu werden, mußte ich eine gleiche Zunahme der nervösen Erregbarkeit ihres Temperamentes und ihre Reizbarkeit bei unbedeutenden Ursachen zur Furcht beobachten. Sie sprach wieder, und jetzt häufiger und hartnäckiger, von den Lauten – von den schwachen Lauten – und den ungewöhnlichen Bewegungen an den Teppichen, die sie früher schon erwähnt hatte.

Eines Nachts gegen Ende September machte sie mich dringender als sonst auf diese qualvollen Eindrücke aufmerksam. Sie war eben aus einem unruhigen Schlafe erwacht, und ich hatte mit Gefühlen halb von Angst, halb von ungewissem Schrecken die Verheerungen in ihrem abgezehrten Gesicht beobachtet. Ich saß neben ihrem Ebenholzbette auf einer der indischen Ottomanen. Sie richtete sich halb auf und sprach mit einem ernsten leisen Flüstern von Lauten, die sie da hörte, aber die ich nicht hören konnte – von Bewegungen, die sie dort sah, aber die ich nicht wahrnehmen konnte. Der Wind rauschte hastig hinter den Wandteppichen, und ich wünschte, ihr zu beweisen (was, laßt es mich gestehen, ich nicht ganz glauben konnte), daß jenes kaum hörbare Atmen und jene sehr geringen Veränderungen der Figuren an den Wänden nur die natürlichen Wirkungen des üblichen Rauschens seien. Aber eine Totenblässe, die ihr Gesicht überzog, bewies mir, daß meine Bemühungen, sie zu beruhigen, fruchtlos sein würden. Sie schien ohnmächtig zu werden, und keine Dienerschaft war in Rufweite. Ich erinnerte mich, wo eine Kanne des leichten Weines, der ihr von den Ärzten verordnet war, stand und eilte durch den Raum, ihn zu holen. Aber als ich in den Lichtschein des Weihrauchkessels schritt, erweckten zwei Umstände von erschreckender Art meine Aufmerksamkeit. Ich fühlte, daß ein greifbarer und doch unsichtbarer Gegenstand leicht an meiner Person vorbeistreifte; und ich sah, daß dort auf dem goldenen Teppich, gerade in der Mitte des hellen Scheines, der von dem Weihrauchkessel geworfen wurde, ein Schatten lag – ein schwacher unbestimmter Schatten von engelhafter Gestalt – so, wie man sich den Schatten eines Schattens vorstellen mag. Doch ich war durch eine unmäßige Dosis von Opium wild erregt und beachtete diese Dinge nur wenig, sprach auch nicht darüber mit Rowena. Als ich den Wein gefunden hatte, ging ich durch das Zimmer zurück, goß einen Becher voll und hielt ihn an die Lippen der ohnmächtigen Lady. Sie war nun teilweise wieder zu sich gekommen und nahm das Gefäß selbst, während ich auf eine in der Nähe stehende Ottomane sank, meine Augen auf ihre Person geheftet. In diesem Augenblicke war es, daß ich deutlich einen leichten Schritt auf dem Teppich nahe dem Bette hörte; und eine Sekunde später, als Rowena den Wein zu ihren Lippen führte, sah ich – oder habe ich es nur geträumt? – in den Becher, wie aus einer unsichtbaren Quelle in der Atmosphäre des Raumes, drei oder vier große Tropfen einer leuchtenden, rubinroten Flüssigkeit fallen. Ich sah es – doch nicht Rowena. Sie trank den Wein ohne Zaudern und ich unterließ es, mit ihr über eine Sache zu sprechen, die trotz allem nur die Eingebung einer lebhaften Phantasie sein mochte, die durch das Entsetzen der Lady, das Opium und die nächtliche Stunde krankhaft erregt war.

Doch ich kann es nicht vor mir selbst verhehlen, daß sofort nach dem Fallen der Rubintropfen ein rascher Wechsel zum Schlimmeren in der Krankheit meines Weibes eintrat, so daß in der dritten darauffolgenden Nacht die Hände ihrer Dienerinnen sie für das Grab ankleideten; und in der vierten saß ich allein mit ihrer verhüllten Leiche in jenem phantastischen Zimmer, das sie als meine Braut empfangen hatte. Wilde Visionen, vom Opium erzeugt, flatterten schattengleich um mich. Mit unruhigem Auge blickte ich auf die Sarkophage in den Ecken des Raumes, auf die wechselnden Figuren der Wandbehänge und auf das Züngeln der vielfarbigen Flammen des Weihrauchkessels über meinem Kopfe. Ich rief mir die Geschehnisse einer früheren Nacht ins Gedächtnis zurück, und mein Blick fiel auf den Fleck unter dem Schein des Weihrauchkessels, wo ich die schwachen Spuren des Schattens gesehen hatte. Er war jedoch nicht mehr da; und freier atmend wandte ich meine Blicke zu der bleichen, starren Form auf dem Bette. Dann überfielen meinen Geist tausend Erinnerungen an Ligeia, und zu meinem Herzen strömte mit der stürmischen Gewalt einer Flut das ganze unsagbare Weh, mit dem ich sie, als sie so verhüllt dalag, betrachtet hatte. Die Nacht verstrich; und noch immer das Herz voll bitterer Gedanken an die eine einzig und unsagbar Geliebte starrte ich auf die Leiche Rowenas.

Es mag Mitternacht gewesen sein, vielleicht auch früher oder später, denn ich hatte nicht auf die Zeit geachtet, als ein leises, sanftes, doch sehr deutliches Schluchzen mich aus meiner Träumerei aufschreckte. Ich fühlte, daß es von dem Ebenholzbette herkam – dem Totenbette. Ich lauschte in unbeschreiblichem, abergläubischem Schrecken – aber der Ton wiederholte sich nicht. Ich strengte meine Augen an, irgendeine Bewegung an der Leiche zu entdecken, aber nicht die leiseste war wahrnehmbar. Und doch konnte ich mich nicht getäuscht haben. Ich hatte das Geräusch gehört, wenn auch nur schwach, und meine Seele war in mir aufgeschreckt. Entschlossen und beharrlich hielt ich meine Aufmerksamkeit fest auf die Leiche gerichtet. Viele Minuten vergingen, ehe sich etwas ereignete, das Licht auf das Geheimnis werfen konnte. Endlich sah ich, daß ein leichter, sehr schwacher und kaum wahrnehmbarer Farbenhauch in die Wangen und die kleinen Äderchen der eingesunkenen Augenlider geschossen war. In einer Art unaussprechlichen Entsetzens und scheuer Furcht, für die die menschliche Sprache keine hinreichend ausdrucksvolle Bezeichnung hat, fühlte ich, wie mein Herz aufhörte zu schlagen, meine Glieder in ihrer Stellung erstarben. Doch schließlich gab mir ein Gefühl der Pflicht meine Selbstbeherrschung zurück. Ich konnte nicht länger bezweifeln, daß wir unsere Vorbereitungen übereilt hatten – daß Rowena noch lebte. Es mußte sofort etwas geschehen; aber der Turm war vollständig getrennt von dem Teil der Abtei, wo die Dienerschaft sich aufhielt – niemand von ihnen in Hörweite –, ich hatte keine Möglichkeit, sie zu meiner Hilfe herbeizurufen, ohne den Raum für mehrere

Minuten zu verlassen – und das konnte ich nicht wagen. Ich mühte mich deshalb allein ab in meinen Bestrebungen, das noch zögernde Leben zurückzurufen. Nach kurzer Zeit war jedoch offensichtlich ein Rückschlag eingetreten; die Farbe verschwand von Augenlidern und Wangen und es blieb eine mehr als marmorgleiche Blässe; die Lippen preßten und zogen sich zusammen zu dem unheimlichen Ausdruck des Todes; eine abstoßende Klebrigkeit und Kälte überzog rasch die Oberfläche der Leiche; und die übliche strenge Starre trat sofort ein. Mit einem Schauder fiel ich auf die Ottomane zurück, von der ich so überrascht aufgeschreckt war, und wieder gab ich mich ganz den leidenschaftlichen Wachträumen von Ligeia hin.

So verging eine Stunde, als (konnte es möglich sein?) ich ein zweites Mal einen undeutlichen Ton, der von dem Bette kam, vernahm. Ich lauschte – in schauderndem Entsetzen. Der Ton wiederholte sich – es war ein Seufzer. Ich stürzte zu der Leiche und sah – sah deutlich – ein Zittern auf den Lippen. Eine Minute später öffneten sie sich und zeigten eine glänzende Reihe perlengleicher Zähne. Erschrecken kämpfte jetzt in meinem Herzen mit der tiefen Furcht, die bisher allein dort geherrscht hatte. Ich fühlte, daß meine Augen trübe wurden, daß ich phantasierte; und nur durch gewaltsame Anstrengung gelang es mir, mich zu der Aufgabe aufzuraffen, die die Pflicht mir wieder gebot. Jetzt war eine teilweise Röte auf der Stirn, den Wangen und der Kehle; eine wahrnehmbare Wärme durchflutete den ganzen Körper; selbst das Herz schlug schwach. Die Lady lebte; und mit verdoppeltem Eifer machte ich mich an die Aufgabe, das Leben zurückzurufen. Ich rieb und befeuchtete Schläfe und Hände und wandte jedes Mittel an, das Erfahrung und ein nicht geringes medizinisches Wissen mir eingaben. Aber vergebens. Plötzlich verflog die Röte, der Pulsschlag setzte aus, die Lippen nahmen wieder den Ausdruck des Todes an, und einen Augenblick später ergriff wieder den ganzen Körper die eisige Kälte, die Leichenfarbe, die gespannte Starre, die eingesunkene Form und alle die widerlichen Kennzeichen einer Leiche, die viele Tage im Grabe gelegen hat.

Und wieder versank ich in Träumereien von Ligeia – und wieder (ist es ein Wunder, wenn ich beim Schreiben zaudere), wieder klang an mein Ohr ein leises Schluchzen von dem

Ebenholzbette her. Doch warum soll ich alle unaussprechlichen Schrecken jener Nacht erzählen? Warum soll ich bei dem Berichte verweilen, wie von Zeit zu Zeit bis fast zur grauen Dämmerung dieses gräßliche Drama der Wiederbelebung sich wiederholte, wie jeder erschreckende Rückfall nur zu einem grausameren, unabänderlicheren Tode führte – wie jeder Todeskampf den Anschein eines Ringens mit einem unsichtbaren Feinde hatte, und wie jedem Kampf eine mir unerklärliche unheimliche Veränderung in dem körperlichen Aussehen der Leiche folgte? Laßt mich zum Ende eilen.

Der größte Teil der furchtbaren Nacht war vergangen, und sie, die tot gewesen war, bewegte sich einmal wieder – und jetzt kräftiger als bisher, obwohl sie von einer erschreckenderen, hoffnungsloseren Auflösung erstand wie je. Ich hatte schon lange aufgehört, mich zu sträuben oder zu rühren, und blieb starr auf der Ottomane sitzen als hilfslose Beute eines Wirbels heftiger Erregungen, von denen Furcht vielleicht die wenigst schreckliche, die wenigst verzehrende war. Die Leiche bewegte sich und zwar stärker als zuvor. Die Farben des Lebens fluteten kräftiger als bisher in das Gesicht – die Glieder lösten sich – und, wenn nicht die Augenlider noch fest zusammengepreßt und durch die Bänder und Hüllen das Aussehen der Gestalt das einer Leiche geblieben wäre, hätte ich wähnen können, Rowena habe endlich wirklich die Fesseln des Todes abgeschüttelt. Aber obgleich ich diesen Gedanken nicht gleich zu fassen vermochte, konnte ich doch nicht mehr länger daran zweifeln, als die in Leichentücher gehüllte Gestalt sich vom Bette erhob und schwankend mit schwachen Schritten, mit geschlossenen Augen, wie aus dem Traume aufgeschreckt, leibhaftig und greifbar in die Mitte des Raumes trat.

Ich zitterte nicht – ich bewegte mich nicht – denn eine Flut unausprechlicher Vorstellungen, von der Miene, der Gestalt und dem Gebahren der Erscheinung hervorgerufen und wie im Sturme mir durch den Kopf brausend, hatten mich gelähmt, mich zu Stein erstarrt. Ich bewegte mich nicht – aber ich starrte auf die Erscheinung. Eine wahnsinnige Verwirrung war in meinen Gedanken – ein unbezähmbarer Aufruhr. Konnte es tatsächlich die lebende Rowena sein, die vor mir stand? Konnte es überhaupt Rowena, die blondhaarige, blauäugige Lady Rowena

Trevanion von Tremaine sein? Warum, warum sollte ich zweifeln? Die Bänder lagen fest um ihren Mund – sollte es doch nicht der Mund der atmenden Lady von Tremaine sein? Und die Wangen – sie waren rosig wie im Mittag ihres Lebens – ja, es mochten wohl die schönen Wangen der lebenden Lady von Tremaine sein. Und das Kinn mit seinen Grübchen wie in gesunden Tagen, konnte es nicht das ihrige sein? Aber war sie seit ihrer Krankheit größer geworden? Welcher unaussprechliche Wahnsinn ergriff mich bei diesem Gedanken? Ein Sprung und ich war zu ihren Füßen! Vor meiner Berührung zurückweichend ließ sie die weißen Leinentücher, die ihr Haupt umhüllt hatten, herabfallen, und in die rauschende Luft des Zimmers strömten gewaltige Massen langen, verwirrten Haares; es war schwärzer als die Schwingen der Nacht! Und nun öffneten sich langsam die Augen der Gestalt, die vor mir stand. „Hier endlich", schrie ich laut, „kann ich nie – niemals mich täuschen –, dies sind die tiefen, schwarzen, die seltsamen Augen – meiner verlorenen Liebe – der Lady – der Lady Ligeia."

Der Mord in der Rue Morgue

> Welches Lied die Sirenen sangen, oder welchen Namen Achilles annahm, als er sich bei den Frauen verbarg, – Rätselfragen, aber doch nicht jeder Lösung entzogen.
>
> *Sir Thomas Browne*

Die geistige Veranlagung, die man im allgemeinen die analytische nennt, ist selbst der Analysis kaum fähig. Wir schätzen sie nur nach ihren Folgen. Wir wissen von ihr u. a., daß sie für Personen, die sie in ungewöhnlichem Maße besitzen, eine Quelle der lebhaftesten Freude ist. Wie der starke Mann in seiner Körperkraft schwelgt und für alle Übungen schwärmt, die seine Muskeln in Tätigkeit setzen, so weidet sich der Analytiker an der geistigen Fähigkeit des Entwirrens. Er zieht sogar aus den alltäglichsten Beschäftigungen Vergnügen, wenn sie sein Talent leuchten lassen. Er liebt Rätsel, Scherzfragen und Geheimschriften und entfaltet bei ihrer Lösung einen Scharfsinn, der der gewöhnlichen Vorstellung übernatürlich erscheint. Seine Erfolge, die nur der besonderen Art der angewandten Methode zu verdanken sind, erwecken tatsächlich den Anschein der Intuition.

Die Fähigkeit des Auflösens wird möglicherweise durch mathematische Studien gekräftigt, besonders durch deren erhabensten Teil, den man fälschlich und lediglich wegen seines rückschließenden Verfahrens als Analysis im eigentlichen Sinne bezeichnet hat. Aber rechnen ist nicht an und für sich analysieren. Ein Schachspieler z. B. tut das eine, ohne das andere zu versuchen. Daraus folgt, daß das Schachspiel in seinen Wirkungen auf den Geist erheblich überschätzt wird. Ich schreibe hier keine Abhandlung, sondern will nur einer ziemlich sonderbaren Erzählung durch Betrachtungen, die ganz einleuchtend sind, ein Vorwort geben. So will ich die Gelegenheit ergreifen, darzulegen, daß die höchsten Kräfte des denkenden Intellekts entschiedener und nützlicher von dem bescheidenen

Damebrettspiel als von der oberflächlichen Künstelei des Schachspiels in Anspruch genommen werden. Bei diesem, wo den Figuren verschiedene und willkürliche Bewegungen zustehen, mit verschiedenen und veränderlichen Werten, wird, was nur verwickelt ist, für tief gehalten (ein nicht seltener Irrtum). Die Aufmerksamkeit spielt hier eine große Rolle. Wenn sie einen Augenblick nachläßt, kann etwas übersehen werden, was zum Nachteil oder zur Niederlage führt. Da die möglichen Bewegungen nicht nur vielfältig, sondern auch gekünstelt sind, können solche Versehen mannigfache Folgen haben; und in neun Fällen von zehn ist der aufmerksamste Spieler, nicht der scharfsinnigste, der Gewinner. Beim Damebrettspiel dagegen, wo die Bewegungen einheitlich sind und nur wenig Abwechslung haben, sind die Gelegenheiten zur Unachtsamkeit geringer und, da die bloße Aufmerksamkeit verhältnismäßig wenig in Anspruch genommen wird, erlangt jede Partei ihre Vorteile durch den überlegenen Scharfsinn. Um weniger abstrakt zu sprechen, wollen wir uns einmal ein Damebrettspiel ausdenken, worin die Figuren nur aus vier Königen bestehen, und wo natürlich kein Übersehen in Frage kommt. Es ist klar, daß hier (wenn die Spieler gleich sind) das Spiel nur durch eine überlegte Bewegung, den Erfolg starker geistiger Anstrengung, siegreich entschieden werden kann. Wenn der Analytiker seiner gewöhnlichen Hilfsmittel beraubt ist, versetzt er sich in den Geist seines Gegners, identifiziert sich mit ihm und erkennt so, nicht selten nur durch einen Blick, die einzige Methode (zuweilen eine erstaunlich einfache), durch die er den anderen irreleiten oder zu falschen Berechnungen verführen kann.

Das Whistspiel war lange dafür bekannt, auf die sogenannte rechnerische Fähigkeit einen Einfluß auszuüben, und Intelligenzen von höchstem Rang haben eine offenbar unerklärliche Freude daran gehabt, während sie das Schachspiel als frivol vermieden. Zweifellos kann kein ähnliches Spiel die Fähigkeit der Analysis so stark auf die Probe stellen. Der beste Schachspieler der Christenheit ist zuweilen nicht mehr als der beste Spieler auf dem Schachbrett; aber die Fertigkeit im Whistspiel verleiht die Anwartschaft auf Erfolg in allen wichtigen Unternehmungen, wo Geist wider Geist kämpft. Wenn ich sage „Fertigkeit“, so meine ich diese Vollkommenheit im Spiel, die das Verständnis für alle Möglichkeiten umfaßt, aus denen ehrlicherweise Vorteil gezogen werden kann. Diese sind nicht nur zahlreich, sondern auch verschiedenartig und liegen häufig in geistigen Verstecken, die dem gewöhnlichen Verstande nicht zugänglich sind. Aufmerksam beobachten heißt sich genau erinnern; und soweit wird der achtsame Schachspieler im Whist ganz gute Erfolge haben, denn die Regeln Hoyles (die lediglich auf dem Mechanismus des Spieles beruhen) sind allgemein verständlich. Demnach werden also ein zuverlässiges Gedächtnis und die Fähigkeit „nach dem Buch“ zu arbeiten im allgemeinen als die Hauptsache des guten Spielens angesehen. Aber die Kunst des Analytikers besteht in Dingen, die über den Grenzen der bloßen Regel stehen. In aller Stille macht er eine Menge Beobachtungen und Schlußfolgerungen. Das tun vielleicht seine Gefährten auch; und der Unterschied in der Ausdehnung der erlangten Einsichten liegt nicht so sehr in der Richtigkeit der Folgerung als im Wert der Beobachtung. Das Wissen, auf das es ankommt, ist, w a s man beobachten soll. Unser Spieler beschränkt sich durchaus nicht; daß es sich nur um das Spiel handelt, ist für ihn kein Grund, Schlußfolgerungen aus Vorgängen zu verschmähen, die außerhalb des Spieles liegen. Er prüft die Haltung seines Partners, vergleicht sie sorgfältig mit der jedes seiner Gegner. Er erwägt die Art, wie die Karten in jeder Hand zusammengestellt sind; oft zählt er Trumpf auf Trumpf und Honneur auf Honneur nach den Blicken, die ihre Inhaber darauf werfen. Er merkt sich jede Veränderung der Gesichter im Verlauf des Spieles und gewinnt viel Einsicht aus der Verschiedenheit des Ausdrucks von Sicherheit, Überraschung, Triumph oder Ärger. Aus der Art, wie jemand einen Stich aufnimmt, urteilt er, ob er einen anderen danach machen kann. Er erkennt, was aus Finte gespielt wird aus dem Ausdruck, mit dem es auf den Tisch geworfen wird. Ein beiläufiges oder unüberlegtes Wort, das zufällige Abwerfen oder Drehen einer Karte, die dabei gezeigte Ängstlichkeit oder Sorglosigkeit im Verbergen, das Zählen der Stiche mit der Reihenfolge ihrer Zusammenstellung, Verlegenheit, Zögern, Eifer oder Ungeduld – alles bietet ihm Anhalt zu einem scheinbar intuitiven Verständnis, Anzeichen des wahren Standes der Sache. Wenn die ersten zwei oder drei Runden gespielt sind, weiß er, was jeder in der Hand hat und gibt infolgedessen seine Karten mit einer solchen genauen Zweckmäßigkeit ab, als wenn die Mitspieler die Bilder der ihrigen offenliegen hätten.

Die analytische Fähigkeit sollte nicht mit einfachem Scharfsinn verwechselt werden; denn während der Analytiker unbedingt scharfsinnig sein muß, ist der scharfsinnige Mensch oft erstaunlich unfähig zu jeder Analyse. Die Fähigkeit, zu konstruieren oder zu kombinieren, durch die sich der Scharfsinn gewöhnlich äußert, und der die Phrenologen[1] (meiner Ansicht nach irrigerweise) ein eigenes Organ zuweisen, da sie sie für eine primäre Fähigkeit halten, hat sich so oft bei solchen Intelligenzen gezeigt, die in anderer Beziehung an Stumpfsinn grenzten, daß dies allgemeine Beachtung bei den Moralschriftstellern erregte. Zwischen Scharfsinn und analytischer Denkfähigkeit besteht ein größerer Unterschied, als zwischen Phantasie und Vorstellungskraft, obgleich in genau analoger Art. Wir werden sehen, daß die Scharfsinnigen immer phantastisch, und die wirklich Einbildungsreichen nie anders als analytisch sind.

Die Geschichte, die jetzt folgen soll, wird dem Leser einigermaßen im Lichte einer Erklärung der eben aufgestellten Behauptungen erscheinen.

Als ich den Frühling und einen Teil des Sommers 18.. in Paris verbrachte, machte ich die Bekanntschaft eines Herrn C. August Dupin. Dieser junge Herr war aus bester, tatsächlich berühmter Familie, aber verschiedene widerwärtige Ereignisse hatten ihn in solche Armut versetzt, daß seine Willenskraft unterlag und er aufhörte, sich in der Gesellschaft zu bewegen und sich um die Wiederherstellung seines Vermögens zu kümmern. Durch die Gutmütigkeit seiner Gläubiger blieb ein kleiner Rest seines Erbes in seinem Besitz, und durch strengste Sparsamkeit gelang es ihm, aus dem daraus gewonnenen Einkommen sich das Nötige zum Leben zu beschaffen; auf Überflüssiges verzichtete er. Tatsächlich waren Bücher sein einziger Luxus, und diese sind in Paris leicht zu bekommen. Unsere erste Begegnung fand in einer kleinen Buchhandlung in der Rue Montmartre statt, wo der Zufall, daß wir beide auf der Suche

[1] Schädelforscher.

nach einem sehr seltenen und merkwürdigen Bande waren, uns zusammenführte. Wir trafen uns wieder und wieder. Mich interessierte die kleine Familiengeschichte, die er mir mit der Harmlosigkeit erzählte, in die alle Franzosen verfallen, wenn sie von sich selbst sprechen. Ich war auch erstaunt über seine große Belesenheit, und insbesondere berührte mich die ungehemmte Stärke und lebhafte Frische seiner Einbildungskraft sympathisch. Da ich in Paris gewisse Dinge suchte, erkannte ich, daß die Gesellschaft eines solchen Mannes für mich ein Schatz von unwägbarem Werte sein könne, und dies teilte ich ihm offen mit. Schließlich vereinbarten wir, während meines Aufenthaltes in der Stadt zusammen zu leben, und da meine Vermögensverhältnisse damals etwas weniger verwirrt waren als die seinigen, durfte ich die Miete und Ausstattung unserer Wohnung bezahlen, in einem Stil, der der damals etwas phantastischen Schwermut unserer Stimmung entsprach, in einem wunderlichen vernachlässigten Gebäude, das aus irgendeinem Aberglauben, nach dem wir nicht forschten, längst verlassen war und das in einem einsamen, verschwiegenen Teil des Faubourg St. Germain seinem Zerfall entgegenging.

Wenn damals unsere Lebensweise der Welt bekannt gewesen wäre, hätte man uns jedenfalls für Wahnsinnige gehalten, wenn auch vielleicht für harmlose Irre. Unsere Abgeschlossenheit war eine vollständige. Wir ließen keine Besucher ein. Ich hatte auch den Ort unserer Zurückgezogenheit vorsorglich allen meinen früheren Bekannten verheimlicht; und es war Jahre her, daß Dupin aufgehört hatte, in Paris bekannt zu sein. Wir lebten nur für uns allein. Es war ein Anfall von Laune bei meinem Freunde (wofür hätte ich es sonst halten sollen?), daß er die Nacht um ihrer selbst willen liebte, und ich fügte mich dieser Wunderlichkeit wie allen anderen, da ich mich allen seinen wirren Einfällen willig hingab. Der Nachtgott konnte nicht immer bei uns bleiben; aber wir konnten seine Anwesenheit vortäuschen. Beim ersten Morgengrauen schlossen wir alle Läden des alten Gebäudes und steckten ein paar stark duftende Wachskerzen an, die nur die schwächsten und gespenstischsten Strahlen warfen. Mit ihrer Hilfe versenkten wir unsere Seelen in Träume, lasen, schrieben oder unterhielten uns, bis die Uhr uns den Anbruch der wirklichen Dunkelheit anzeigte. Dann stürzten wir uns in die Straßen, Arm in Arm, setzten unser tägliches Gespräch fort oder streiften weit und breit umher, um inmitten der unheimlichen Lichter und Schatten der volkreichen Stadt jene unendliche geistige Erregung zu suchen, die stille Beobachtung bewirken kann.

Bei solchen Gelegenheiten mußte ich an Dupin eine besondere analytische Fähigkeit bemerken und bewundern (obgleich ich sie nach seinem Ideenreichtum schon erwarten konnte). Er schien an ihrer Ausübung – wenn nicht an ihrer Entfaltung – große Freude zu haben und zögerte nicht, zu gestehen, wieviel Vergnügen er daran fand. Er rühmte sich bei mir, mit leisem kichernden Lachen, daß ihm gegenüber die meisten Menschen Fenster an ihren Busen trügen, und wünschte, solche Behauptungen durch sofortige überraschende Beweise seiner genauen Kenntnis über mich selbst zu belegen. Dabei war seine Art frostig und abstrakt, seine Augen ausdruckslos; während seine Stimme, sonst ein warmer Tenor, in einen Diskant stieg, der ausgelassen geklungen hätte, ohne die vorsichtige und vollkommen klare Ausdrucksweise. Wenn ich ihn in solchen Stimmungen beobachtete, verweilte ich oft bei der alten Philosophie der „zwei Seelen" und spielte mit der Vorstellung eines doppelten Dupin, eines schöpferischen und eines zerlegenden. Man schließe nicht aus dem soeben Gesagten, daß ich hier ein Geheimnis erzählen oder einen Roman schreiben will. Was ich nach der gegebenen Beschreibung an dem Franzosen wahrnahm, waren nur die Folgen einer erregten oder sogar gestörten Intelligenz. Aber ein Beispiel wird am besten einen Begriff von der Art seiner Äußerungen in jener Zeit geben.

Wir schlenderten einmal in der Nacht eine lange schmutzige Straße entlang in der Nähe des Palais Royal. Da wir beide offenbar mit unseren eigenen Gedanken beschäftigt waren, hatte keiner von uns in der letzten Viertelstunde eine Silbe gesprochen. Plötzlich brach Dupin in folgende Worte aus:

„Er ist ein recht kleiner Bursche und wäre am Théâtre des Variétés besser am Platz."

„Darüber kann kein Zweifel bestehen", antwortete ich unbedacht, ohne gleich (so vertieft war ich in meine Überlegungen) die erstaunliche Art zu bemerken, mit der der Sprechende sich meinen Gedanken angepaßt hatte. Einen Augenblick darauf hatte ich mich gefaßt und mein Erstaunen war groß.

„Dupin," sagte ich ernst, „das übersteigt meine Begriffe. Ich zögere nicht zu sagen, daß ich überrascht bin und kaum meinen Sinnen zu trauen vermag. Wie ist es möglich, daß Sie wissen konnten, daß ich an ..." Hier machte ich eine Pause, um ganz sicher zu sein, daß er wirklich wußte, woran ich gedacht hatte. ... „An Chantilly dachten," sagte er, „warum brechen Sie ab? Sie hatten bei sich selbst gedacht, daß seine allzu kleine Gestalt ihn für die Tragödie ungeeignet mache."

Dies war genau der Gegenstand meiner Überlegung. Chantilly war ein Flickschuster aus der Rue St. Denis, der, theatertoll geworden, sich in der Titelrolle von Crébillons Tragödie „Xerxes" versucht hatte und zum Dank für seine Mühe öffentlich geschmäht worden war.

„Sagen Sie mir um Gottes willen," rief ich, „durch welche Methode – wenn Sie überhaupt eine Methode dabei haben – es Ihnen möglich ist, in dieser Weise in meine Seele einzudringen!"

Tatsächlich war ich bestürzter als ich zugeben wollte.

„Der Obsthändler", sagte er, „brachte Sie zu der Überzeugung, daß der Sohlenflicker nicht die nötige Länge habe für Xerxes et id genus omne." (Und alle derartigen Rollen.)

„Der Obsthändler? Sie erstaunen mich, ich weiß überhaupt von keinem Obsthändler."

„Der Mann, der gegen Sie rannte, als wir in diese Straße kamen – es mag eine Viertelstunde her sein."

Ich erinnerte mich nun, daß tatsächlich ein Obsthändler mit einem großen Korb voller Äpfel auf dem Kopfe mich versehentlich fast hingeworfen hätte, als wir aus der Rue C... in den Durchgang kamen, in dem wir nun standen; aber was das mit Chantilly zu tun hatte, konnte ich durchaus nicht verstehen.

In Dupin steckte keine Spur von Scharlatanerie.

„Ich will es Ihnen erklären," sagte er, „und damit Sie alles genau verstehen, wollen wir Ihren Gedankengang zurückverfolgen vom Augenblick an, wo ich mit Ihnen sprach, bis zu dem Zusammenstoß mit dem betreffenden Obsthändler. Die größeren Glieder der Kette folgen so: Chantilly, Orion, Dr. Nichols, Epikur, Stereotomie, die Straßensteine, der Obsthändler."

Es gibt wenige Menschen, die sich nicht zu irgendeiner Zeit ihres Lebens damit vergnügt haben, die Entwicklung gewisser Schlußfolgerungen ihres eigenen Geistes Schritt für Schritt rückwärts zu verfolgen. Diese Beschäftigung ist oft sehr interessant und wer sie zum ersten Male versucht, ist überrascht, durch die scheinbar unüberbrückbare Entfernung und Zusammenhanglosigkeit zwischen dem Ausgangspunkt und dem Ziel. Wie groß war nicht mein Erstaunen, als ich den Franzosen sagen hörte, was er eben gesagt hatte, und ich zugeben mußte, daß es richtig war. Er fuhr fort:

„Wir hatten von Pferden gesprochen, wenn ich mich recht erinnere, als wir die Rue C... verließen. Das war der letzte Gegenstand, über den wir uns unterhielten. Als wir in diese Straße einbogen, lief ein Obsthändler mit einem großen Korb auf dem Kopfe im Galopp an uns vorbei und stieß Sie auf einen Haufen Pflastersteine, die an einer Stelle aufgehäuft liegen, wo der Straßendamm ausgebessert wird. Sie traten auf ein loses Stück, glitten aus, verrenkten leicht Ihren Knöchel, schienen ärgerlich oder verdrießlich, brummten ein paar Worte, drehten sich dann nach dem Haufen um und gingen stillschweigend weiter. Ich paßte nicht besonders auf ihr Tun auf, aber mir ist in letzter Zeit das Beobachten zur zweiten Natur geworden. Sie hielten Ihre Augen zu Boden gerichtet, betrachteten die Löcher und Gleise im Pflaster mit ärgerlichem Gesichtsausdruck (so daß ich merkte, daß Sie noch immer an die Steine dachten), bis wir die kleine Lamartine-Gasse erreichten, die versuchsweise mit regelmäßig behauenen, festgefügten Steinen gepflastert wurde. Hier erheiterte sich Ihr Aussehen, und da ich Ihre Lippen sich bewegen sah, bezweifelte ich nicht, daß Sie das Wort Stereotomie aussprachen, womit man gern diese Art der Pflasterung bezeichnet. Ich wußte auch, daß Sie nicht Stereotomie sagen konnten, ohne auf Atomie zu kommen und also auf die Theorien des Epikur[1]; und da ich, als wir vor kurzem über diesen Gegenstand sprachen, erwähnte, wie merkwürdig die Bestätigung sei, die diese unsicheren Vermutungen des berühmten Griechen durch die neue Lehre von der Entstehung der Welt aus einem Urnebel gefunden haben, wußte ich, daß Sie Ihre Augen aufwärts nach den großen „nebula“ des Orion richten müßten, und ich erwartete bestimmt, daß Sie es tun würden. So

[1] Altgriechischer Philosoph (341-270 v. Chr.); er sah im Genuß weltlicher Freuden das Lebensprinzip des Daseins.

geschah es, und nun wußte ich, daß ich Ihren Spuren richtig gefolgt war. Aber in jenem bösartigen Artikel über Chantilly, der gestern im „Musée“ erschien und worin eine unfreundliche Anspielung auf des Schuhflickers Namensänderung beim Besteigen des Kothurns[1] gemacht wurde, war auch eine lateinische Verszeile angeführt, nämlich:

Perdidit antiquum litera prima sonum,[2]

von der ich Ihnen gesagt hatte, daß sie sich auf Orion beziehe, der früher Urion geschrieben wurde, und wegen gewisser Pikanterien, die mit dieser Erklärung zusammenhingen, war ich überzeugt, daß Sie sie nicht vergessen haben könnten. Es war also klar, daß Sie Orion in Gedanken mit Chantilly verbinden müßten. Und daß Sie sie zusammenbrachten, sah ich an der Art des Lächelns, das um Ihre Lippen spielte. Sie erinnerten sich der kritischen Hinrichtung des armen Schuhflickers. Bisher waren Sie gebückt gegangen. Aber nun richteten Sie sich zu Ihrer vollen Höhe auf. Da war ich sicher, daß Sie an die allzu kleine Gestalt des Chantilly dachten. An diesem Punkte unterbrach ich Ihr Nachsinnen durch meine Bemerkung, daß tatsächlich dieser Chantilly ein sehr kleiner Kerl sei, der besser auf die Bühne des Théâtre des Variétés passen würde.“

Kurz nach dieser Unterhaltung warfen wir einen Blick in die „Gazette des Tribunaux“, wo folgender Artikel unsere Aufmerksamkeit erregte:

„Aufsehenerregender Mord. Heute früh etwa um 3 Uhr wurden die Bewohner des Quartier St. Roch durch rasch aufeinander folgende schreckliche Schreie aus dem Schlafe geweckt, die anscheinend aus dem vierten Stock eines Hauses in der Rue Morgue kamen, von dem bekannt ist, daß es nur von Madame L'Espanaye und ihrer Tochter Mademoiselle Camille L'Espanaye bewohnt wird. Nach kurzem Aufenthalt durch den vergeblichen Versuch in der üblichen Weise Einlaß in das Haus zu finden, wurde das Tor mit einem Brecheisen aufgebrochen, und acht oder zehn Nachbarn drangen ein, in Begleitung von

[1] Bühnenschuh mit hohen Sohlen (für Schauspieler des antiken Trauerspiels).
[2] Der erste Buchstabe richtete den alten Klang zugrunde (lat.).

Gendarmen. Das Schreien hatte nun aufgehört, aber als die Eindringenden auf den ersten Treppenflur stürmten, konnten sie zwei oder mehr heftig streitende, rauhe Stimmen unterscheiden, die aus dem oberen Teil des Hauses zu kommen schienen. Als sie den zweiten Absatz erreichten, waren auch diese Laute verstummt und es herrschte völlige Stille. Die Beteiligten trennten sich und eilten von Zimmer zu Zimmer. Als sie in ein großes Hinterzimmer im vierten Stock kamen (dessen verschlossene Tür, da der Schlüssel innen stak, gewaltsam geöffnet wurde), bot sich ihnen ein Schauspiel dar, das alle ebenso entsetzte wie überraschte.

Das Zimmer war in der wildesten Unordnung, die Möbel zerbrochen und nach allen Richtungen zerstreut. Aus einem Bettgestell war das Bettzeug herausgerissen und mitten ins Zimmer geworfen. Auf einem Stuhl lag ein mit Blut beschmiertes Rasiermesser. Am Ofen lagen zwei oder drei lange Strähnen grauen menschlichen Haares, ebenfalls mit Blut befleckt und anscheinend mit den Wurzeln ausgerissen. Auf dem Fußboden fand man 4 Napoleons, einen Ohrring aus Topas, 3 große silberne Löffel, 3 kleinere aus Neusilber und 2 Taschen mit nahezu 4000 Franken in Gold. Die Schubfächer eines Schreibtisches, der in einer Ecke stand, waren offen und anscheinend ausgeraubt, wenn auch einige Gegenstände darin lagen. Unter dem Bettzeug, nicht unter dem Bettgestell, wurde eine kleine eiserne Kasette entdeckt. Sie war offen, mit dem Schlüssel im Schlosse, und enthielt nichts als einige alte Briefe und andere unbedeutende Papiere.

Von Mme. L'Espanaye war keine Spur zu sehen, aber da am Ofen eine ungewöhnliche Menge Ruß bemerkt wurde, sah man im Kamin nach und (schrecklich zu erzählen!) zog die Leiche der Tochter heraus mit dem Kopf nach unten; sie war so durch die schmale Öffnung ziemlich tief hineingestoßen. Der Körper war noch ganz warm. Bei der Untersuchung wurden viele Hautabschürfungen entdeckt, die zweifellos durch die Gewalt des Hineinstoßens und Herausziehens verursacht waren. Am Gesicht fanden sich viele tiefe Kratzwunden und an der Kehle dunkle Quetschungen und Eindrücke von Fingernägeln, als ob die Tote erdrosselt worden wäre. Nachdem das ganze Haus gründlich durchsucht worden war, ohne weitere Entdeckung, begaben sich alle in einen kleinen gepflasterten Hof an der Hinterseite des Hauses, und hier lag die Leiche der alten Dame mit so vollständig durchgeschnittenem Halse, daß der Kopf abfiel, als man sie aufheben wollte. Rumpf und Kopf waren furchtbar verstümmelt, jener so sehr, daß kaum mehr eine Ähnlichkeit mit einem menschlichen Körper blieb. Zu diesem furchtbaren Geheimnis führt, soviel wir wissen, noch nicht die leiseste Spur."

Am nächsten Tage brachte die Zeitung folgenden Zusatz:

„Die Tragödie in der Rue Morgue. Viele Personen sind im Zusammenhang mit dieser aufsehenerregenden und schrecklichen Affäre verhört worden. (Das Wort „affaire" hat in Frankreich noch nicht die leichtsinnige Bedeutung wie bei uns.) Aber noch ist nichts herausgekommen, was Licht in die Sache bringen könnte. Wir geben untenstehend den Inhalt der Zeugenaussagen wieder.

Pauline Dubourg, Wäscherin, sagt aus, sie habe beide Verstorbene seit drei Jahren gekannt, da sie seither für sie gewaschen habe. Die alte Dame und ihre Tochter schienen sich gut zu vertragen; sehr zärtlich zueinander; sehr pünktliche Zahler. Kann nichts über ihre Lebensweise oder Mittel sagen, glaubt, daß Mme. L. für Geld weissagte. Es heiße, sie habe Geld zurückgelegt. Traf niemals Leute im Hause, wenn sie kam, um die Wäsche zu holen oder zu bringen. Ist sicher, daß sie keine Dienstboten beschäftigte. Das Haus schien nur im vierten Stock bewohnt zu sein.

Pierre Moreau, Tabakhändler, sagt aus, daß er kleine Mengen Tabak und Schnupftabak seit nahezu vier Jahren an Mme. L. zu verkaufen pflegte. Ist in der Nachbarschaft geboren und hat immer hier gewohnt. Die Verstorbene und ihre Tochter hatten das Haus, worin ihre Leichen gefunden wurden, seit sechs Jahren bewohnt. Vorher wohnte ein Juwelier dort, der die oberen Räume an verschiedene Leute untervermietete. Das Haus war Eigentum der Mme. L. Sie war mit dem Mißbrauch, den die Bewohner damit trieben, unzufrieden und bezog es selbst, lehnte jede Untervermietung ab. Die alte Dame war kindisch. Zeuge hatte die Tochter in den sechs Jahren vielleicht fünf- oder sechsmal gesehen. Die beiden lebten äußerst zurückgezogen – es hieß, sie hätten Geld. Hatte von Nachbarn gehört, daß Mme. L.

wahrsage, glaubte es aber nicht. Hatte niemals irgend jemand durch die Tür gehen sehen, außer der alten Dame und ihrer Tochter, ein- oder zweimal einen Gepäckträger und vielleicht acht- oder zehnmal einen Arzt.

Viele andere Personen, Nachbarn, sagten in demselben Sinne aus. Man wußte von niemand, der in dem Hause verkehrte. Man wußte nicht, ob Mme. L. und ihre Tochter irgendwelche lebende Angehörige hatten. Die Läden der Vorderfenster wurden selten geöffnet. Die im Hinterhause waren immer geschlossen, mit Ausnahme des großen Hinterzimmers im vierten Stock. Es war ein gutes Haus, nicht sehr alt.

Isidore Muset, Gendarm, sagt aus, daß er etwa um 3 Uhr morgens in das Haus gerufen wurde und dort 20 bis 30 Personen am Tor fand, die versuchten, Eintritt zu erlangen. Brach es auf, mit einem Bajonett, nicht mit einem Brecheisen, hatte nur wenig Schwierigkeiten, es zu öffnen, da es eine Doppel- oder Flügeltür und weder oben noch unten befestigt war. Die Schreie hielten an, bis das Tor aufgebrochen war, und hörten dann plötzlich auf. Es schienen Schreie von einer Person (oder mehreren Personen) in Todesangst zu sein, laut und langgezogen, nicht kurz und rasch. Zeuge führte die Treppe hinauf. Als er den ersten Absatz erreichte, hörte er zwei Stimmen in lautem und zänkischem Streit, eine barsche Stimme, die andere viel schriller, eine sehr sonderbare Stimme. Konnte von der ersten, die die eines Franzosen war, einige Worte unterscheiden. Sicher keine Frauenstimme. Konnte die Worte „sacré“[1] und „diable“[2] verstehen. Die schrille Stimme war die eines Ausländers. Konnte nicht sicher sagen, ob eine weibliche oder eine männliche Stimme. Konnte nicht verstehen, was gesagt wurde, glaubt aber, daß die Sprache spanisch war. Der Zustand des Zimmers und der beiden Leichen wird vom Zeugen so beschrieben, wie wir gestern berichteten.

Henri Duval, ein Nachbar und von Beruf Silberschmied, sagt aus, daß er bei den ersten war, die das Haus betraten. Stimmt der Aussage des Muset im allgemeinen zu. Sobald sie den Eingang erzwungen hatten, schlossen sie die Tür wieder,

---

[1] Verflucht, verdammt; eigentlich heilig, geweiht (frz.).
[2] Teufel (frz.).

um die Menge abzuhalten, die sich sehr zahlreich ansammelte, trotz der späten Stunde. Dieser Zeuge hält die schrille Stimme für die eines Italieners. War sicher, daß es nicht französisch war. Konnte nicht bestimmt sagen, daß es eine Männerstimme war. Es konnte auch eine weibliche sein. Kennt die italienische Sprache nicht. Konnte die Worte nicht verstehen, war aber nach dem Klang überzeugt, daß der Sprechende Italiener sei. Kannte Mme. L. und ihre Tochter. Hatte mit beiden häufig gesprochen. War sicher, daß die schrille Stimme nicht die einer von beiden war.

Odenheimer, Restaurateur, hat sich freiwillig als Zeuge gemeldet. Da er kein Französisch kann, wird er mit Hilfe eines Dolmetschers verhört. Ist in Amsterdam geboren. Kam an dem Hause vorbei, als die Schreie ertönten. Sie dauerten einige Minuten, wahrscheinlich zehn. Sie waren lang und laut, sehr angstvoll und verzweifelt. War einer der Leute, die in das Haus gingen. Bestätigt das vorhergehende Zeugnis in jeder Beziehung, außer einer. War sicher, daß die schrille Stimme die eines Mannes war – eines Franzosen. Konnte die gesprochenen Worte nicht verstehen. Sie waren laut und rasch – ungleich; offenbar in Angst und Zorn gesprochen. Die Stimme war rauh, nicht so sehr schrill als rauh. Konnte sie keine schrille Stimme nennen. Die barsche Stimme sagte wiederholt: „sacré“ und „diable“ und einmal „mon Dieu“.

Jules Mignaud, Bankier, in Firma Mignaud et Fils, Rue Deloraine, ist der ältere Mignaud. Mme. L. hatte einiges Vermögen. Hatte im Frühling des Jahres ... (acht Jahre vorher) bei diesem Bankhause ein Konto eröffnet. Deponierte häufig kleine Summen. Hatte noch nichts abgehoben bis zum dritten Tage vor ihrem Tode, wo sie persönlich die Summe von 4000 Franken holte. Diese Summe wurde in Gold ausbezahlt und ein Angestellter mit dem Gelde ins Haus geschickt.

Adolphe Lebon, Angestellter bei Mignaud et Fils, sagt aus, daß er an dem betreffenden Tage etwa um Mittag Mme. L. nach ihrer Wohnung begleitete mit den 4000 Franken, die in zwei Säcken verpackt waren. Als die Tür geöffnet wurde, erschien Mlle. L. und nahm einen Sack aus seiner Hand, während ihm die alte Dame den anderen abnahm. Darauf verbeugte er sich und ging fort. Sah niemand auf der Straße. Es ist eine Nebenstraße – sehr einsam.

William Bird, Schneider, sagt aus, daß er auch einer von den Leuten war, die in das Haus gingen. Ist Engländer. War einer der ersten, die die Treppe hinaufstiegen. Hörte die streitenden Stimmen. Die barsche Stimme war die eines Franzosen. Konnte mehrere Worte verstehen, sich aber nicht an alle erinnern. Hörte deutlich „sacré“ und „mon Dieu“. Es war ein Geräusch in dem Augenblick, als ob mehrere Personen im Kampfe seien, ein kratzendes und schlürfendes Geräusch. Die schrille Stimme war sehr laut, lauter als die barsche. Ist sicher, daß es nicht die Stimme eines Engländers war. Schien die eines Deutschen zu sein. Hätte auch die Stimme einer Frau sein können. Versteht kein Deutsch.

Vier von den oben angegebenen Zeugen, die zurückgerufen wurden, sagten aus, daß die Tür des Zimmers, wo die Leiche von Mlle. L. gefunden wurde, von innen geschlossen war, als die Leute eindrangen. Alles war völlig still, weder Stöhnen noch andere Geräusche irgendwelcher Art. Als man die Tür aufbrach, war niemand zu sehen. Die Fenster, sowohl des Hinterzimmers wie des Vorderzimmers, waren geschlossen und fest von innen befestigt. Eine Tür zwischen beiden Zimmern war zu, aber nicht verschlossen. Die Tür, die vom Vorderzimmer in den Flur führte, war geschlossen, mit dem Schlüssel nach innen. Ein schmales Zimmer an der Vorderseite des Hauses im vierten Stock am Ende des Flurs war offen, die Tür halb angelehnt. Dieses Zimmer war mit alten Betten, Kisten usw. vollgestopft. Sie wurden sorgfältig entfernt und durchsucht. Es war im ganzen Hause kein Zoll, der nicht untersucht wurde.

„Feger“ wurden durch den Kamin auf- und abwärts gezogen. Das Haus war vierstöckig, mit Mansarden. Eine Klapptür im Dache war sehr fest zugenagelt, schien seit vielen Jahren nicht geöffnet worden zu sein. Die Zeit, die zwischen dem Ertönen der streitenden Stimmen und dem Aufbrechen der Zimmertür verging, wurde von den Zeugen verschieden angegeben. Manche gaben nur drei Minuten an, andere fünf. Die Tür ließ sich schwer öffnen.

Alfonzo Garzio, Unternehmer, sagt aus, daß er in der Rue Morgue wohnt. Ist geborener Spanier. War auch einer von den Leuten, die in das Haus gingen. Stieg nicht die Treppe herauf. Ist nervös und fürchtete die Folgen der Aufregung. Hörte die streitenden Stimmen. Die barsche Stimme war die eines Franzosen. Konnte nichts verstehen, was er sagte. Die schrille Stimme war die eines Engländers – ist dessen sicher. Versteht kein Englisch, sondern urteilt nach dem Klang.

Alberto Montani, Konditor, sagt aus, daß er einer der ersten war, die die Treppe heraufstiegen. Hörte die bewußten Stimmen. Die barsche Stimme war die eines Franzosen. Verstand einige Worte. Der Sprechende schien zu zanken. Konnte die Worte nicht verstehen, die die schrille Stimme sprach. Sprach rasch und ungleichmäßig. Denkt, daß es Russisch war. Bestätigt im allgemeinen die anderen Aussagen. Ist Italiener, hat nie mit einem Russen gesprochen.

Mehrere Zeugen, die zurückgerufen wurden, bestätigen, daß die Kamine aller Zimmer im vierten Stock zu eng waren, um einen Menschen durchzulassen. Unter „Fegern" sind zylindrische Fegebürsten zu verstehen, wie sie die Kaminfeger verwenden. Mit diesen Bürsten wurden alle Kamine des Hauses auf- und abwärts durchgefegt. Es ist kein zweiter Ausgang vorhanden, durch den irgend jemand hätte herunter gehen können, während die Leute die Treppe heraufkamen. Der Körper von Mlle. L. war so fest in den Kamin gepreßt, daß er erst heruntergeholt werden konnte, als vier oder fünf Leute ihre Bemühungen vereinigten.

Paul Dumas, Arzt, sagt aus, daß er bei Tagesgrauen gerufen wurde, um die Leichen zu besichtigen. Sie lagen damals beide auf der Matratze der Bettstelle im Zimmer, wo Mlle. L. gefunden wurde. Die Leiche der jungen Dame war stark gequetscht und aufgeschürft. Die Tatsache, daß sie im Kamin hinauf- und heruntergezogen wurde, genüge, um diese Erscheinungen zu erklären. Der Hals war stark aufgeschürft; es waren mehrere tiefe Kratzwunden genau unter dem Kinn, zusammen mit einer Anzahl farbloser Stellen, die entschieden von Fingerabdrücken kamen. Das Gesicht war entsetzlich farblos und die Augäpfel herausgetreten. Die Zunge war teilweise durchgebissen. Eine große Quetschwunde wurde über der Magenhöhle entdeckt, vermutlich durch den Druck eines Knies hervorgebracht. Nach Ansicht des Herrn Dumas war Mlle. L. erdrosselt worden von einer oder mehreren unbekannten Personen. Der Körper der Mutter war furchtbar verstümmelt. Alle Knochen des rechten

Beins und Arms waren mehr oder weniger zerschmettert. Der linke Oberschenkelknochen war zersplittert, ebenso alle Rippen der linken Seite, der ganze Körper furchtbar gequetscht und entfärbt. Es ließ sich nicht sagen, wie die Verwundungen entstanden waren. Ein schweres Stück Holz oder eine breite Eisenstange – ein Stuhl, jede große, schwere und stumpfe Waffe konnte in der Hand eines sehr starken Mannes solche Wirkung tun. Unmöglich konnte eine Frau mit irgendeiner Waffe diese Schläge versetzt haben. Der Kopf der Verstorbenen war, als der Zeuge ihn sah, vollständig vom Körper getrennt und auch ganz zerschmettert. Die Kehle war entschieden mit einem sehr scharfen Instrument durchgeschnitten worden, vermutlich mit einem Rasiermesser.

Alexandre Etienne, Chirurg, war mit Dumas zusammen zur Leichenschau geholt worden. Stimmt den Aussagen und Ansichten Dumas' bei.

Sonst keine wichtigen Aussagen, obgleich noch mehrere Personen verhört worden sind. Ein so geheimnisvoller und in allen seinen Einzelheiten erstaunlicher Mord ist niemals früher in Paris begangen worden; vorausgesetzt, daß es überhaupt ein Mord war. Die Polizei steht vor einem Rätsel, eine ungewöhnliche Tatsache bei Ereignissen dieser Art. Jedoch ist auch nicht der Schatten einer Spur vorhanden."

Die Abendausgabe der Zeitung berichtet, daß noch immer die größte Aufregung im Quartier St. Roch herrsche, daß das betreffende Haus nochmals sorgfältig durchsucht wurde und neue Zeugenaussagen keine Aufklärung brachten. Ein Nachtrag teilt aber mit, daß Adolphe Lebon verhaftet und ins Gefängnis eingebracht wurde, obgleich ihn nichts belaste, außer den schon mitgeteilten Umständen.

Dupin schien sich für den Verlauf der Sache merkwürdig zu interessieren, das schloß ich wenigstens aus seinem Benehmen, denn er machte gar keine Bemerkungen. Erst als wir erfuhren, daß Lebon verhaftet sei, fragte er mich nach meiner Meinung über den Mord. Ich konnte nur ganz Paris darin beistimmen, daß es ein unlösliches Geheimnis sei. Ich sah keine Möglichkeit, um den Mörder aufzuspüren.

„Wir müssen nicht nach den Möglichkeiten urteilen," sagte Dupin, „auf Grund dieser sehr oberflächlich geführten

Untersuchung. Die Pariser Polizisten, die so sehr wegen ihres Scharfsinnes gelobt werden, sind schlau, weiter nichts. Es ist keine Methode in ihrem Vorgehen. Sie prahlen mit ihren Maßnahmen, aber nicht selten sind diese den zu behandelnden Gegenständen so wenig entsprechend, daß man dabei an Monsieur Jourdain denken muß, der ‚nach seinem Morgenrock verlangte, um die Musik besser hören zu können'. Die von ihnen erlangten Erfolge sind nicht selten überraschend, aber meistens sind sie nur durch Fleiß und Eifer herausgebracht. Wo diese Eigenschaften nicht genügen, gehen ihre Maßnahmen fehl. Vidocq z. B. war ein guter Rater und ein ausdauernder Mann. Aber ohne ausgebildetes Denkvermögen irrte er sich immerzu durch die übertriebene Genauigkeit seiner Nachforschungen. Er verlor den Blick, weil er den Gegenstand zu nahe hielt. Er vermochte vielleicht einen oder zwei Punkte mit ungewöhnlicher Klarheit sehen, aber indem er dies tat, verlor er natürlich das Ganze aus dem Auge. So geht es, wenn man zu tief sein will. Die Wahrheit steckt nicht immer in einem Brunnen. In bezug auf das wichtigere Wissen glaube ich, daß sie tatsächlich stets an der Oberfläche liegt. Die Tiefe liegt in den Tälern, wo wir sie suchen, und nicht auf dem Berggipfel, von wo sie gesehen wird. Die Arten und Quellen solcher Irrtümer sind gut zu erklären an der Betrachtung der Himmelskörper. Einen Stern von der Seite her betrachten, indem man ihm den äußeren Teil der Netzhaut zukehrt (der für schwache Lichteindrücke empfänglicher ist als der innere), heißt ihn deutlich sehen – seinen Glanz am besten wahrnehmen – einen Glanz, der trüber wird in dem Maße, wie wir unseren Blick voll auf ihn richten. Auf diese Weise fallen mehr Strahlen ins Auge, aber bei jener hat man die bessere Aufnahmefähigkeit. Bei unangebrachter Tiefe verwirren und schwächen wir das Denken; und es ist sogar möglich, die Venus[1] vom Firmament verschwinden zu lassen, wenn man zu genau, zu ausschließlich oder zu direkt darauf sieht.

Was nun diesen Mord anbetrifft, so wollen wir einmal selbst nachprüfen, bevor wir uns eine Meinung darüber bilden. Eine Untersuchung wird uns amüsieren (ich fand diesen Ausdruck

[1] Die Venus ist, abgesehen vom Mond, das scheinbar hellste Objekt am nächtlichen Firmament. Sie erscheint als Abend- oder Morgenstern.

sonderbar in der Anwendung auf diesen Fall, aber ich sagte nichts), und außerdem hat mir Lebon einmal einen Gefallen getan, für den ich nicht undankbar sein will. Wir wollen uns den Schauplatz mit eigenen Augen ansehen. Ich kenne G., den Polizeipräfekten, und es wird mir nicht schwer fallen, die nötige Erlaubnis zu erhalten."

Wir erhielten die Erlaubnis und gingen sofort in die Rue Morgue. Das ist einer der armseligsten Durchgänge zwischen der Rue Richelieu und der Rue St. Roch. Es war später Nachmittag, als wir hinkamen, da diese Gegend von unserer damaligen Wohnung weit entfernt ist. Das Haus war leicht zu finden, da immer noch viele Leute von der entgegengesetzten Seite der Straße mit unnützer Neugier zu den geschlossenen Läden emporblickten. Es war ein gewöhnliches Pariser Haus mit einer Toreinfahrt, an deren einer Seite ein mit Glasscheiben versehenes Wächterhaus war, mit einem Schieber im Fenster, bezeichnend für die Portierloge. Bevor wir eintraten, gingen wir die Straße herauf, um die Ecke in ein Gäßchen, wieder um eine Ecke in den Hinterhof des Hauses. Dupin besichtigte in der Zwischenzeit die ganze Nachbarschaft nicht weniger als das Haus mit peinlichster Aufmerksamkeit, für welche ich keine rechte Veranlassung sah.

Wir kehrten um, kamen wieder vor das Haus und wurden nach Vorzeigen unserer Beglaubigung von dem diensttuenden Polizisten eingelassen. Wir gingen die Treppe herauf in das Zimmer, wo die Leiche des Frl. L. gefunden worden war und beide Toten noch lagen. Die Unordnung im Zimmer hatte man, wie üblich, gelassen. Ich sah nichts anderes als was in der Gazette des Tribunaux gestanden hatte. Dupin untersuchte alles – die Leichen der Opfer nicht ausgenommen. Dann gingen wir in die anderen Zimmer und in den Hof; ein Gendarm begleitete uns überall hin. Die Untersuchung beschäftigte uns bis es dunkel wurde und wir fortgingen. Auf unserem Heimwege hielt mein Gefährte sich einen Augenblick in dem Bureau einer Tageszeitung auf.

Ich habe gesagt, daß die Einfälle meines Freundes mannigfaltig waren, und daß ich darauf Rücksicht nahm, „je le ménageais"[1], dafür gibt es keinen englischen Ausdruck. Es behagte

---

[1] Ich behandle ihn schonend, rücksichtsvoll (frz.).

ihm jetzt, jede Unterhaltung über den Mord abzulehnen, bis etwa 12 Uhr mittags am nächsten Tage. Dann fragte er mich plötzlich, ob ich irgend etwas Besonderes am Schauplatze des Entsetzens bemerkt habe. In seiner Art das Wort „Besonderes" zu betonen, lag etwas, was mich schaudern machte, ohne daß ich wußte warum.

„Nein, nichts Besonderes," sagte ich, „nichts anderes wenigstens, als wir beide in der Zeitung lasen."

„Ich fürchte," sagte er, „die Zeitung hat die ungewöhnliche Scheußlichkeit der Sache gar nicht begriffen. Wir wollen die müßigen Meinungen dieses Presseerzeugnisses beiseite lassen. Mir scheint, daß das Rätsel gerade aus dem Grunde für unlösbar gehalten wird, aus dem es eigentlich leicht zu lösen sein sollte, ich meine wegen seiner übertriebenen Züge. Die Polizisten lassen sich irre machen durch den scheinbaren Mangel an Motiven – nicht für den Mord an sich, sondern für die Scheußlichkeit des Mordes. Sie sind auch verwirrt durch die scheinbare Unmöglichkeit, die streitenden Stimmen in Einklang zu bringen mit der Tatsache, daß niemand oben entdeckt wurde als das ermordete Frl. L., und daß keine Möglichkeit der Flucht vorhanden war, ohne daß die Anwesenden sie bemerkt hätten. Das wilde Durcheinander des Zimmers; der Körper, der mit dem Kopfe nach unten in den Kamin geworfen war; die furchtbare Verstümmelung des Körpers der alten Dame; diese Betrachtungen in Verbindung mit den eben erwähnten und anderen, die ich nicht hervorzuheben brauche, haben genügt, um die Fähigkeiten der Polizisten zu lähmen, indem sie den berühmten Scharfsinn der Beamten vollständig irre führten. Sie sind in den groben aber verbreiteten Irrtum verfallen, das Ungewöhnliche mit dem Unverständlichen zu verwechseln. Aber gerade durch diese Abweichungen von der Ebene des Gewöhnlichen findet der Verstand, wenn überhaupt, den Weg zur Wahrheit. Bei Nachforschungen, wie wir sie jetzt machen, sollte weniger gefragt werden: „Was ist geschehen?" als „Was ist geschehen, das niemals vorher geschah?" Tatsächlich steht die Leichtigkeit, mit der ich zur Lösung des Geheimnisses gelangen werde, oder schon gelangt bin, im genauen Verhältnis zu seiner scheinbaren Unlösbarkeit in den Augen der Polizisten."

Ich starrte den Sprechenden mit stummem Staunen an.

„Ich erwarte nun“, fuhr er fort, und sah dabei nach der Wohnungstür, „eine Person, die, wenn auch vielleicht nicht der Täter dieser Metzelei, doch irgendwie in ihr Zustandekommen verwickelt ist. Wahrscheinlich ist er unschuldig am schlimmsten Teile des begangenen Verbrechens. Ich hoffe, daß ich in dieser Vermutung recht habe, denn darauf baue ich meine Erwartung, das Rätsel vollständig zu lösen. Ich erwarte den Mann jeden Augenblick hier in diesem Zimmer. Es kann allerdings auch sein, daß er nicht kommen wird, aber wahrscheinlich ist, daß er es tut. Falls er kommt, wird es nötig sein, ihn festzuhalten. Hier sind Pistolen; wir verstehen sie beide zu handhaben, wenn die Gelegenheit ihren Gebrauch erfordert.“

Ich nahm die Pistolen, kaum wissend, was ich tat oder glaubend, was ich hörte, während Dupin fortfuhr, eigentlich mehr wie im Selbstgespräch; ich habe schon von seiner abstrakten Art bei solchen Gelegenheiten gesprochen. Seine Rede war an mich gerichtet; aber seine Stimme, obgleich nicht laut, hatte den Tonfall, den man gewöhnlich anwendet, wenn man zu weit entfernten Personen spricht. Seine Augen waren ausdruckslos und sahen nur nach der Wand. „Daß die streitenden Stimmen,“ sagte er, „die von den Leuten auf der Treppe gehört wurden, nicht die Stimmen der Frauen selbst waren, ist vollständig durch die Ohrenzeugen bewiesen. Das befreit uns von allem Zweifel, ob die alte Dame vielleicht erst ihre Tochter getötet und dann Selbstmord verübt haben könnte. Ich spreche von diesem Punkte hauptsächlich aus methodischen Gründen, denn die Kräfte der Mme. L. hätten längst nicht genügt, um den Körper der Tochter in den Kamin hinaufzuwerfen, so wie er gefunden wurde, und die Natur der Wunden auf ihrem eigenen Körper lassen jeden Gedanken an Selbstmord ausscheiden. Also ist der Mord von dritter Seite begangen worden, und die Stimmen dieser dritten Seite waren es, die man streiten hörte. Nun wollen wir – zwar nicht auf allen Zeugenaussagen über diese Stimmen – aber doch auf das besondere an diesen Aussagen zurückkommen. Ist Ihnen irgend etwas Besonderes daran aufgefallen?“

Ich bemerkte, daß, während alle Zeugen darin übereinstimmten, daß die barsche Stimme die eines Franzosen gewesen sei, über die schrille Stimme, oder wie eine Person sie bezeichnet hatte, die rauhe Stimme, große Uneinigkeit herrschte.

„Das war die Aussage selbst," sagte Dupin, „aber nicht das Besondere an der Aussage. Sie haben nichts Entscheidendes beobachtet. Und doch war etwas zu beobachten. Die Zeugen stimmten, wie Sie sagen, überein in bezug auf die barsche Stimme; da waren sie einstimmig. Aber bezüglich der schrillen Stimme ist das Besondere nicht, daß sie widersprechend waren, sondern daß ein Italiener, ein Engländer, ein Holländer und ein Franzose sie zu beschreiben suchten, jeder aber sie für die eines Ausländers hielt. Jeder ist sicher, daß es nicht die Stimme eines Landsmannes war. Jeder findet sie nicht gleich der Stimme einer Person von irgendeiner Nation, mit deren Sprache er vertraut ist, sondern im Gegenteil, der Franzose hält sie für die Stimme eines Spaniers, und würde einige Worte verstanden haben, wenn er Spanisch könnte; der Holländer behauptet, daß es die Stimme eines Franzosen gewesen sei; der Engländer hielt sie für die Stimme eines Deutschen, versteht aber kein Deutsch; der Spanier ist sicher, daß es die Stimme eines Engländers war, urteilt aber nur nach dem Tonfall, da er keine Kenntnis der englischen Sprache hat; der Italiener glaubt, daß es die Stimme eines Russen war, hat aber nie mit einem Russen gesprochen. Ein zweiter Franzose widerspricht überdies seinem Landsmann, indem er sicher ist, daß es die Stimme eines Italieners war, da er aber dieser Sprache nicht mächtig ist, so urteilt er, wie der Spanier, nach dem Tonfall.

Nun, wie sonderbar und ungewöhnlich muß diese Stimme gewesen sein, über die solche Zeugenaussagen gemacht werden konnten! In deren Ton sogar Bürger der fünf größten Teile von Europa nichts Bekanntes finden konnten. Sie mögen sagen, daß es vielleicht die Stimme eines Asiaten oder Afrikaners sein mochte, doch weder Asiaten noch Afrikaner sind häufig in Paris; aber ohne diesen Einwurf zu leugnen, will ich nur Ihre Aufmerksamkeit auf drei Punkte lenken: die Stimme wird von einem Zeugen als ‚mehr rauh als schrill' bezeichnet. Zwei andere beschreiben sie als ‚rasch und ungleichmäßig', keiner der Zeugen hat Worte oder wortähnliche Töne als erkennbar erwähnt.

Ich weiß nicht," fuhr Dupin fort, „inwieweit ich bisher bei Ihnen Verständnis gefunden habe, aber ich zögere nicht zu sagen, daß berechtigte Schlüsse gerade aus diesem Teile der Zeugenaussagen, dem Teil, der sich auf die barsche und die schrille

Stimme bezieht, für sich allein genügen, um einen Verdacht zu erregen, der allen weiteren Untersuchungen des Geheimnisses die Richtung geben sollte. Ich sagte ‚berechtigte Schlüsse', aber damit ist meine Ansicht nicht vollständig ausgedrückt. Ich beabsichtige zu behaupten, daß diese Schlüsse die einzig richtigen seien, und daß der Verdacht durch sie unvermeidlich als notwendiges Ergebnis begründet wird. Aber ich will noch nicht sagen, welches der Verdacht ist. Ich möchte nur, daß Sie sich merken, daß er bei mir zwingend genug war, um meinen Nachforschungen in dem Zimmer die endgültige Form, eine bestimmte Richtung zu geben.

Nun wollen wir in Gedanken in das Zimmer zurückgehen. Was werden wir dort zuerst suchen? Die Fluchtmöglichkeiten, die die Mörder benutzt haben. Es ist wohl nicht zuviel gesagt, wenn ich behaupte, daß keiner von uns an übernatürliche Erscheinungen glaubt. Mme. und Mlle. L. wurden nicht von Geistern getötet. Die Täter waren körperlich anwesend und entkamen körperlich. Aber wie? Glücklicherweise gibt es da nur eine Art der Folgerung, und diese Art muß uns zu einem endgültigen Schluß bringen. Nun wollen wir die Möglichkeiten der Flucht eine nach der anderen betrachten. Es ist klar, daß die Mörder in dem Zimmer waren, wo Mlle. L. gefunden wurde, oder doch im Nebenzimmer. Also brauchen wir nur die Ausgänge aus diesen beiden Zimmern zu suchen. Die Polizisten haben die Fußböden, die Decken und das Mauerwerk der Wände nach allen Richtungen freigelegt, kein geheimer Ausgang kann ihrer Wachsamkeit entgangen sein.

Immerhin traute ich ihren Augen nicht, sondern sah mit meinen eigenen nach. Es waren wirklich keine geheimen Ausgänge da. Beide Türen, die aus den Zimmern in den Gang führten, waren fest verschlossen, mit den Schlüsseln nach innen. Wenden wir uns den Kaminen zu. Obwohl diese in Höhe von acht oder zehn Fuß über den Feuerstellen die übliche Weite haben, könnte doch durch ihre weitere Ausdehnung nicht einmal der Körper einer großen Katze durchkommen. Es war also ein Entweichen durch sie vollständig unmöglich, unsere Nachforschungen haben sich daher auf die Fenster zu beschränken. Durch die der Vorderzimmer konnte niemand entfliehen, ohne daß es die Menschenmenge auf der Straße gesehen hätte, also müssen die Mörder durch die der Hinterzimmer entkommen sein. Nachdem wir nun auf so einwandfreie Weise zu diesem Schluß gekommen sind, dürfen wir ihn als Denker nicht deshalb verwerfen, weil er scheinbar unmöglich ist. Es ist vielmehr unsere Aufgabe, zu beweisen, daß diese scheinbare Unmöglichkeit in Wirklichkeit nicht besteht. In dem Zimmer sind zwei Fenster. Das eine ist nicht durch Möbel verstellt und ganz sichtbar. Der untere Teil des anderen ist durch das Kopfstück der fest herangerückten schwerfälligen Bettstelle verborgen. Jenes war von innen fest verschlossen. Es widerstand den äußersten Anstrengungen derer, die es hoch schieben wollten. Ein großes Bohrloch war links in seinem Rahmen und ein sehr fester Nagel fast bis zum Kopf hineingeschlagen. Beim Untersuchen des anderen Fensters fand sich ein ähnlicher Nagel, ebenso eingeschlagen, und ein kräftiger Versuch, diesen Flügel hochzuschieben, mißlang ebenfalls. Nun waren die Polizisten vollständig beruhigt, daß von hier aus niemand entkommen sein konnte. Und deshalb fanden sie es überflüssig, den Nagel herauszuziehen und das Fenster zu öffnen. Meine eigenen Nachforschungen waren etwas genauer und zwar aus dem eben angegebenen Grunde – weil hier die Stelle war, das stand bei mir fest, wo zu beweisen war, daß alle scheinbare Unmöglichkeit in Wirklichkeit nicht bestehe. A priori schloß ich wie folgt: Die Mörder waren aus einem dieser Fenster entkommen. Wenn es so war, konnten sie die Fensterflügel nicht wieder so von innen befestigt haben, wie sie gefunden wurden – das war die Betrachtung, die durch ihre Selbstverständlichkeit der Sorgfalt der Polizisten ein Ende machte. Aber die Flügel w a r e n befestigt. Also mußten sie von selbst schließen. Vor dieser Folgerung gab es kein Entrinnen.

Ich ging zu dem nichtverstellten Fenster, zog den Nagel mit einiger Mühe heraus und versuchte, die Flügel hochzuschieben. Wie erwartet widerstanden sie allen meinen Bemühungen. Eine versteckte Feder mußte also da sein, das war mir klar, und diese Unterstützung meines Gedankenganges bestärkte mich in der Überzeugung von der Richtigkeit meiner Voraussetzungen, so geheimnisvoll auch die Umstände bezüglich des Nagels noch schienen. Eine sorgfältige Untersuchung brachte die verborgene Feder bald zutage. Ich drückte darauf und, von meiner

Entdeckung befriedigt, unterließ ich es, den Flügel hochzuschieben. Nun brachte ich den Nagel wieder an seinen Platz und betrachtete ihn aufmerksam. Eine Person, die durch dieses Fenster stieg, konnte es wieder geschlossen und dabei wieder in die Feder eingedrückt haben. Der Nagel aber konnte so nicht wieder an seinen Platz gebracht worden sein. Der Schluß war klar und das Feld meiner Untersuchungen wieder beschränkt. Der Mörder mußte durch das andere Fenster entkommen sein. Wenn ich also annahm, daß die Federn beider Fensterflügel die gleichen waren, was wahrscheinlich schien, so mußte ein Unterschied in den Nägeln gefunden werden, oder wenigstens in der Art ihrer Befestigung. Auf das Polster des Bettes steigend, besichtigte ich über das Kopfende sorgfältig das zweite Fenster. Als ich mit meiner Hand unter den Rand faßte, entdeckte ich rasch die Feder und drückte darauf, und sie war, wie ich vermutet hatte, von gleicher Art wie ihre Nachbarin. Ich untersuchte den Nagel. Er war so stark wie der andere und anscheinend in derselben Art befestigt, fast bis zum Kopf eingetrieben. Sie werden denken, daß ich nun in Zweifel geriet, aber wenn Sie das glauben, haben Sie die Art meiner Folgerungen falsch verstanden. Um einen Sportausdruck zu gebrauchen, so war ich kein einziges Mal ‚im Fehler'. Die Spur war keinen Augenblick verloren. Es war keine Lücke zwischen den Gliedern der Kette. Ich hatte das Geheimnis bis zu dem letzten Punkte verfolgt; und dieser Punkt war der Nagel. Er sah, sagte ich, in jeder Beziehung genau wie der am anderen Fenster aus; aber diese Tatsache war ganz unwesentlich (so schlüssig sie auch scheinen mochte) gegenüber der Überlegung, daß hier an dieser Stelle der Schlüssel des Rätsels liegen müsse. Mit diesem Nagel mußte etwas nicht richtig sein, sagte ich mir; ich berührte ihn, und der Kopf mit etwa ein viertel Zoll des Stiels fiel in meine Hand. Der übrige Teil des Stiels blieb in dem Bohrloch, wo er abgebrochen war. Der Bruch war schon alt (denn die Ränder waren mit Rost verkrustet) und jedenfalls durch einen Hammerschlag bewirkt worden, der den Kopf des Nagels teilweise in den oberen Teil des unteren Fensterflügels getrieben hatte. Ich steckte nun den Nagelkopf sorgsam wieder in das Loch, wo ich ihn gefunden hatte, und die Ähnlichkeit mit einem ganzen Nagel war vollständig; der Spalt war unsichtbar.

Ich drückte auf die Feder, hob den Flügel leicht einige Zoll in die Höhe, der Kopf ging mit hoch und blieb fest an seinem Platze. Ich schloß das Fenster, und der Nagel sah wieder aus wie vorher. Nun war das Rätsel soweit gelöst. Der Mörder war durch dieses Fenster entkommen, das auf das Bett sah. Nachdem es dann von selbst wieder zugefallen war oder vielleicht geschlossen worden war, hatte die Feder es wieder festgeklemmt; und diesen Halt durch die Feder hatten die Polizisten auf den Nagel zurückgeführt und deshalb weitere Nachforschungen als überflüssig unterlassen. Die nächste Frage ist die nach der Art des Abstieges. Hierüber hatte ich mich bei unserem Gang um das Gebäude vergewissert. Etwa 5 ½ Fuß von dem betreffenden Fenster entfernt geht der Draht eines Blitzableiters herunter. Von diesem Draht aus konnte niemand das Fenster erreichen, von Hereinsteigen gar nicht zu reden. Jedoch bemerkte ich, daß die Läden im vierten Stock von einer sonderbaren Art waren (die Pariser Zimmerleute nennen sie ‚ferrades'), die heutzutage nur noch selten angewandt wird, die man aber an alten Gebäuden in Lyon und Bordeaux noch häufig findet. Sie sehen aus wie gewöhnliche Türen – nicht Flügeltüren –, nur daß der untere Teil aus Gitterwerk besteht, so daß man sich bequem mit den Händen daran festhalten kann. Im vorliegenden Falle sind die Läden volle 3 ½ Fuß breit. Als wir sie vom Hofe des Hauses aus sahen, waren sie beide halb geöffnet – d. h. sie standen im rechten Winkel zur Mauer. Es mag sein, daß die Polizisten, wie ich, die Rückwand des Hauses untersuchten; aber dann haben sie die Breite der ‚ferrades' übersehen oder jedenfalls ihr nicht genügende Wichtigkeit beigelegt. Tatsächlich werden sie, nachdem sie zur Überzeugung gelangt waren, daß von hier kein Hinaussteigen möglich sei, nur noch eine sehr flüchtige Untersuchung für nötig gehalten haben. Mir war aber klar, daß der Laden des Fensters am Kopfende des Bettes, wenn ganz aufgeschlagen, bis in einen Abstand von 2 Fuß zu dem Draht des Blitzableiters reichen mußte. Und ebenso klar war, daß bei Anwendung eines ungewöhnlichen Grades von Geschicklichkeit und Mut es möglich wäre, vom Draht aus in das Fenster zu steigen. Nehmen wir an, der Laden sei ganz geöffnet gewesen, so konnte der Räuber, wenn er den Abstand von 2 ½ Fuß erreichte, sich an dem Gitterwerk festhalten.

Wenn er dann seine Stütze an dem Draht losließ, seine Füße fest auf die Wand stemmte und kühn absprang, konnte er den Laden mit einem Schwunge schließen und – wenn wir uns vorstellen, daß das Fenster damals offen stand, konnte er auch sich selbst in das Fenster schwingen.

Bitte halten Sie fest, daß ich eine ganz ungewöhnliche Geschicklichkeit für notwendig erklärte, um ein so gefährliches und schwieriges Kunststück auszuführen. Ich beabsichtige, Ihnen zunächst zu beweisen, daß es möglicherweise ausgeführt werden konnte; dann aber zweitens und hauptsächlich Ihnen die ganz außergewöhnliche und fast übernatürliche Gewandtheit begreiflich zu machen, die dazu nötig war. Sie werden zweifellos sagen, indem Sie sich der Gerichtssprache bedienen, daß ich, um meinen Beweis zu führen, die zur Sache nötige Geschicklichkeit eher unterschätzen als auf ihrer vollen Anerkennung bestehen sollte. Das mag die Gepflogenheit des Juristen sein, aber es ist nicht die Art des verstandesmäßigen Denkens. Mein Endzweck ist nur die Wahrheit. Meine nächste Absicht ist, Sie dazu zu bringen, die ganz ungewöhnliche Gewandtheit, von der ich eben sprach, mit der so sonderbaren schrillen (oder rauhen) ungleichmäßigen Stimme in Zusammenhang zu bringen, über deren Herkunft sich keine zwei Personen einig waren und in deren Äußerungen keine Silben erkannt werden konnten."

Bei diesen Worten schoß mir eine undeutliche halbfertige Vorstellung dessen, was Dupin meinte, durch den Sinn. Ich war am Rande des Verständnisses, aber noch ohne die Fähigkeit zu verstehen, so wie manche Menschen zuweilen einen Schimmer von Erinnerung haben, und sich schließlich doch nicht erinnern können. Mein Freund fuhr fort:

„Sie werden sagen, daß ich die Frage von der Art des Entkommens auf die des Hereinkommens verschoben habe. Es war meine Absicht, zu behaupten, daß beides von demselben Punkte aus geschehen war. Kommen wir also auf das Innere des Zimmers zurück, und untersuchen wir hier durch den Augenschein. Es wurde gesagt, die Schubladen des Schreibtisches seien geplündert gewesen, obgleich noch einige Gebrauchsgegenstände darin geblieben waren. Dies ist widersinnig. Es ist nur eine Vermutung und zwar eine sehr törichte, weiter nichts. Woher sollen wir wissen, daß die in den Schubfächern gefundenen

Gegenstände nicht die sämtlichen sind, die überhaupt darin gewesen waren? Mme. L. und ihre Tochter führten ein sehr zurückgezogenes Leben, verkehrten mit niemandem, gingen überhaupt selten aus – hatten also keine Verwendung für viele Abwechslung in der Kleidung. Die gefundenen Stücke waren so gut, daß anzunehmen ist, es seien die besten gewesen, die diese Damen besaßen. Wenn ein Dieb überhaupt davon nahm, warum dann nicht die besten, warum nicht alle? Und mit einem Wort, warum sollte er 4000 Franken in Gold liegen lassen, um sich mit einem Bündel Wäsche zu belasten? Das Gold war liegengeblieben. Fast die ganze vom Bankier Mignaud erwähnte Summe wurde in Säcken am Fußboden gefunden. Deshalb bitte ich Sie, aus Ihren Gedanken die törichte Auffassung des Motivs auszuschalten, das die Polizisten in den Zeugenaussagen über das an der Haustür abgegebene Geld gefunden haben. Viel merkwürdigere Zusammentreffen von Tatsachen als dieses (die Ablieferung von Geld und der drei Tage später an den Empfängern verübte Mord) erleben wir alle jeden Augenblick, ohne daß sie uns irgendwie auffallen. Zufälle sind überhaupt die Steine des Anstoßes auf den Wegen derjenigen Denker, die nichts von der Wahrscheinlichkeitstheorie gelernt haben – der Theorie, der die bedeutendsten Gegenstände menschlicher Forschung die glänzendsten Erläuterungen verdanken. Wenn im vorliegenden Falle das Gold verschwunden wäre, könnte in seiner drei Tage vorher erfolgten Lieferung etwas mehr als ein Zufall gefunden werden. Die Idee des Raubmotivs würde dann bestätigt erscheinen. Aber bei den wirklich gegebenen Umständen müßten wir, wenn wir das Gold als das Motiv der Untat annehmen wollten, den Ausführenden für einen so jämmerlichen Idioten halten, daß er Gold und Motiv zugleich preisgab.

Indem wir nun die Punkte, auf die ich Sie eben aufmerksam machte – die sonderbare Stimme, die ungewöhnliche Gewandtheit des Täters und das überraschende Fehlen eines Motivs für einen unter so besonders abscheulichen Umständen verübten Mord – im Gedächtnis behalten, wollen wir die Metzelei selbst betrachten. Hier ist eine Frau mit den Händen erdrosselt und in einen Kamin hinaufgeworfen worden, den Kopf nach unten. Gewöhnliche Mörder töten nicht in solcher Art. Am allerwenigsten gehen sie so mit den Ermordeten um. Sie werden zugeben, daß etwas Übertriebenes in der Art liegt, wie die Leiche in den Kamin hinaufgeworfen wurde – etwas mit unserer Kenntnis der menschlichen Natur Unvereinbares, selbst wenn wir annehmen, daß der Verbrecher ein ganz besonders verworfener Mensch war. Bedenken Sie auch, welche Kraft dazu gehörte, um die Leiche durch eine Öffnung so gewaltsam hinaufzuwerfen, daß die vereinten Anstrengungen mehrerer Personen kaum genügten, um sie herunterzuziehen!

Wenden wir uns jetzt anderen Beweisen von Anwendung ganz wunderbarer Kraft zu. Auf dem Ofen lagen dicke Strähnen, sehr dicke Strähnen grauen menschlichen Haupthaares. Diese waren mit den Wurzeln ausgezogen. Sie wissen wohl, welcher Kraft es bedarf, um so auch nur 20-30 Haare zusammen auszureißen. Sie sahen die in Frage kommenden Locken so gut wie ich. Ihre Wurzeln waren (ein greulicher Anblick) mit Fleischstücken aus der Kopfhaut zusammengeklebt, ein sicheres Zeichen von der riesigen Gewalt, die angewandt wurde, um eine halbe Million Haare auf einmal mit den Wurzeln auszureißen. Die Kehle der alten Dame war nicht nur durchgeschnitten, sondern der Kopf war vollständig vom Rumpf getrennt – das Instrument, das dazu gedient hatte, war ein Rasiermesser. Bitte bedenken Sie auch die tierische Wildheit der Tat. Ich spreche gar nicht von den Quetschungen an dem Körper der Mme. L. Dumas und sein würdiger Beistand Etienne haben sich dahin ausgesprochen, daß sie mit einem stumpfen Instrument bewirkt wurden; und soweit haben diese Herren recht. Das stumpfe Instrument war entschieden das Steinpflaster im Hofe, auf den das Opfer aus dem Fenster über dem Bett herausgestürzt war. Dieser Gedanke, so einfach er jetzt auch scheinen mag, entging den Polizisten aus demselben Grunde, aus dem sie die Breite der Läden nicht beachteten – weil sie es wegen der festen Nägel für ganz ausgeschlossen hielten, daß überhaupt eines der Fenster geöffnet worden sei.

Wenn Sie jetzt außerdem noch die sonderbare Unordnung im Zimmer bedenken, kommen wir soweit zu kombinieren: Eine erstaunliche Behändigkeit; eine übermenschliche Kraft; eine tierische Wildheit; eine Metzelei ohne Motiv; etwas Groteskes in dem Maße der Scheußlichkeit, das allem Menschlichen ganz fremd ist; eine Stimme, die Menschen aus allen möglichen Völkern so fremd im Ohr klang und jeder erkennbaren oder verständlichen Gliederung zu entbehren schien. Was schließen wir daraus? Welchen Eindruck habe ich auf Ihre Phantasie gemacht?"

Ich fühlte es kalt an mir herunterrieseln, als Dupin diese Frage stellte.

„Ein Wahnsinniger", rief ich, „hat diese Tat begangen – irgendein rasender Wahnsinniger, der aus einer nahen Irrenanstalt entsprungen war."

„In gewisser Beziehung", antwortete er, „ist Ihr Gedankengang nicht unrichtig; aber die Stimmen der Irren, selbst in ihren wildesten Rasereien, wurden noch nie so beschrieben, wie jene sonderbare Stimme, die man auf der Treppe hörte. Irre gehören doch auch irgendeiner Nation an, und wenn ihre Sprache noch so unzusammenhängend in ihren Worten ist, so besteht doch immer ein Zusammenhang in den Silben. Außerdem ist das Haar eines Irren nicht so wie dieses, das ich hier in meiner Hand halte. Diese kleine Flocke habe ich aus den steif verkrampften Fingern der Mme. L. gezogen. Sagen Sie mir, wofür halten Sie das?"

„Dupin," sagte ich ganz entgeistert, „dieses Haar ist sehr ungewöhnlich; es ist kein Menschenhaar."

„Ich habe auch nicht behauptet, daß es dies sei," sagte er, „aber bevor wir uns über diesen Punkt entscheiden, bitte ich Sie, einen Blick auf die Skizze zu werfen, die ich auf dieses Papier gezeichnet habe. Es ist eine Faksimilie-Zeichnung von dem, was in einer der Zeugenaussagen als dunkle Quetschung und tiefe Abdrücke von Fingernägeln am Halse der Mme. L. und in einer andern (von den Herren Dumas und Etienne) als eine Anzahl farbloser Stellen, die entschieden von Fingern stammen, bezeichnet wurde.

Sie werden sehen," fuhr mein Freund fort, als er das Papier auf dem Tisch vor uns ausbreitete, „daß diese Zeichnung einen Begriff gibt von einem festen und unentrinnbaren Griff. Da war kein Entschlüpfen möglich. Jeder Finger hat wahrscheinlich bis zum Tode des Opfers den furchtbaren Griff beibehalten, womit er zuerst eindrang. Versuchen Sie nun, alle ihre Finger zu gleicher Zeit in die betreffenden Eindrücke einzupassen, die Sie sehen."

Ich versuchte es vergebens.

„Möglicherweise machen wir den Versuch nicht richtig", sagte er. „Das Papier ist auf einer glatten Fläche ausgebreitet und die menschliche Kehle ist zylindrisch. Hier ist ein Stück Holz, das denselben Umfang hat wie ein Hals. Legen Sie die Zeichnung darum und machen Sie den Versuch noch einmal."

Ich tat es, aber die Schwierigkeit war sogar noch größer als vorher.

„Dieses", sagte ich, „ist nicht die Spur einer Menschenhand."

„Lesen Sie jetzt diese Stelle aus Cuvier."

Es war eine anatomische allgemeine Beschreibung des großen gelbbraunen Orang-Utans der Ostindischen Inseln. Die riesige Gestalt, die erstaunliche Kraft und Behendigkeit, die grausame Wildheit und das Nachahmungstalent dieser Säugetiere sind hinlänglich bekannt. Ich verstand plötzlich die ganze Furchtbarkeit dieses Mordes.

„Die Beschreibung der Finger", sagte ich, als ich fertig gelesen hatte, „stimmt genau mit dieser Zeichnung überein. Ich sehe ein, daß kein anderes Tier als ein solcher Orang-Utan derartige Fingerabdrücke hinterlassen konnte, wie Sie sie hier gezeichnet haben. Diese Flocke gelbbraunen Haares ist auch von derselben Art wie das der Bestie von Cuvier. Aber ich kann doch die Einzelheiten dieses entsetzlichen Geheimnisses nicht verstehen. Außerdem wurden zwei streitende Stimmen gehört und eine davon war unbestrittenermaßen die eines Franzosen."

„Richtig; und Sie werden sich auch an einen Ausruf erinnern, den übereinstimmend alle Zeugen von dieser Stimme gehört haben wollen, den Ausruf ‚Mon Dieu'. Einer der Zeugen (Montani, der Konditor) hat in diesem unter solchen Umständen ausgestoßenen Ruf einen Vorwurf oder Verweis ganz richtig erkannt. Auf diese Worte habe ich deshalb hauptsächlich meine Hoffnung völliger Aufklärung des Rätsels gebaut. Ein Franzose war bei dem Morde zugegen. Es ist möglich – ja es ist mehr als wahrscheinlich –, daß er aller Beteiligung an der blutigen Tat unschuldig ist. Der Orang-Utan kann ihm entflohen sein. Er mag ihn in das Zimmer verfolgt haben, aber unter den aufregenden Umständen, die daraus entstanden, konnte er das Tier nicht wieder einfangen. Es ist noch immer unterwegs. Ich will mit den Vermutungen nicht weiter fortfahren – denn ich habe kein Recht, sie anders zu nennen, da die schattenhaften Überlegungen, auf denen sie beruhen, kaum die genügende Tiefe haben, um von meinem eigenen Verstande anerkannt zu werden, und deshalb kann ich nicht beanspruchen, sie dem Verstande eines anderen begreiflich zu machen. Wir wollen also nur von Vermutungen sprechen. Wenn der betreffende Franzose wirklich, wie ich annehme, an der Schreckenstat unschuldig ist, wird die Anzeige, die ich gestern abend, als wir nach Hause gingen, im Bureau der ‚Le Monde' abgab (einer Zeitung, die den Interessen der Schiffahrt gewidmet ist und von Seeleuten viel gelesen wird), ihn hierher zu uns bringen." Er reichte mir eine Zeitung und ich las:

„Gefangen: Im Bois de Boulogne am frühen Morgen des ... (dem Morgen des Mordes) ein sehr großer gelbbrauner Orang-Utan aus Borneo. Der Eigentümer, der als Matrose eines maltesischen Segelschiffes bekannt ist, kann das Tier zurückbekommen, wenn er sich genügend ausweist und eine kleine Entschädigung für das Einfangen und den Unterhalt des Tieres bezahlt. Anfragen Rue ... Nr. ... 3. Stock Faubourg St. Germain."

„Wie war es möglich," fragte ich, „daß Sie wußten, daß der Mann ein Matrose ist und zu einem maltesischen Segler gehört?"

„Ich weiß es gar nicht," sagte Dupin, „ich bin nicht sicher. Immerhin ist hier ein kleines Stück Band, das seiner Form und seinem fettigen Aussehen nach sicher dazu gedient hat, das Haar in einen jener langen Zöpfe zu binden, wie sie die Matrosen lieben. Außerdem können wenige Leute außer Matrosen und speziell Malteser, diesen Knoten binden. Ich hob das Band am Fuße des Blitzableiterdrahtes auf. Es konnte keiner der Verstorbenen gehören. Wenn ich aber sogar mich in meinen Schlüssen bezüglich des Bandes geirrt habe, und der Franzose kein Malteser Matrose ist, so kann es doch nichts schaden, daß ich in der Anzeige behauptet habe, ich wisse es. Er wird dann nur denken, ich sei durch irgendeinen Umstand, über den er sich nicht den Kopf zu zerbrechen braucht, irregeführt worden. Aber wenn ich recht habe, so ist ein wichtiger Anhaltspunkt gewonnen. Wenn der Franzose von den Morden weiß, aber daran unschuldig ist, wird er natürlich erst zögern, bevor er auf die Anzeige antwortet und den Orang-Utan in Anspruch nimmt. Er wird sich sagen: Ich bin unschuldig; ich bin arm, mein

Orang-Utan ist sehr wertvoll – für einen Menschen in meiner Lage ein ganzes Vermögen –, warum soll ich ihn verlieren aus bloßer Angst vor Gefahr? Er wurde im Bois de Boulogne gefunden, weit entfernt vom Schauplatz der Greueltat. Wie soll überhaupt geargwöhnt werden, daß ein Tier sie begangen hat? Die Polizisten sind irregeführt, es ist ihnen nicht gelungen, die leiseste Spur zu finden. Und sollten sie je auf das Tier kommen, so können sie doch nicht beweisen, daß ich von dem Mord wußte oder mich wegen dieses Wissens einer Schuld überführen. Überdies bin ich erkannt worden. Der Inserent bezeichnet mich als den Eigentümer des Tieres. Ich weiß nicht, was er alles weiß. Sollte ich es unterlassen, nach einem Gegenstande von solchem Wert zu fragen, von dem man weiß, daß er mir gehört, so werde ich mindestens das Tier verdächtig machen. Es liegt nicht in meinem Interesse, die Aufmerksamkeit auf mich oder auf das Tier zu lenken. Ich werde auf die Anzeige antworten, den Orang-Utan wiederbekommen und ihn behalten, bis über die Angelegenheit Gras gewachsen ist."

In diesem Augenblick hörten wir Schritte auf der Treppe.

„Halten Sie die Pistolen bereit," sagte Dupin, „aber zeigen oder benutzen Sie sie nicht, bis ich Ihnen ein Zeichen gebe."

Die Vordertür des Hauses hatte offen gestanden und der Besucher trat ein, ohne zu klingeln, und kam einige Schritte die Treppe herauf. Dann schien er zu zögern. Nun hörten wir ihn wieder heruntergehen. Dupin ging rasch an die Tür, als wir ihn nochmals heraufkommen hörten. Er machte nicht zum zweiten Male kehrt, sondern ging entschlossen herauf und klopfte an unsere Tür. „Herein," rief Dupin in munterem und herzhaftem Tone. Ein Mann trat ein. Er war entschieden ein Matrose, ein großer, stämmiger, muskelstark aussehender Mann, mit einem gewissen herausfordernden und nicht gerade einnehmenden Gesichtsausdruck. Sein sonnenverbranntes Gesicht war von Backen- und Schnurrbart größtenteils verdeckt. Er trug einen großen Eichenknüppel, schien aber im übrigen unbewaffnet. Er verbeugte sich ungeschickt und sagte ‚Guten Abend' in einem Französisch, das zwar etwas nach Neuschatel klang, aber doch genügend auf Pariser Ursprung schließen ließ.

„Setzen Sie sich, mein Lieber," sagte Dupin, „ich vermute, daß Sie nach dem Orang-Utan fragen wollen. Wahrlich, ich beneide Sie fast um seinen Besitz; ein auffallend schönes und sicher recht wertvolles Tier. Wie alt schätzen Sie ihn?"

Der Matrose atmete tief, als ob er von einer unerträglichen Last befreit sei, und antwortet dann in zuversichtlichem Tone:

„Ich weiß es nicht genau, aber älter als vier oder fünf Jahre kann er nicht sein. Haben Sie ihn hier?"

„O nein, wir hatten keine Möglichkeit, ihn hier zu halten. Er ist in einem gemieteten Stall in der Rue Dubourg ganz in der Nähe. Sie können ihn morgen früh bekommen. Natürlich können Sie sich als Eigentümer ausweisen?"

„Selbstverständlich, Herr."

„Es tut mir leid, ihn herzugeben."

„Ich will natürlich nicht, daß Sie sich alle diese Mühe umsonst machen, Herr", sagte der Mann. „Das könnte ich nicht verlangen. Ich bin bereit, etwas für das Wiederfinden des Tieres zu bezahlen, d. h. einen angemessenen Betrag."

„Na ja," sagte mein Freund, „das ist alles schön und gut, da will ich mir mal überlegen, was ich verlangen soll. O! Ich will es Ihnen sagen. Meine Belohnung soll sein, daß Sie mir alles erzählen, was Sie über die Mordtat in der Rue Morgue wissen."

Dupin sagte diese letzten Worte sehr leise und langsam. Ebenso langsam ging er zur Tür, verschloß sie und steckte den Schlüssel in die Tasche. Dann zog er eine Pistole heraus und legte sie ohne die geringste Aufregung auf den Tisch.

Das Gesicht des Matrosen wurde so rot, als ob er am Ersticken sei. Er sprang auf und ergriff seinen Prügel; aber im nächsten Augenblick fiel er auf seinen Stuhl zurück und zitterte heftig mit totenbleichem Gesicht. Er sprach kein Wort. Ich bedauerte ihn aus Herzensgrund.

„Lieber Freund," sagte Dupin in freundlichem Tone, „Sie regen sich wirklich unnötig auf. Wir wollen Ihnen gar nichts zu leide tun. Ich gebe Ihnen mein Wort als Ehrenmann und als Franzose, daß wir nichts Böses mit Ihnen vorhaben. Ich weiß sehr wohl, daß Sie an den Greueltaten in der Rue Morgue ganz unschuldig sind. Aber Sie können doch nicht leugnen, daß Sie in irgendeinem Zusammenhang damit stehen. Aus allem, was ich schon sagte, haben Sie ersehen, daß ich Ermittlungsmöglichkeiten über diese Sache hatte, die Sie sich nicht träumen lassen konnten. Nun liegt die Sache so: Sie haben nichts getan, was Sie vermeiden konnten, sicher nichts, was Sie schuldig machte. Sie haben sich nicht einmal des Diebstahls schuldig gemacht, obgleich Sie unbestraft stehlen konnten. Sie haben nichts zu verbergen. Sie haben keine Ursache, sich zu verstecken. Andererseits sollte Sie das Ehrgefühl veranlassen, alles zu gestehen, was Sie wissen. Ein unschuldiger Mann sitzt jetzt im Gefängnis unter der Last der Anklage, ein Verbrechen begangen zu haben, dessen Urheber Sie angeben können."

Der Matrose hatte seine Geistesgegenwart wieder erlangt, während Dupin sprach, aber seine ursprüngliche kühne Haltung war verschwunden.

„Gott steh mir bei!" sagte er nach einer kurzen Pause, „ich will Ihnen alles sagen, was ich über diese Sache weiß – aber ich kann nicht erwarten, daß Sie die Hälfte von dem glauben, was ich Ihnen sagen werde. Ich müßte ein Narr sein, wenn ich es erwarten wollte. Und doch bin ich unschuldig und will mein Herz ausschütten, selbst wenn ich dafür sterben müßte."

Was er angab, war im wesentlichen folgendes: Er hatte kürzlich eine Reise nach dem Indischen Archipel gemacht. Eine Gesellschaft, zu der er gehörte, ging in Borneo an Land und unternahm einen Vergnügungsausflug ins Innere. Er und ein Kamerad hatten den Orang-Utan gefangen. Als dieser Kamerad starb, wurde das Tier sein alleiniges Eigentum. Nach vieler Mühe, die ihm die unbezähmbare Wildheit seines Gefangenen auf der Heimreise verursachte, gelang es ihm schließlich, ihn in seiner eigenen Wohnung in Paris heil unterzubringen, wo er ihn, um nicht die lästige Neugierde der Nachbarn auf sich zu ziehen, sicher unter Verschluß hielt, bis er sich von einer Wunde am Fuße vollständig erholt haben würde, die er sich auf dem Schiff durch einen Splitter zugezogen hatte. Es war seine Absicht, ihn zu verkaufen.

Als er in der Nacht oder vielmehr am Morgen der Mordtat von irgendeinem Seemannsvergnügen heimkam, fand er das Tier in seinem eigenen Schlafzimmer, in das es aus der benachbarten Kammer, wo er es sicher aufgehoben glaubte, eingebrochen war. Mit dem Rasiermesser in der Hand und ganz eingeseift saß der Affe vor dem Spiegel und versuchte sich zu rasieren, wie er es bei seinem Herrn zweifellos durchs Schlüsselloch beobachtet hatte. Während einiger Minuten war der

Matrose so erschrocken, eine so gefährliche Waffe in der Hand eines wilden Tieres zu sehen, das sehr wohl fähig war, sie zu benutzen, daß er nicht wußte, was er tun sollte. Er hatte aber schon öfter das Tier, selbst in seinen wildesten Augenblicken, vermittelst einer Peitsche zur Ruhe gebracht und diese holte er nun. Bei ihrem Anblick sprang der Orang-Utan sofort aus der Tür des Schlafzimmers die Treppe herunter und von dort aus einem unglücklicherweise offenstehenden Fenster auf die Straße. Der Franzose folgte in Verzweiflung dem Affen, der, immer noch mit dem Rasiermesser in der Hand, zeitweise stillstand, um sich umzusehen und seinen Verfolger durch Bewegungen zu bedrohen, bis dieser ihn fast erreicht hatte. Dann lief er wieder davon. So ging die Jagd eine lange Zeit weiter. Die Straßen waren ganz leer, da es fast drei Uhr morgens war. Als der Flüchtling durch ein Gäßchen hinter der Rue Morgue lief, bemerkte er einen Lichtschein, der aus dem offenen Fenster der Mme. L. im vierten Stock ihres Hauses fiel. Auf das Gebäude losspringend, entdeckte er den Draht des Blitzableiters, kletterte mit unbegreiflicher Geschicklichkeit hinauf, ergriff den Laden, der ganz aufgeschlagen war, und schwang sich von da aus direkt auf das Kopfende des Bettes. Der ganze Vorgang dauerte nicht länger als eine Minute. Der Laden wurde von dem Orang-Utan wieder aufgeschlagen, als er in das Zimmer drang.

Der Matrose sah dies alles mit gemischten Gefühlen. Er hatte nun guten Grund, das Wiedereinfangen des Tieres zu erhoffen, da es schwerlich aus der Falle, in die es geraten war, entkommen konnte, außer über den Draht, wo er es dann abfangen wollte, wenn es herunterkam. Andererseits war Grund genug zu Befürchtungen, was es in dem Hause anstellen werde. Diese Überlegung veranlaßte ihn, dem Flüchtling noch weiter zu folgen. Ein Leitungsdraht ist leicht zu erklettern, zumal von einem Matrosen, aber als er auf der Höhe des Fensters ankam, das ganz links lag, war sein Weg abgeschnitten, er konnte sich nur so weit herüberbeugen, um in das Innere des Zimmers zu sehen. Bei dem Anblick, der sich ihm da bot, fiel er vor Entsetzen fast herunter. Nun erklangen in die Nacht hinaus jene fürchterlichen Schreie, die die Bewohner der Rue Morgue aus dem Schlummer weckten. Mme. L. und ihre Tochter in Nachtkleidern waren offenbar damit beschäftigt gewesen, irgendwelche Papiere in dem schon erwähnten eisernen Kasten aufzuräumen, der mitten ins Zimmer gerollt war. Er stand offen, und sein Inhalt lag daneben auf dem Fußboden. Die Opfer müssen mit dem Rükken nach dem Fenster gesessen haben; und aus der Zeit die zwischen dem Eindringen des Affen und den Schreien verging, scheint es wahrscheinlich, daß er nicht sogleich bemerkt wurde. Das Schlagen des Ladens wurde natürlich dem Winde zugeschrieben. Als der Matrose hineinsah, hatte das riesige Tier Mme. L. an den Haaren ergriffen (die lose hingen, da sie sich gerade gekämmt hatte) und fuhr mit dem Rasiermesser um ihr Gesicht herum, die Bewegungen des Rasierens nachahmend. Die Tochter lag ausgestreckt und bewegungslos. Sie war ohnmächtig. Das Schreien und Sichwehren der alten Dame (während ihr das Haar vom Kopfe gerissen wurde) hatte den Erfolg, die wahrscheinlich friedfertigen Absichten des Orang-Utans in solche der Wut umzuwandeln. Mit einem raschen Schwung seines muskulösen Armes trennte er ihren Kopf fast ganz vom Rumpf. Der Anblick des Blutes steigerte seine Wut in Raserei. Zähnefletschend und mit glühenden Augen stürzte er sich auf den Körper des Mädchens, schlug seine furchtbaren Krallen in ihren Hals und hielt ihn fest, bis sie tot war. Seine wild umherwandernden Blicke fielen in diesem Augenblick auf das Kopfende des Bettes, über dem das Gesicht seines Herren, in Entsetzen erstarrt, eben sichtbar geworden war. Die Wut des Tieres, das jedenfalls noch die drohende Peitsche in Erinnerung hatte, wurde rasch in Furcht verwandelt. Da er sich bewußt war, Strafe verdient zu haben, wünschte er offenbar, die Leichen zu verbergen, und stöberte im Zimmer herum in Angst und Aufregung, warf alle Möbel um, zerbrach sie dabei, und riß das Bettzeug aus dem Bette. Schließlich ergriff er erst den Körper der Tochter und schob ihn in den Kamin hinauf, so wie er gefunden wurde; dann den der alten Dame, den er kopfüber sofort aus dem Fenster warf.

Als der Affe mit seiner verstümmelten Last an die Fensteröffnung kam, schreckte der Matrose entsetzt von dem Draht zurück, und nachdem er, mehr gleitend als kletternd, heruntergekommen war, eilte er nach Hause, in der Furcht vor den Folgen der Metzelei den Orang-Utan seinem Schicksal

überlassend. Die Worte, die die Leute auf der Treppe hörten, waren die Ausrufe des Schreckens und Entsetzens, die der Franzose ausstieß, vermischt mit dem abscheulichen Geplapper des Tieres.

Ich habe kaum noch etwas hinzuzufügen. Der Orang-Utan muß über den Draht entkommen sein, gerade bevor die Tür aufgebrochen wurde. Er muß das Fenster zugeworfen haben, als er herausstieg. Später wurde er von seinem Eigentümer eingefangen, der ihn dem Jardin des Plantes für eine große Summe verkaufte.

Lebon wurde sofort freigelassen, als wir den Tatbestand (mit einigen Randbemerkungen von Dupin) im Bureau des Polizeipräfekten berichteten. Obgleich dieser Beamte meinem Freunde wohlgesinnt war, konnte er doch sein Bedauern über die Wendung, die die Angelegenheit genommen hatte, nicht unterdrücken und erlaubte sich auch einige spöttische Bemerkungen über Leute, die sich in Dinge einmischen, die sie nichts angehen.

„Lassen Sie ihn reden," sagte Dupin, dem es gar nicht einfiel, ihm zu antworten, „lassen Sie ihn schwätzen, das wird sein Gewissen erleichtern. Ich bin damit zufrieden, ihn in seinem eigenen Bereiche besiegt zu haben. Trotzdem ist es durchaus kein solches Wunder, wie er meint, daß ihm die Lösung des Geheimnisses mißlang; denn tatsächlich ist unser Freund, der Herr Präfekt, etwas zu schlau, um tief zu sein. In seiner Weisheit ist kein ‚stamen'. Sie ist nur Kopf und kein Körper, wie die Bilder der Göttin Laverna, oder allenfalls nur Kopf und Schultern wie der Dorsch.

Aber alles in allem ist er ein guter Kerl. Ich schätze ihn besonders wegen seiner meisterhaften Art sich auszudrücken, durch die er in den Ruf des Scharfsinns gekommen ist, ich meine seine Geschicklichkeit ‚de nier ce qui est, et d'expliquer ce qui n'est pas'[1]."

---

[1] Zu leugnen, was ist und zu erklären, was nicht ist (frz.).
(Aus Rousseaus „Nouvelle Héloïse".)

Eine Geschichte aus dem Felsengebirge

Es war im Herbst des Jahres 1827, als ich mich in der Nähe von Charlottesville in Virginien aufhielt und dort zufällig die Bekanntschaft eines Mr. Augustus Bedloe machte. Der junge Mann war in jeder Beziehung merkwürdig und erregte aufs tiefste mein Interesse und meine Neugier. Sowohl sein physisches wie sein seelisches Wesen erschien mir vollständig rätselhaft. Auch über seine Familie war nichts Bestimmtes zu erfahren, und woher er stammte, habe ich nie herausgebracht. Selbst an seinem Alter – ich habe ihn zwar hier einen jungen Mann genannt – gab es etwas, was mich in nicht geringem Maße unsicher machte. Gewiß schien er jung zu sein und betonte oftmals seine Jugend, aber es gab Augenblicke, in denen ich ihn ohne Zaudern für einen Hundertjährigen gehalten hätte. Das eigentümlichste an ihm aber war seine äußere Gestalt. Er war ungewöhnlich groß und schlank, ging sehr vornübergeneigt und hatte außerordentlich lange und magere Gliedmaßen. Seine Stirn war breit und niedrig, sein Gesicht völlig blutleer. Er hatte einen großen, beweglichen Mund und so unregelmäßige, wenn auch kerngesunde Zähne, wie ich sie nie an einem Menschengebiß gesehen habe. Trotzdem aber waren seine Züge, wenn er lächelte, durchaus nicht so unangenehm, wie man etwa erwartet hätte, aber sie zeigten nie eine Abwechslung. Immer lag eine tiefe Melancholie, eine unveränderliche, unzerstörbare Schwermut darin. Seine unnatürlich großen und runden Augen glichen denen einer Katze, und auch seine Pupillen reagierten auf jede Verstärkung oder Verminderung des Lichtes genau wie bei den katzenartigen Tieren durch Zusammenziehen oder Ausdehnung. In Augenblicken der Erregung wurden die Augäpfel in fast unbegreiflichem Maße glänzend. Sie schienen dann leuchtende Strahlen auszusenden, und zwar war es kein zurückgeworfenes, sondern ein Eigenlicht, wie es eine Kerze oder die Sonne hat. Unter gewöhnlichen Umständen aber waren sie so völlig trüb und verschleiert und sahen so stumpf aus, daß sie an die Augen eines längst begrabenen Leichnams erinnerten.

Diese persönlichen Eigentümlichkeiten schienen ihm viel Verdruß zu bereiten, und er pflegte immer wieder, sie halb erklärend, halb entschuldigend, darauf anzuspielen, was mich, als ich es zum erstenmal hörte, sehr peinlich berührte. Ich gewöhnte mich aber bald daran, und es störte mich schließlich nicht mehr. Seine Absicht war offenbar, wenn er das auch nicht direkt aussprach, durch seine Worte den Anschein zu erwecken, er habe nicht immer so ausgesehen, sondern erst infolge häufiger nervöser Anfälle seine frühere ungewöhnliche Schönheit verloren. Seit vielen Jahren befand er sich in der Pflege eines Arztes namens Templeton, eines alten Herrn von vielleicht siebzig Jahren, den er zuerst in Saratoga kennen gelernt hatte. Seine Behandlung hatte ihm sehr geholfen, wenigstens glaubte er das, und da Bedloe wohlhabend war, so hatte er mit Dr. Templeton abgemacht, daß dieser gegen eine sehr reichliche jährliche Entschädigung seine ganze Zeit und ärztliche Erfahrung ausschließlich der Pflege des Kranken widmete.

Dr. Tempelton war in seiner Jugend viel in der Welt herumgekommen und in Paris ein begeisterter Anhänger der Lehre Mesmers[1] geworden. Durch magnetische Behandlung gelang es ihm, die heftigen Schmerzen seines Patienten zu mildern und ihm durch diesen Erfolg ein großes Vertrauen gerade zu dieser Heilweise einzuflößen. Der Doktor bemühte sich natürlich wie alle Enthusiasten, seinen Schüler zu einem ebenso fanatischen Anhänger zu bekehren, und brachte es auch so weit, daß der Kranke sich allen möglichen Experimenten unterwarf. Ihre häufige Wiederholung führte zu einem Resultat, das zwar heute zu häufig geworden ist, um besonderes Aufsehen zu erregen, das aber zu der Zeit, über die ich schreibe, in Amerika fast ganz unbekannt war. Ich meine nämlich, daß sich zwischen Dr. Templeton und Bedloe nach und nach ein auffallend starker magnetischer Rapport gebildet hatte. Ich kann nicht bestimmt behaupten, daß dieser Rapport über die einfache Kraft zum Einschläfern hinausging, jedenfalls war sie aber sehr groß geworden. Die ersten Versuche zu magnetischen Einschläferungen waren dem Mesmeristen völlig mißlungen, erst die fünfte oder sechste Sitzung hatte zu einem

[1] Franz Anton Mesmer (*1734 Iznang am Bodensee, †1815 Meersburg), Arzt und Begründer des Mesmerismus, der Lehre des Tierischen Magnetismus, einer abenteuerlichen ‚Magnetotherapie'.

Teilerfolg geführt. Aber bei der zwölften war der Triumph vollkommen gewesen, und von da ab unterlag der Wille des Patienten sehr schnell dem des Arztes, so daß, als ich zuerst mit den beiden bekannt wurde, der Schlaf durch den einfachen Willen des Hypnotiseurs eintrat, selbst wenn der Kranke nichts von seiner Anwesenheit wußte. Erst heute, im Jahre 1845, da ähnliche Wunder zu Tausenden berichtet werden, darf ich diese anscheinende Unmöglichkeit als wirkliche Tatsache berichten.

Bedloe hatte ein außerordentlich sensitives, erregbares und enthusiastisches Temperament. Seine Einbildungskraft war ungewöhnlich stark und schöpferisch und wurde noch gesteigert durch den regelmäßigen Gebrauch von Morphium, das er in großen Mengen einnahm, bis er ohne dieses Reizmittel gar nicht mehr leben konnte. Er hatte es sich angewöhnt, jeden Morgen eine große Dosis nach dem Frühstück einzunehmen – oder vielmehr unmittelbar nach einer Tasse starken Kaffees, da er vormittags gar nichts aß. Er pflegte dann, allein oder nur von einem Hunde begleitet, einen langen Ausflug nach einer Kette wilder oder öder Hügel zu machen, die westlich und südlich von Charlottesville liegen und das Felsengebirge genannt werden.

An einem trüben, warmen und nebligen Tag gegen Ende November, also in der seltsamen Zwischenzeit, die man in Amerika den Indianersommer nennt, brach Mr. Bedloe wie gewöhnlich nach den Bergen auf. Die Tage vergingen, ohne daß er zurückkehrte.

Eines Abends gegen acht Uhr, da wir, sehr beunruhigt durch seine lange Abwesenheit, gerade beschlossen, nach ihm zu suchen, tauchte er plötzlich wieder auf. Sein Befinden war nicht schlechter als sonst, er schien sogar in einer ungewöhnlich guten Stimmung zu sein. Der Bericht aber, den er uns über seinen Ausflug und die Ursache zu seinem langen Ausbleiben gab, war ein ganz seltsamer.

„Sie erinnern sich," sagte er, „daß es ungefähr neun Uhr war, als ich Charlottesville verließ. Ich wanderte sofort nach den Bergen und betrat gegen zehn Uhr eine Schlucht, die mir ganz unbekannt war. Mit großem Interesse folgte ich den Windungen dieses Engpasses. Das Landschaftsbild, das mich rings umgab, bot, wenn ich es auch nicht großartig nennen kann, doch einen unbeschreiblichen und für mich entzückenden

Anblick öder Verlassenheit. Eine gänzlich unberührte Einsamkeit schien dort zu herrschen, und es überkam mich die Vorstellung, als ob der grüne Rasen und die grauen Felsen, über die ich ging, noch niemals von eines Menschen Fuß betreten worden seien. Der Eingang zur Schlucht war so völlig unzugänglich und nur durch eine Reihe von Zufällen auffindbar, daß es durchaus möglich erscheint, wenn ich mich für den ersten Wanderer – wenn ich mich wirklich für den ersten und einzigen Wanderer halte, der jemals in seine Tiefen eingedrungen ist.

Der dichte und eigentümliche Dunst oder Nebel, der den Indianersommer auszeichnet und der nun schwer über alle Gegenstände herabhing, schien zweifellos den unbestimmten Eindruck zu verstärken, den alles in mir erweckte. So dicht war dieser weiche Nebel, daß ich niemals mehr als zehn Meter von dem Weg vor mir erkennen konnte. Da dieser Weg sehr gewunden und die Sonne nicht mehr sichtbar war, verlor ich bald jedes Bewußtsein davon, in welcher Richtung ich marschierte. Dazu kam, daß das Morphium seine gewohnte Wirkung ausübte, nämlich die ganze Außenwelt bedeutend interessanter und eindringlicher zu machen. Das Erzittern eines Blattes, die Farbe eines Grashalmes, die Form eines Kleeblatts, das Summen einer Biene, das Glitzern eines Tautropfens, das Atmen des Windes, der leise Duft, der aus dem Walde kam, alles dies erweckte in mir eine ganze Welt von Empfindungen, einen lustigbunten Zug ausgelassener und verworrener Gedanken.

Ganz vertieft wanderte ich so mehrere Stunden weiter, während sich der Nebel um mich herum so verdichtete, daß ich schließlich nur noch tastend meinen Weg finden konnte. Inzwischen hatte mich eine unbeschreibliche Unruhe erfaßt, eine Art von nervöser Unsicherheit und Besorgnis. Ich wagte kaum aufzutreten, aus Angst, ich könnte in einen Abgrund stürzen. Dabei fielen mir auch die seltsamen Geschichten ein, die über das Felsengebirge und über die wilden und unheimlichen Menschen erzählt wurden, die dort in den Schluchten und Höhlen hausen sollten. Tausend unbestimmte Gedanken bedrückten und verwirrten mich, Vermutungen, die um so quälender waren, je weniger ich den Grund dafür finden konnte. Ganz plötzlich aber wurde meine Aufmerksamkeit durch ein lautes Trommelschlagen erregt.

Mein Erstaunen war natürlich grenzenlos. Eine Trommel in dieser Gegend, das erschien mir unglaublich, und das Ertönen der Posaunen des Jüngsten Tages hätte mich nicht mehr wundernehmen können. Aber dann kam ein neuer und noch erstaunlicherer Grund zur Erregung und Verblüffung. Ich hörte ein wildes Rasseln und Klirren wie von einem Bund großer Schlüssel, und im gleichen Augenblick rannte, laut schreiend, ein dunkelhäutiger, halb nackter Mann an mir vorbei. Er kam dabei so dicht auf mich zu, daß ich seinen heißen Atem im Gesicht fühlte. In der Hand trug er ein Instrument, das aus einer Menge stählerner Ringe zusammengesetzt schien, und schüttelte es heftig beim Laufen. Kaum war er im Nebel verschwunden, als mit offenem Maul und glühenden Augen eine gewaltige Bestie hinter ihm her gerast kam. Ich sah sofort, daß es eine Hyäne war.

Der Anblick dieses Ungetüms vergrößerte aber nicht meinen Schrecken, sondern verminderte ihn, denn ich war nunmehr überzeugt, daß ich träumte, und versuchte, zu völlig wachem Bewußtsein zu kommen. Mit leichten Schritten schritt ich kühn weiter. Ich rieb mir die Augen, ich stieß laute Rufe aus, ich kniff mir die Glieder. Kurz darauf sah ich eine kleine Wasserquelle vor mir, bückte mich und badete Hände, Kopf und Nacken darin. Das schien auch die unbestimmten Empfindungen, die mich bis dahin gequält hatten, zu verjagen. Ich erhob mich wie neugeboren und ging ruhig und gelassen meinen unbekannten Weg weiter.

Schließlich war ich aber doch erschöpft durch die Anstrengung und durch die dumpfe Schwüle der Luft und setzte mich unter einen Baum. Bald darauf drang ein schwacher Schimmer von Sonnenschein durch den Nebel, und der Schatten der Zweige wurde langsam, aber immer schärfer auf dem Grasboden sichtbar. Auf diesen Schatten starrte ich ein paar Minuten ganz erstaunt, seine Form verblüffte mich vollständig. Endlich blickte ich empor, der Baum war eine Palme.

Eilig und in einem Zustand ängstlicher Erregung sprang ich nun empor, denn die Annahme, daß ich noch träumte, war sinnlos geworden. Ich sah jetzt, ich fühlte, daß ich vollkommen Herr über meine Sinne war, und diese Sinne spiegelten mir eine Welt von neuartigem und eigentümlichem Reiz. Die Hitze wurde mit einem Male unerträglich, ein seltsamer Duft schwebte in der Luft. Dann drang ein leises, gleichförmiges Rauschen wie von einem schwer und langsam fließenden Strom an meine Ohren, vermischt mit dem seltsamen Gemurmel zahlreicher menschlicher Stimmen.

Während ich in einem Übermaß von Erstaunen, das ich nicht beschreiben kann, lauschte, fegte ein starker, plötzlicher Windstoß wie mit einem Zauberstab den dichten Nebel weg.

Ich befand mich jetzt am Fuße eines hohen Berges und schaute auf eine weite Ebene hinab, durch die sich ein majestätischer Fluß wand. Am Ufer dieses Flusses stand eine Stadt von morgenländischem Charakter, so wie sie in den Märchen aus Tausendundeiner Nacht beschrieben werden, nur daß sie noch seltsamer war. Da sich mein Standort hoch über der Stadt befand, konnte ich jeden Winkel und jede Ecke genau überschauen, als sei alles auf einer Karte aufgezeichnet. Sie war von unzähligen Straßen durchzogen, die sich unregelmäßig nach allen Richtungen kreuzten, aber eigentlich mehr langgewundenen Gassen als Straßen glichen und dicht mit Menschen angefüllt waren. Die Häuser waren phantastisch malerisch; überall sah ich ein wildes Durcheinander von Balkonen, Veranden, Minaretten, Nischen und wundervoll geschnitzten Erkern. Es gab unendlich viele Bazare mit einer Überfülle von Waren jeder Art – Seide, Musseline, blitzende Messer, wundervolle Juwelen und Gemmen[1]. Daneben sah man allenthalben Fahnen, Sänften, Tragsessel mit dichtverschleierten vornehmen Damen, Elefanten mit prunkvollem Kopfschmuck, grotesk geformte Götzenbilder, Trommeln, Banner und Gongs, Speere, silberne und goldene Zepter. Und mitten durch dieses Treiben, durch den Lärm und die allgemeine Verwirrung, durch die Million schwarzer und gelber Menschen mit ihren Turbanen, Roben und flatternden Bärten wälzte sich eine zahllose Menge heiliger, mit Stirnbinden geschmückter Rinder, während ganze Legionen schmutziger, aber heiliger Affen schnatternd und schreiend auf den Dächern der Moscheen herumkletterten oder an den Minaretten und Erkern hingen. Von den überfüllten Straßen gingen bis zum Flußufer unzählige Treppenstufen hinab, die nach den Badeplätzen führten, während der Fluß selbst sich nur mit Mühe einen Weg durch die gewaltigen Flotten von tief beladenen Schiffen, die weit und breit seine

[1] (Halb-)Edelsteine mit vertieft oder erhaben eingeschnittenen Figuren.

Oberfläche bedeckten, zu bahnen schien. Außerhalb der Stadt erhoben sich zahlreiche, majestätische Gruppen von Kokospalmen, vermischt mit anderen uralten Bäumen von riesenhaftem Wuchs und seltsamem Aussehen. Dazwischen konnte man hier und da ein Reisfeld sehen, die strohbedeckte Hütte eines Bauern, eine Zisterne, einen einsamen Tempel, ein Zigeunerlager oder auch ein einzelnes, anmutiges Mädchen, das mit einem Wasserkrug auf dem Kopf nach dem Ufer des herrlichen Stromes hinabschritt.

Sie werden jetzt natürlich sagen, daß ich träumte, aber das war nicht der Fall. Alles, was ich sah und hörte, was ich dachte und fühlte, hatte nichts mit der unverkennbaren Verworrenheit eines Traumes zu tun. Alles war von schärfster Wirklichkeit. Anfangs hatte ich selbst gezweifelt, ob ich wirklich wach sei, aber mich bald durch eine Reihe von Versuchen von meinem Wachsein überzeugt. Übrigens, wenn einem in einem wirklichen Traum der Gedanke kommt, man träume ja nur, dann bestätigt sich diese Vermutung stets sofort dadurch, daß der Schläfer erwacht. Novalis hat schon recht mit seinem Ausspruch, wir seien dem Erwachen nahe, wenn wir träumten, daß wir träumen. Hätte ich das alles gesehen, ohne dabei an einen Traum zu denken, dann wäre es sicher ein Traum gewesen, so aber, da ich die Wirklichkeit des Gesehenen anzweifelte und mich von ihr überzeugte, muß ich die Annahme eines Traumes abweisen."

„In dieser Beziehung haben Sie vielleicht nicht unrecht," bemerkte Dr. Templeton, „aber bitte, fahren Sie fort. Sie erhoben sich und stiegen in die Stadt hinab."

„Ich erhob mich und stieg in die Stadt hinab", fuhr Bedloe fort, indem er den Doktor mit einem Ausdruck des tiefsten Erstaunens ansah. „Auf meinem Wege geriet ich in eine ungeheure Menschenmenge, die von einer wilden Erregung erfaßt war und sich durch alle Straßen nach einer bestimmten Richtung drängte. Ganz plötzlich und mit einem unbegreiflichen Antrieb erfüllte mich ein starkes persönliches Interesse an allem, was vorging. Ich hatte die Empfindung, als spielte ich eine wichtige Rolle dabei, obgleich ich nicht genau wußte, warum das so war. Gegen die Menge, die mich umgab, fühlte ich aber einen tiefen Widerwillen. Ich wich vor ihr zurück, schlug schnell einen gewundenen Weg ein und erreichte so die Stadt. Hier herrschte überall der wildeste Tumult und Aufruhr. Ein kleiner Haufen von Männern in halb indischer, halb europäischer Kleidung, der von Offizieren in englischer Uniform befehligt wurde, kämpfte in großer Minderzahl mit dem wachsenden Schwarm der Aufrührer. Ich ging zu der schwächeren Partei, nahm die Waffen eines gefallenen Offiziers und kämpfte, ohne zu wissen warum, mit der wilden Tapferkeit der Verzweiflung. Wir wurden bald durch die Überzahl zurückgedrängt und mußten in einer Art Pavillon eine Zuflucht suchen. Hier verbarrikadierten wir uns und waren, wenigstens für den Augenblick, in Sicherheit. Durch eine Luke am Dach des Pavillons bemerkte ich eine riesige Volksmenge, die in wütender Erregung einen herrlichen Palast über dem Flußufer umgab und ihn zu stürmen suchte. Kurz darauf ließ sich ein weibisch aussehender Mann von einem der oberen Fenster des Palastes an einem aus Turbanen angefertigten Strick herab. Ein Boot stand bereit, und er entkam darauf nach dem gegenüberliegenden Flußufer.

Ein neuer Gedanke überkam mich jetzt plötzlich. Mit ein paar kurzen, feurigen Worten wandte ich mich an meine Gefährten, und es gelang mir, einen Teil von ihnen zu überreden, mit mir einen tollen Ausfall aus dem Pavillon zu machen. Wir stürmten gegen die uns umgebende Menge, und es gelang uns, sie anfangs in die Flucht zu treiben. Sie sammelten sich aber wieder, kämpften wie wahnsinnig und wichen aufs neue zurück. Inzwischen waren wir aber weit ab von dem Pavillon geraten und verirrten uns in ein Durcheinander enger Gassen mit hohen, überhängenden Häusern, die keinen Sonnenstrahl zur Erde kommen ließen. Die Menge bedrängte uns mit wachsender Wut, bedrohte uns mit Speerwürfen und überschüttete uns mit einem Hagel von Pfeilen. Diese Pfeile waren seltsam geformt und glichen ein wenig den krummen Dolchen der Malaien. Sie ahmten die Gestalt einer kriechenden Schlange nach, waren lang und schwarz und hatten vergiftete Widerhaken. Einer traf mich an die rechte Schläfe, so daß ich taumelte und hinfiel. Sofort ergriff mich eine entsetzliche Übelkeit, ich krümmte mich, rang nach Atem – und starb."

„Sie können doch schwerlich jetzt noch behaupten," unterbrach ich ihn lächelnd, „daß Ihr ganzes Abenteuer kein Traum gewesen ist. Oder wollen Sie dabei bleiben, daß Sie tot sind?" Auf meine Worte erwartete ich natürlich eine scherzhafte Entgegnung von Bedloe. Zu meinem Erstaunen zögerte er aber, zitterte und wurde entsetzlich bleich. Er sprach kein Wort. Ich sah Templeton an. Dieser saß aufrecht und starr auf seinem Stuhl, seine Zähne klapperten, und seine Augen traten fast aus den Höhlen. „Fahren Sie fort", sagte er schließlich mit rauher Stimme zu Bedloe.

„Viele Minuten lang", begann dieser wieder, „war meine einzige Empfindung, mein einziges Gefühl das von Dunkelheit und Nichtsein, ich wußte, daß ich tot war. Schließlich schien ein heftiger und plötzlicher Schlag durch meine Seele zu gehen, wie von Elektrizität. Zugleich kam die Empfindung von Beweglichkeit und von Licht. Dieses Licht sah ich nicht, ich fühlte es. In einem Augenblick schien ich mich vom Boden zu erheben. Aber es war kein körperliches, kein sichtbares, hörbares oder fühlbares Sein. Die Volksmenge war verschwunden, der Lärm hatte sich gelegt, und eine gewisse Ruhe war in der Stadt eingekehrt. Unter mir lag mein Körper mit dem Pfeil in der Schläfe. Der ganze Kopf war angeschwollen und entstellt. Aber alles dieses fühlte ich nur, ich sah es nicht. Ich hatte auch für nichts Interesse. Selbst der Körper schien mir etwas zu sein, was mich nichts anging. Ich war ohne Wollen, schien aber durch irgend etwas zur Bewegung getrieben zu werden und flog, emporschwebend, über demselben gewundenen Pfad, den ich vorher eingeschlagen hatte, wieder zur Stadt hinaus. Als ich den Punkt der Bergschlucht erreicht hatte, wo mir die Hyäne begegnet war, fühlte ich wieder einen Schlag wie von einer galvanischen Batterie. Das Gefühl von Schwere, von Wollen, von Körperlichkeit kehrte zurück. Ich wurde wieder mein früheres Selbst und richtete eilig meine Schritte heimwärts – ohne daß aber das Geschehene irgend etwas von der Lebendigkeit des Wirklichen verlor, und ohne daß ich selbst jetzt auch nur einen Augenblick daran denke, es könnte alles ein Traum gewesen sein."

„Es war auch keiner," sagte Templeton mit tief feierlichem Gesicht, „obgleich es schwer ist, eine andere Bezeichnung dafür zu finden. Wir wollen nur annehmen, daß die Menschheit von heute vor ungeheuren seelischen Entdeckungen steht, und uns damit zunächst begnügen. Im übrigen aber habe ich noch eine Mitteilung zu machen. Hier ist ein in Wasserfarben gemaltes Bild, das ich Ihnen schon vorher gezeigt hätte, wenn mich nicht ein unsagbares Gefühl des Schreckens davon abgehalten hätte."

Wir betrachteten das Gemälde, das er uns hinhielt. Ich fand nichts Besonderes daran, aber auf Bedloe machte es einen erstaunlichen Eindruck. Er wurde fast ohnmächtig, als er es sah. Und doch war es nur ein Miniaturporträt – aber sicherlich ein wundervoll genaues – seiner eigenen seltsamen Gesichtszüge. Wenigstens war dies mein Gedanke, als ich es sah.

„Sie bemerken," sagte Templeton, „daß hier in der Ecke, kaum sichtbar, das Datum des Bildes – 1780 – steht. In diesem Jahre ist das Porträt gemalt worden. Es stellt einen toten Freund von mir dar – einen Mr. Oldeb, mit dem ich in Kalkutta während der Verwaltungszeit Warren Hastings[1] sehr befreundet war. Ich zählte damals erst zwanzig Jahre. Als ich Sie, Mr. Bedloe, zuerst in Saratoga sah, war es die wunderbare Ähnlichkeit zwischen Ihnen und dem Gemälde, die mich dazu führte, mich Ihnen zu nähern, Ihre Freundschaft zu suchen und alle diese Vereinbarungen zu treffen, die mich zu Ihrem ständigen Gefährten gemacht haben. Es trieb mich dazu in der Hauptsache wohl die schmerzliche Erinnerung an den Verstorbenen, dann aber auch eine quälende, manchmal sogar von Angstgefühlen begleitete Neugierde auf Sie selbst.

In den Einzelheiten Ihrer Vision, die Sie in den Bergen überfiel, haben Sie mit schärfster Genauigkeit die indische Stadt Benares am heiligen Strom geschildert. Die Unruhen, der Kampf, die Niedermetzelung sind wirkliche Ereignisse beim Aufstand Cheyte Sings gewesen, der im Jahre 1780 stattfand und Hastings in unmittelbare Lebensgefahr brachte. Die Partei in dem Pavillon bestand aus Sepoys[2] und englischen Offizieren, die von Hastings angeführt wurden. Auch ich gehörte zur Partei und bemühte mich vergebens, den übereilten und unheilvollen Ausfall des Offiziers zu verhindern. Dieser Offizier, der dann in den überfüllten Gassen durch einen vergifteten Pfeil eines Bengalen ums Leben kam, war mein bester Freund, es war Oldeb.

Hier an diesem Manuskript" – der Sprecher zeigte uns ein Tagebuch, in dem verschiedene Seiten frisch beschrieben waren – „können Sie sehen, daß ich gerade zur Zeit, als Sie alles das im Gebirge zu erleben glaubten, dabei war, zu Hause jede Einzelheit davon aufs Papier zu werfen."

---

[1] Erster englischer Generalgouverneur in Indien (1774); festigte die britische Macht auf dem Subkontinent.

[2] Eingeborene Soldaten im früheren anglo-indischen Heer.

Ungefähr eine Woche nach dieser Unterredung erschien in einer Charlottesviller Zeitung folgende Notiz:

„Wir erfüllen hiermit die schmerzliche Pflicht, das Ableben Mr. Augustus Bedlos mitzuteilen, der durch sein liebenswürdiges Wesen und seine vielen persönlichen Vorzüge schon lange den Bewohnern von Charlottesville lieb und wert geworden ist. Mr. Bedlo litt seit Jahren an Neuralgie, die öfter einen schlimmen Ausgang befürchten ließ, aber doch in diesem Fall nur die mittelbare Todesursache gewesen ist. Die unmittelbare Todesursache war eine ganz seltsame. Er hatte sich vor einigen Tagen auf einem Ausflug nach dem Felsengebirge eine leichte fieberhafte Erkältung zugezogen, die von starkem Blutandrang nach dem Kopf begleitet war. Um Linderung herbeizuführen, entschloß sich Dr. Templeton zu einer örtlichen Blutentziehung. Es wurden Blutegel an die Schläfen gesetzt. In erschrecklich kurzer Zeit starb der Patient, und es stellte sich heraus, daß zufällig in das Glas, das die Blutegel enthielt, einer von den giftigen, blutsaugenden Würmern geraten war, die man von Zeit zu Zeit in den Sümpfen unserer Gegend findet. Das Tier saugte sich an einer kleinen Ader der rechten Schläfe fest. Seine starke Ähnlichkeit mit dem medizinischen Blutegel führte zu dem leider zu spät entdeckten traurigen Irrtum.

N.B. die giftigen Egel von Charlottesville kann man stets durch ihre schwarze Farbe von den medizinischen Blutegeln unterscheiden, außerdem auch durch ihre eigentümlichen, fast schlangenartigen Bewegungen."

Ich sprach zufällig mit dem Redakteur der Zeitung über die merkwürdige Sache, als mir einfiel, ihn zu fragen, warum er den Namen des Verstorbenen Bedlo geschrieben habe.

„Ich nehme an," sagte ich, „daß Ihre Schreibweise die richtige ist. Ich hatte sonst immer geglaubt, er schriebe sich mit einem e am Ende."

„Die richtige? Nein," antwortete er. „Es war einfach ein Druckfehler. Der Name wird natürlich überall mit einem e geschrieben, ich habe ihn nie anders gelesen."

„Wie merkwürdig", sagte ich zu mir selbst, als ich gegangen war. „Hier scheint die Wirklichkeit wieder einmal seltsamer als die Phantasie zu sein – denn Bedlo ohne e ist natürlich die Umkehrung von Oldeb. Und dieser Mann teilt mir mit, daß alles nur ein Druckfehler war."

Die Maske des roten Todes

Der rote Tod hatte schon lange Zeit das Land verwüstet. Noch nie war eine Seuche so verhängnisvoll oder so entsetzlich gewesen. Blut war ihre Essenz und ihr Siegel – rotes und schreckliches Blut. Die Krankheit begann mit scharfen Schmerzen und plötzlichem Schwindel, dann folgte eine Blutung aus allen Poren und schließlich der Tod. Die roten Flecken auf dem Körper und besonders auf dem Gesicht des Opfers waren das Pestbanner, das die Befallenen von jeder Hilfe und sogar vom Mitgefühl ihrer Mitmenschen ausschloß. Und der ganze Verlauf von den ersten Symptomen bis zum Ende dauerte nicht mehr als eine halbe Stunde.

Aber der Fürst Prospero[1] war eine glückliche, furchtlose und lebenskluge Natur. Als seine Gebiete schon halb entvölkert waren, lud er tausend gesunde und lustige Edelleute und Hofdamen ein und zog mit ihnen nach der tiefen Abgeschlossenheit eines seiner burgartigen Herrensitze. Es war dies ein riesiges und prächtiges Gebäude, das der Fürst ganz nach seinem eigenen, etwas seltsamen aber großartigen Geschmack errichtet hatte. Ringsherum lief eine feste und hohe Mauer mit eisernen Toren. Als die Hofgesellschaft eingezogen war, brachte man Schmelzöfen und schwere Hämmer und schweißte die Riegel zu. Auf diese Weise wollte man sowohl das plötzliche Eindringen Verzweifelter wie das Hinausgehen Übermütiger verhindern. Das Schloß war reichlich mit Vorräten versehen, und die Hofgesellschaft brauchte so vorbereitet keine Ansteckung zu fürchten. Mochte draußen die Welt für sich selber sorgen, inzwischen war es töricht, sich trübe Gedanken zu machen. Der Fürst hatte für alle Mittel zerstreuender Vergnügungen gesorgt. Es gab Spaßmacher und Bänkelsänger, es gab Tänzer und Musiker, es gab Schönheit und Wein. Alles dieses und völlige Sicherheit herrschten im Schloß. Draußen aber herrschte der rote Tod.

---

[1] Figur aus Shakespeares *Sturm*; Prospero ist der Name des zauberkundigen Herzogs von Mailand.

Eines Tages, gegen Ende des fünften oder sechsten Monats seiner Abschließung, während im Lande die Pest noch aufs heftigste wütete, lud Fürst Prospero seine tausend Freunde zu einem Maskenball von unerhörtem Glanz ein.

Ein wundervolles Bild bot diese Maskerade, aber am seltsamsten wirkten doch die Räume, in denen sie abgehalten wurde. Es waren ihrer sieben – eine Zimmerflucht von kaiserlicher Pracht. In vielen Palästen formen solche Saalreihen eine lange gerade Linie, und die Schiebetüren gleiten rechts und links fast bis an die Wände zurück, so daß man ungehindert durch die ganze Länge hindurchblicken kann. Hier aber war alles ganz anders, wie man es auch bei der Vorliebe des Herzogs für das Ungewöhnliche erwarten konnte. Die Räume standen so unregelmäßig gegeneinander, daß man auf einmal kaum mehr als einen überblicken konnte. Alle zwanzig oder dreißig Meter kam eine scharfe Ecke und damit ein ganz neuer Effekt. Aus jedem Zimmer sah man rechts und links in der Wand durch ein hohes und schmales gotisches Fenster auf einen engen Korridor, der den Biegungen der Zimmerflucht folgte. Diese Fenster waren von buntem Glas, und ihre Farben paßten sich der Ausstattung der zugehörigen Zimmer an. Das am weitesten nach Osten gelegene Zimmer war zum Beispiel in blau gehalten, und in lebhaftem Blau schimmerten die Fenster. Das zweite Zimmer hatte purpurne Vorhänge und Tapeten, und hier waren die Scheiben purpurfarben. Das dritte glänzte ganz in Grün, ebenso die Fenster. Das vierte war in Orange ausgestattet und beleuchtet, das fünfte in Weiß, das sechste in Violett. Der siebente Raum war vollständig in schwarzem Samt ausgeschlagen, der die Decke verhüllte und in schweren Falten von den Wänden auf einen ebenfalls schwarzen Samtteppich herabhing. Dieses Zimmer aber war das einzige, in dem die Farbe der Fenster nicht mit der Ausstattung übereinstimmte. Die Scheiben glühten hier in einem tiefen, blutroten Scharlach. Nun befand sich in keinem der sieben Zimmer inmitten der Überfülle goldner Ornamente, die alle Winkel schmückten und von den Decken herabhingen, irgendeine Lampe oder ein Kandelaber. Nirgendwo gab es Lampen- oder Kerzenlicht. Aber in den Korridoren zur Seite der Zimmer stand hinter jedem Fenster ein schwerer Dreifuß mit loderndem Holzkohlenfeuer, das seinen Glanz durch das gefärbte Glas sandte und so die Zimmer blendend erleuchtete. Die buntesten und phantastischsten Effekte wurden auf diese Weise hervorgebracht, aber in dem nach Westen gelegenen schwarzen Saal wirkte das aus den blutroten Scheiben auf die dunklen Vorhänge strömende Licht einfach gespenstisch. Die Gesichtszüge der Eingetretenen erhielten einen so unheimlichen Ausdruck, daß nur wenige aus der Gesellschaft die Kühnheit besaßen, ihren Fuß über diese Schwelle zu setzen.

In diesem Gemach befand sich auch an der westlichen Wand eine riesengroße Standuhr aus Ebenholz. Ihr Pendel schwang mit dumpfem, schwerem und gleichförmigem Klang hin und her, und wenn der Minutenzeiger seinen Kreis vollendet hatte, und die Stunde schlug, dann kam aus dem metallenen Räderwerk der Uhr ein Klang, so klar und laut und tief, so wundervoll musikalisch und doch von so seltsamem Ausdruck, daß jedesmal die Musiker des Orchesters mitten in ihrem Spiel einen Augenblick innehielten und gezwungen waren, diesem Ton zu lauschen. Natürlich machten auch die Tänzer eine kurze Pause, und die ganze fröhliche Gesellschaft geriet in Verwirrung. Man bemerkte, daß während der Glockenschläge selbst die Ausgelassensten erbleichten, und daß die Älteren und Ruhigeren sich mit der Hand über die Stirne fuhren, als seien sie von einem Traum befangen. Sobald aber der letzte Nachklang verweht war, ging ein leichtes Lachen mit einem Male durch die Gesellschaft. Die Musiker sahen sich gegenseitig an, als begriffen sie ihre vorherige Nervosität und Torheit nicht, und sie gelobten einander mit flüsternder Stimme, beim nächsten Glockenschlag nicht wieder einer solchen Schwäche nachzugeben. Aber sechzig Minuten später (dreitausendsechshundert Sekunden der fliehenden Zeit) schlug die Glocke von neuem, und wieder kam die gleiche Verwirrung, das gleiche Erzittern und Nachdenken wir vorher.

Trotzdem aber war es eine fröhliche und prächtige Lustbarkeit. Der Herzog besaß einen einzigartigen Geschmack. Er hatte ein Auge für Farben und Farbenwirkungen und verachtete das Herkömmliche und Gewohnte. Was er ersann, war kühn und glänzend, und seine Ideen grenzten manchmal an das Barbarische. Man hätte ihn mitunter sogar für wahnsinnig halten können, aber sein Gefolge wußte, daß er es nicht war. Man mußte schon in unmittelbaren Verkehr mit ihm treten, um sicher zu sein, daß er geistig normal war.

Er hatte zum großen Teil selbst die Ausschmückung der sieben Zimmer für dieses Prunkfest geleitet und auch der Art der Maskierung seinen Geschmack gegeben. Diese Masken waren sicherlich grotesk. Alles war an ihnen ein Blitzen und Flittern, alles war pikant und phantastisch und erinnerte an das, was man später in der Oper „Ernani" gesehen hat. Es gab seltsame Figuren mit unmöglichen Gliedern und Verkleidungen – wirre Phantasien, wie sie ein Wahnsinniger träumt. Viel Schönes sah man, viel Lustiges und Tolles, aber auch manches Schreckliche und einiges, das direkt Widerwillen erzeugen konnte. Wie ein Gewirr von tollen Träumen, so wandelte das alles hin und her durch die sieben Zimmer. Und diese verkörperten Traumbilder glitten von einem Raum in den andern, nahmen jedesmal eine andere Farbe an, und es war, als ob die ausgelassene Musik des Orchesters nur ein Echo ihrer Fußtritte sei. Bis dann plötzlich wieder einmal in dem samtüberzogenen Zimmer die Ebenholzuhr schlug, und alles still stand, und nichts zu hören war, außer dem Glockenschlag. Dann blieben die Traummasken wie angefroren auf ihren Plätzen. Aber nur einen Augenblick währte diese Stille, der Nachklang der Uhr starb hinweg und ein leichtes, halbunterdrücktes Lachen folgte ihm nach. Und wieder schwoll die Musik, die Träume wurden lebendig und glitten so lustig wie je von einem Zimmer zum andern, um durch die bunten Scheiben immer wieder mit anderem Licht überflutet zu werden. Aber in das Zimmer, das von den sieben am meisten westwärts lag, wagte sich allmählich keine Maske mehr hinein. Denn das schwarze Dunkel dort schien langsam zu schwinden, und ein immer roteres Licht strömte durch die blutgefärbten Scheiben. Die Schwärze des schwarzen Teppichs verblich, und wer es wagte, seinen Fuß daraufzusetzen, dem drang aus der Ebenholzglocke ein dumpfes Gedröhne ans Ohr, das viel schauerlicher war als alles, was die Ohren der in anderen Zimmern Herumtollenden erreichte.

Diese anderen Räume waren dicht von einem wogenden Menschenschwarm erfüllt, und ein heißes, fiebriges Leben herrschte hier. Immer toller wirbelte das festliche Treiben, bis schließlich auf der Uhr die Mitternacht zu schlagen begann.

Und wie es vorher geschehen war, hielt die Musik mit Spielen an, die Tänzer standen bewegungslos da, und eine unbehagliche Erstarrung breitete sich über alle Dinge. Aber da diesmal zwölf Glockenschläge tönten, so geschah es vielleicht durch das Mehr an Zeit, daß jetzt ernsthaftere Gedanken in die Herzen auch der Lustigsten eindrangen. Und ehe der leise Nachklang des letzten Schlages in tiefes Schweigen versunken war, bemerkten einige in der Menge die Anwesenheit einer maskierten Figur, die bisher keinem Menschen aufgefallen war. Als sich das Gerücht von dieser neuen Erscheinung im Flüstertone verbreitet hatte, erhob sich in der ganzen Gesellschaft ein Tuscheln und Murmeln, das Mißbilligung und Erstaunen ausdrückte und zu Worten der Angst, des Entsetzens und Abscheus anschwoll.

Unter den vielen phantastischen Verkleidungen hätte natürlich eine Erscheinung von mehr gewöhnlicher Art nicht eine solche Erregung hervorrufen können. Die Maskenfreiheit war tatsächlich fast unbegrenzt, aber diese Gestalt hatte sich weit über alle Grenzen, die des Fürsten Toleranz gezogen hatte, hinweggesetzt. Doch es gibt Stellen selbst in den Herzen der Gleichgültigsten, die sich nicht ohne Schmerzen berühren lassen, und auch die ganz Verdorbenen, denen Leben und Sterben nur Spott sind, haben Dinge, über die sie keinen Spott hören wollen. In der ganzen Gesellschaft schien nur ein einziges Gefühl über das Witzlose und Unschickliche im Kostüm des Unbekannten zu herrschen. Die Figur war schlank und sehr groß und vom Kopf bis zum Fuß in Leichentücher gehüllt. Die Maske, die das Gesicht verbarg, glich so genau den starren Zügen eines Toten, daß man auch beim schärfsten Hinsehen nicht die Täuschung erkennen konnte. Und doch hätten die tollen Festteilnehmer dies alles, wenn auch nicht gebilligt, so doch ertragen. Aber der Maskenträger war so weit gegangen, daß er das Bild des roten Todes darstellte. Die Leichentücher waren mit Blut bespritzt, und die breite Stirn zeigte wie das ganze Gesicht die entsetzlichen Scharlachflecke.

Langsam und feierlich, wie um die Rolle möglichst natürlich zu gestalten, schritt die geisterhafte Erscheinung zwischen den Tänzern auf und ab. Nun aber fielen die Augen des Fürsten Prospero darauf, und wenn er im ersten Augenblick, sei es vor Schreck oder vor Abscheu, stark zusammengezuckt war, so stieg ihm im nächsten der helle Zorn in die Stirn.

„Wer wagt es," fragte er grimmig die in der Nähe befindlichen Höflinge, „uns mit diesem lästerlichen Spott zu beschimpfen? Ergreift ihn und reißt ihm die Maske vom Gesicht, damit wir wissen, wen wir morgen früh an den Festungszinnen aufzuhängen haben!"

Fürst Prospero stand in dem östlichen oder blauen Zimmer, als er diese Worte ausstieß. Er war ein starker und stolzer Mann, seine Stimme klang laut und klar durch alle sieben Räume, während er die Musik mit einer Handbewegung zum Schweigen gebracht hatte.

Inmitten einer Gruppe von bleichen Höflingen stand der Fürst in dem blauen Zimmer. Auf seine Worte hin machten auch einige von ihnen eine leichte Bewegung, um sich auf den Eindringling zu stürzen, der in diesem Augenblick gar nicht weit entfernt war und nun mit ruhigem, festem Schritt dem Sprecher noch näher trat. Aber infolge eines namenlosen Grauens, das die wahnsinnige Anmaßung des Maskierten der ganzen Gesellschaft eingeflößt hatte, fand nicht einer den Mut, die Hand auszustrecken und ihn zu ergreifen, so daß er unbelästigt in kaum einem Meter Entfernung an dem Prinzen vorbeischritt. Und während die ganze Gesellschaft wie auf einen Impuls aus den Mitten der Zimmer nach den Wänden zurückwich, machte er mit dem gleichen feierlichen und abgemessenen Schritt, der ihn vom ersten Augenblick an ausgezeichnet hatte, seinen Weg durch das blaue Zimmer nach dem purpurnen, durch das purpurne nach dem grünen, durch das grüne nach dem orangefarbenen und durch dieses dann nach dem weißen, so daß er schließlich bis zum violetten Zimmer kam, ehe eine entschiedene Bewegung gemacht wurde, um ihn festzuhalten. Jetzt aber stürzte Fürst Prospero, wahnsinnig vor Wut und Scham über seine eigene vorübergehende Feigheit, durch alle sechs Zimmer, während die anderen von einer tödlichen Angst befallen waren, so daß ihm keiner zu folgen wagte. Er hielt seinen gezückten Dolch in der Hand und hatte sich in wuchtiger Schnelligkeit bis auf drei oder vier Fuß der zurückweichenden Gestalt genähert, die inzwischen am Ende des schwarzen Zimmers angelangt war und sich plötzlich nach ihrem Verfolger umwandte. Man hörte einen scharfen Schrei, und der Dolch fiel blitzend auf den samtenen Teppich, auf den gleich darauf auch Fürst

Prospero tot zu Boden sank. Nun aber ergriff der wilde Mut der Verzweiflung eine Schar von Festteilnehmern. Gemeinsam stürzten sie in das schwarze Gemach, aber als sie die Maske ergriffen, die mit ihrer hohen Gestalt steif und bewegungslos im Schatten der Ebenholzglocke stand, da erstarrten sie in unaussprechbarem Grauen, denn hinter den Leichengewändern und der Totenmaske, nach denen sie so schnell und gewaltsam gegriffen hatten, fanden sie ein absolutes, leeres Nichts.

Und nun erkannten sie die Gegenwart des roten Todes. Wie der Dieb in der Nacht war er gekommen, und einer nach dem andern sanken die Genossen des Maskenfests in den blutbetauten Hallen nieder und starben verzweifelt, wo sie zu Boden gefallen waren. Mit dem Erlöschen des letzten Lebens blieb auch die Ebenholzuhr stehen. Die Flammen auf den Dreifüßen erloschen und Dunkel, Verfall und der rote Tod herrschten unbeschränkt über allem.

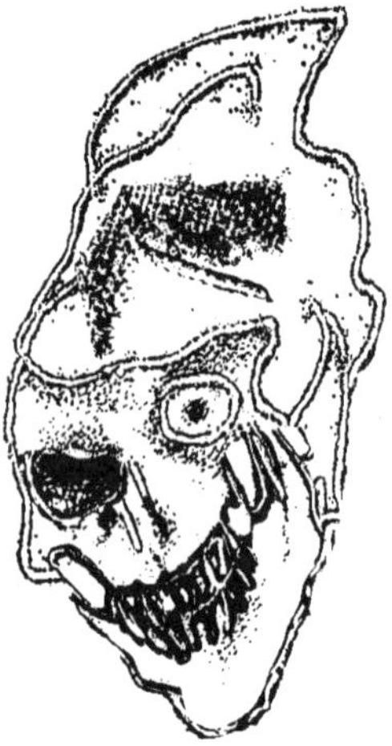

Die Grube und der Pendel

Ich war todesmatt und siech von all den durchgemachten Qualen, und als man mich endlich losband, und ich mich hinsetzen durfte, fühlte ich, wie mir die Sinne schwanden. Das Urteil – das gefürchtete Todesurteil – war das letzte, was noch deutlich an mein Ohr drang. Danach versanken die Worte, die die Inquisitoren sprachen, zu einem unbestimmten, traumhaften Summen. Meine Phantasie machte daraus das Rauschen eines Mühlenrades, und das brachte mir das Gefühl, als ob sich alles um mich herum drehte. Aber auch das dauerte nur einen kurzen Moment, denn kurz darauf hörte ich nichts mehr. Nur sehen konnte ich noch eine Zeitlang – aber in welcher entsetzlichen Verzerrung! Ich sah die Richter in ihren schwarzen Roben. Ihre Lippen schienen mir weiß zu sein – weißer als das Blatt Papier, auf das ich diese Zeilen schreibe. Und dünn waren sie, grotesk dünn, und ein eiserner Wille, eine unbeugsame Entschlossenheit, eine grausame Verachtung aller menschlichen Qualen sprach aus ihnen. Ich sah, wie die entscheidenden Sätze, die mir mein Urteil brachten, noch immer von diesen Lippen flossen. Ich sah, wie diese Lippen sich in tödlicher Beredsamkeit bewegten, wie sie die Silben meines Namens aussprachen, und schauderte, weil kein Laut darauf folgte. Ich sah auch in einigen Momenten wahnsinnigen Entsetzens die zarte und fast unwahrnehmbare Bewegung der Samtvorhänge, die an den Wänden des Gemachs angebracht waren. Und dann fiel der Blick meiner Phantasie auf die sieben hohen Kerzen auf dem Tisch. Zuerst sahen sie wie etwas Gütiges aus, sie schienen zarte, weiße Engel zu sein, die mich retten wollten. Dann aber überkam mich plötzlich ein entsetzliches Wehgefühl, und jeder Nerv in mir zuckte schmerzhaft, als hätte ich den Draht einer galvanischen Batterie berührt, während die Engel sich in ausdruckslose Gespenster mit Flammenköpfen verwandelten, und ich sah, daß sie mir doch nicht helfen würden. Endlich stahl sich in meine Gedanken wie ein voller musikalischer Akkord die Vorstellung, welch eine süße Ruhe im Grabe herrschen müßte. Diese Vorstellung entwickelte sich ganz allmählich, und es schien mir lange zu dauern, bis ich sie klar erfassen konnte. Aber gerade, als meine Seele sie wirklich fühlen und bewußt erleben konnte, verschwanden die Gestalten der Richter wie durch einen Zauber vor meinen Augen, und die hohen Kerzen versanken in nichts. Ihre Flammen erloschen gänzlich, ein tiefschwarzes Dunkel herrschte, und alle meine Empfindungen schienen von einem wahnsinnig schnellen Strom verschluckt zu werden, der meine Seele in die Unterwelt hinabriß. Dann folgte eine schweigende Stille, und rings um mich herum war Nacht. Ich war ohnmächtig geworden, möchte aber nicht sagen, daß ich dabei völlig das Bewußtsein verloren hätte. Was mir davon blieb, will ich weder zu erklären noch zu schildern versuchen, aber ein wenig davon war noch vorhanden. Im tiefsten Schlummer, im Wahnsinn, in der Ohnmacht, selbst im Tode und im Grabe sogar haben wir Bewußtsein, denn sonst gäbe es ja für den Menschen keine Unsterblichkeit. Selbst wenn wir mitten aus dem tiefsten Schlaf geweckt werden, zerreißen wir das seidene Gewebe irgendeines Traumes. Aber so zart ist manchmal dieses Gewebe, daß wir schon eine Sekunde später uns nicht mehr unseres Träumens erinnern. Beim Aufwachen aus einer Ohnmacht gibt es zwei Stufen – zuerst kommt das Gefühl des seelischen oder geistigen Daseins und dann das Gefühl unserer Körperlichkeit. Könnten wir beim Erreichen der zweiten Stufe uns an die Empfindungen der ersten erinnern, so würden wir sie wahrscheinlich von lebhaften Bildern aus dem Abgrunde, der dahinter liegt, erfüllt finden. Aber was ist dieser Abgrund? Wie sollen wir wenigstens seine Schatten von denen des Grabes unterscheiden? Und dann, wenn die Eindrücke der ersten Stufe auch nicht willkürlich zurückgerufen werden können, werden sie nicht eines Tages ungebeten erscheinen, so daß wir uns wundern, woher sie kommen? Wer niemals ohnmächtig gewesen ist, der findet auch nie in der Glut der Kohlen merkwürdige Paläste und seltsam bekannte Gesichter. Er sieht nicht durch das helle Tageslicht trübe Gestalten fluten, die den anderen unsichtbar sind. Ihn verwirrt nicht der Duft einer unbekannten Blume, noch grübelt er über die Bedeutung irgendeiner musikalischen Notenfolge, die ihm nie vorher aufgefallen war.

Ganz plötzlich fühlte meine Seele Bewegung und Geräusch, es war das wilde Pochen meines Herzens und in meinen Ohren der Widerhall davon. Dann kam eine Pause, in der alles leer war, und darauf begann das Geräusch und die Bewegung wieder mit einer Berührung, mit einem prickelnden Gefühl, das meinen Körper durchdrang. Eine ganze Zeitlang hatte ich nur das Bewußtsein meines bloßen Existierens ohne einen weiteren Gedanken. Ganz plötzlich aber kam Denken, kam eine schauerliche Angst und ein verzweifeltes Streben, mich über meine Lage zu vergewissern. Noch einmal überfiel mich ein starkes Sehnen nach erneuter Bewußtlosigkeit, dann aber durchströmte mich wachsendes Wachsein, und es gelang mir, mich zu bewegen. Ich hatte jetzt eine genaue Erinnerung an die Gerichtssitzung, an die Richter, die Samtvorhänge, den Urteilsspruch, die Übelkeit und die Ohnmacht. Das Darauffolgende lag in tiefes Vergessen gehüllt, und nur ein langes, angestrengtes Nachdenken einer späteren Zeit ermöglichten mir ein ganz schwaches Erinnern.

Bis jetzt hatte ich meine Augen noch nicht geöffnet. Ich fühlte, daß ich ungefesselt auf dem Rücken lag. Ich streckte meine Hand aus, und sie stieß heftig gegen etwas Hartes und Feuchtes. Minutenlang ließ ich sie dort liegen, während ich mir vorzustellen suchte, was mit mir geschehen sei und wo ich mich befinden könnte. Ich sehnte mich danach, die Augen aufzumachen, aber ich wagte es nicht. Ich fürchtete mich vor dem ersten Anblick, den meine Umgebung bieten konnte. Nicht, daß mir schreckliche Dinge noch eine Furcht einflößen konnten; wovor mir graute, war die Vorstellung, daß ich überhaupt nichts sehen könnte. Schließlich öffnete ich mit einer wilden Verzweiflung im Herzen schnell meine Augen. Meine schlimmsten Befürchtungen waren bestätigt, mich umgab das schwarze Dunkel einer ewigen Nacht. Ich rang nach Atem, die tiefe Dunkelheit schien mich zu würgen und zu erdrücken. Die Luft war unerträglich dumpf. Ich blieb ganz ruhig und versuchte nachzudenken. Ich rief mir das Gerichtsverfahren der Inquisition zurück und versuchte danach, mir meine wirkliche Lage klarzumachen. Das Urteil war gefällt, und es schien mir, als ob seitdem eine sehr lange Zeit verflossen sei. Doch nahm ich nicht einen Augenblick an, ich sei wirklich tot. Solch eine Vorstellung, von der man ja öfter in Dichtungen liest, ist mit dem wirklichen Existieren ganz unvereinbar. Aber wo und in welchen Verhältnissen befand ich mich hier? Die zum Tode

Verurteilten wurden gewöhnlich auf Autodafés[1] verbrannt, und ein solches hatte gerade an dem Abend nach meiner Verurteilung stattgefunden. Hatte man mich wieder in mein Verließ geworfen, damit ich da die nächste Verbrennungsfeier abwarten sollte, die vielleicht erst nach Monaten stattfand? Dies wenigstens konnte unmöglich der Fall sein, denn es war gerade Mangel an Opfern. Auch hatte mein früheres Gefängnis, wie die Zellen der zum Tode Verurteilten in Toledo, einen Steinboden und ein, wenn auch nur gedämpftes, Licht gehabt.

Ein entsetzlicher Gedanke ließ plötzlich alles Blut in mir erstarren, so daß ich noch einmal auf kurze Zeit das Bewußtsein verlor. Als ich wieder zu mir kam, sprang ich, an allen Gliedern zitternd, sofort auf die Füße. Ich tastete aufgeregt nach allen Seiten, fühlte aber nichts. Ich wagte trotzdem keinen Schritt zu gehen, denn ich fürchtete, ich könnte mich an den Mauern eines Grabgewölbes stoßen. Der Angstschweiß drang mir aus allen Poren und stand in kalten, dicken Tropfen auf meiner Stirne. Schließlich wurde die wachsende Qual der Ungewißheit unerträglich, und ich bewegte mich langsam und mit ausgestreckten Armen vorwärts, wobei ich meine Augen in der Hoffnung, irgendeinen schwachen Lichtschimmer zu erhaschen, bis zum äußersten anspannte. Ich tat eine Reihe von Schritten, aber alles blieb leer und still. Nun atmete ich freier, denn es schien sicher, daß mir wenigstens nicht das allerschrecklichste Schicksal zugedacht war.

Während ich so fortfuhr, ganz vorsichtig weiterzuschreiten, drängten sich in meine Erinnerung tausend unbestimmte Gerüchte über die Greuel von Toledo. Über die Kerker dort hatte man Dinge erzählt – ich hatte sie immer für Fabeln gehalten –, die so unheimlich und gespenstisch waren, daß man sie nur flüsternd zu berichten wagte. War ich verurteilt, in dieser unterirdischen Welt der Finsternis zu verhungern? Oder welch ein anderes, noch schrecklicheres Schicksal erwartete mich? Daß das Ende nichts anderes als der Tod, und zwar ein ungewöhnlich bitterer Tod sein konnte, dafür kannte ich zu gut den Charakter meiner Richter. Was mich innerlich beschäftigte und in Anspruch nahm, war die Art und die Stunde dieses Todes.

[1] Feierliche Bekanntgabe der Urteile der heiligen Inquisition.

Meine ausgestreckten Hände stießen schließlich gegen ein hartes Hindernis. Es war eine anscheinend steinerne Wand, die sich sehr glatt, schlüpfrig und kalt anfühlte. Ich folgte ihr mit dem äußersten Mißtrauen, das mir verschiedene alte Erzählungen eingeflößt hatten. Auf diese Art konnte ich mich aber keineswegs über die Größe meines Kerkers vergewissern, denn die Wand schien mir so gleichförmig zu sein, daß ich leicht im Kreise herumging und wieder an dem Ursprungspunkt ankam, ohne es zu merken. Ich suchte daher nach dem Messer, das ich in der Tasche hatte, als ich mich im Gerichtssaal befand. Aber es war fort; man hatte meinen Anzug gegen ein Gewand von rauhem Stoff vertauscht. Mein Plan war gewesen, die Schneide des Messers in eine Wandfuge zu stecken, um so meinen Ausgangspunkt festzulegen. Doch bot meine Absicht auch jetzt nicht so große Schwierigkeiten, wie ich in meinem verwirrten Zustand zuerst annahm. Ich riß einfach ein Stück Saum von meinem Gewand und legte es rechtwinklig zur Wand auf den Boden. Wenn ich nun meinen Weg rund um mein Gefängnis abtastete, dann mußte ich unbedingt wieder auf den Fetzen stoßen. Wenigstens dachte ich das. Aber ich hatte dabei nicht mit der Ausdehnung des Kerkers oder vielmehr mit meiner Schwäche gerechnet. Der Boden war feucht und schlüpfrig, und als ich eine Zeitlang vorwärts gewankt war, taumelte ich und fiel hin. Infolge meiner großen Müdigkeit blieb ich hingestreckt liegen, und bald übermannte mich der Schlaf.

Als ich erwachte und einen Arm ausstreckte, fand ich neben mir einen Laib Brot und einen Krug Wasser. Viel zu erschöpft, um über diesen Umstand nachzudenken, aß und trank ich voller Gier. Eine Weile darauf nahm ich meinen Rundgang um das Gefängnis wieder auf und gelangte endlich mit vieler Mühe an den Stoffetzen. Bis zu dem Augenblick meines Hinfallens hatte ich zweiundfünfzig Schritte gezählt und jetzt noch achtundvierzig weitere Schritte. Alles in allem waren es also hundert Schritte, und wenn ich zwei davon auf einen Meter rechnete, so konnte mein Gefängnis fünfzig Meter im Umkreis groß sein. Dabei war ich an so viele Winkel in der Wand gestoßen, daß ich mir unmöglich vorstellen konnte, welche Form das Kellergewölbe, denn dafür hielt ich es jetzt, hatte.

Meine Untersuchung war eigentlich zwecklos, ich hatte auch kaum irgendwelche Hoffnung, aber ein unbestimmter

Wissensdrang zwang mich, damit fortzufahren. Ich verließ jetzt die Wand und beschloß, den Raum quer zu durchschreiten. Anfangs ging ich mit der äußersten Vorsicht, denn obgleich der Boden aus festem Material zu sein schien, so war er doch gefährlich glatt. Schließlich aber faßte ich Mut und zauderte nicht länger, fest auszuschreiten, um in gerader Linie die entgegengesetzte Mauer zu erreichen. Kaum hatte ich so zehn oder zwölf Schritte zurückgelegt, als sich das Ende meines Gewandes, dort, wo ich den Saum abgerissen hatte, zwischen meinen Füßen verwickelte, so daß ich stolperte und heftig aufs Gesicht fiel.

In der Verwirrung, die mein Hinstürzen herbeiführte, kam mir nicht sofort ein seltsamer Umstand zum Bewußtsein, den ich erst einige Sekunden später beachtete, als ich noch ausgestreckt da lag. Nämlich mein Kinn berührte den Gefängnisboden, nicht aber meine Lippen und der obere Teil des Kopfes, obgleich diese doch tiefer zu liegen schienen als das Kinn. Zu gleicher Zeit schien ein feuchtkalter, klebriger Dunst meine Stirne zu berühren, und der eigenartige Geruch von modrigem Schimmel drang in meine Nase. Ich streckte meinen Arm aus und entdeckte mit Schaudern, daß ich gerade am Rand einer runden Grube, deren Größe ich im Augenblick nicht beurteilen konnte, hingefallen war. Als ich das Mauerwerk unter dem Rand abtastete, gelang es mir, ein kleines Stück herauszubrechen, das ich in die Tiefe fallen ließ. Sekundenlang lauschte ich auf den Widerhall, den der immer wieder an den Wänden des Abgrundes aufschlagende Stein verursachte. Schließlich fiel er mit einem dumpfen Klatschen, das von einem lauten Echo begleitet war, ins Wasser. Im gleichen Augenblick hörte ich ein Geräusch, als ob über mir blitzschnell eine Tür geöffnet und wieder geschlossen würde, während ein schwaches Licht plötzlich die Dunkelheit erhellte und ebenso plötzlich wieder erlosch.

Ich begriff nun das Schicksal, das man mir bestimmt hatte, und beglückwünschte mich zu dem Zufall, der mich im letzten Augenblick noch davor bewahrt hatte. Wäre ich noch einen Schritt weiter gegangen, dann hätte mich die Welt nie mehr zu sehen bekommen. Gerade die Berichte über solche Todesarten hatte ich früher für Verleumdungen der Inquisition gehalten. Jedenfalls hatte sie bei den Opfern ihrer Tyrannei die Wahl zwischen einem Tode nach den gräßlichsten Körperqualen oder nach unerträglichen seelischen Schmerzen. Für die letztere Art war ich aufgespart worden. Durch langes Leiden waren meine Nerven so zerrüttet, daß ich schon beim Klang meiner eigenen Stimme zitterte, und so erschien ich wohl als ein in jeder Beziehung taugliches Subjekt für die Art von Foltern, die mich erwarteten. An allen Gliedern zitternd tastete ich mich wieder nach der Wand zurück und beschloß, lieber dort den Tod zu erwarten, als mich den Schrecken der Grube auszusetzen, von denen mir meine Phantasie entsetzliche Einzelheiten vorstellte. In einer anderen geistigen Verfassung hätte ich vielleicht den Mut gehabt, durch einen Sprung in einen solchen Abgrund mein Elend mit einem Schlage zu beenden, aber jetzt war ich unendlich feige geworden. Auch fiel mir alles ein, was ich über diese Gruben gelesen hatte – und daß ein plötzliches Erlöschen des Lebens durchaus nicht in ihrem höchst gräßlichen Plan lag.

Meine innere Erregtheit hielt mich manche lange Stunde wach, aber schließlich fiel ich doch in Schlaf. Als ich auffuhr, fand ich wieder neben mir ein Brot und einen Krug voll Wasser. Ein brennender Durst verzehrte mich, und ich leerte das Gefäß in einem Zuge. Es muß wohl ein Betäubungsmittel in dem Wasser gewesen sein, denn ich hatte kaum getrunken, als mich eine unwiderstehliche Müdigkeit überfiel. Ich versank in einen tiefen, todesgleichen Schlaf. Ich weiß natürlich nicht, wie lange er dauerte, aber als ich von neuem meine Augen öffnete, waren die Dinge um mich herum sichtbar geworden. Durch einen seltsamen, schwefelähnlichen Glanz, dessen Ursprung ich anfangs nicht entdecken konnte, war es mir möglich, den Umfang und das Aussehen meines Kerkers zu überschauen.

In bezug auf seine Größe hatte ich mich sehr geirrt. Der ganze Umfang seiner Wände war nicht mehr als fünfundzwanzig Meter groß. Ein paar Minuten lang machte mir das höchst überflüssige Gedanken. Sie waren wirklich überflüssig, denn was sollte unter den schrecklichen Umständen, in denen ich mich befand, gleichgültiger sein als die Größe des Gefängnisses. Aber meine Seele nahm ein wahnsinniges Interesse an diesen Kleinigkeiten, und ich mühte mich ab mit Versuchen, hinter die Ursache meines falschen Messens zu kommen. Endlich blitzte die Wahrheit in mir auf. Als ich zuerst den Umfang zu messen versuchte, zählte ich bis zu dem Augenblick, da ich hinfiel, zweiundfünfzig Schritte. Ich muß damals einen oder zwei Schritte von dem Stoffende entfernt gewesen sein, hatte also fast den ganzen Umfang des Gefängnisses durchschritten. Dann schlief ich, und nach meinem Erwachen muß ich zurückgegangen sein, so daß ich also die ganze Strecke fast für doppelt so groß hielt als sie tatsächlich war. In meiner Verwirrung merkte ich nicht, daß beim Beginn meines Weges die Mauer zu meiner Linken war und das sie sich nachher zu meiner Rechten befand.

Auch über die Form meines Kerkers hatte ich mich getäuscht. Beim Abtasten meines Weges war ich auf viele Winkel gestoßen und so zu der Vorstellung einer großen Unregelmäßigkeit gekommen. So zwingend wirkt völlige Dunkelheit auf jemand, der aus Ohnmacht oder Schlaf erwacht! Die Winkel waren einfach unbedeutende Vertiefungen oder Nischen an der Wand in unregelmäßigen Abständen. Im ganzen bot das Gefängnis den Eindruck eines Quadrats. Was ich für Mauerwerk gehalten hatte, schien mir jetzt Eisen oder irgendein anderes Metall zu sein, dessen riesige Platten dort, wo sie zusammenstießen, die Vertiefungen bildeten. Auf der ganzen Oberfläche dieser metallischen Einhegung waren in groben Umrissen alle diese entsetzlichen und widerlichen Phantasiebilder angebracht, die durch den gespenstischen Aberglauben der Mönche entstanden sind. Teufelsgestalten mit drohenden Gesichtern, Totengerippe und andere scheußliche Bilder bedeckten und entstellten die Wände. Ich entdeckte, daß die Umrisse dieser Mißgestalten ganz gut zu erkennen waren, die Farben aber durch die feuchte Luft verblaßt und verwischt zu sein schienen. Ich betrachtete jetzt auch den Boden, der von Stein war. In der Mitte gähnte die runde Grube, deren Abgrund ich entgangen war. Es gab übrigens nur eine in dem Kerker.

Alles dieses konnte ich nur undeutlich und mit vieler Mühe sehen, denn während des Schlafes war mit mir eine große Veränderung vor sich gegangen. Ich lag jetzt ausgestreckt auf meinem Rücken, und zwar auf einem niedrigen Holzgestell. Man hatte mich mit einem langen, gurtartigen Band fest darauf angebunden. Dieses Band ging in vielen Windungen um meinen Körper und um meine Glieder herum und ließ nur den Kopf und den linken Arm frei, so daß ich gerade noch und mit vieler

Mühe das Essen erreichen konnte, das auf einer irdenen Schüssel neben mir auf dem Boden stand. Zu meinem Schrecken sah ich, daß der Krug weggenommen war. Zu meinem Schrecken sage ich, denn mich quälte ein unerträglicher Durst. Diesen Durst noch zu steigern, schien übrigens die Absicht meiner Peiniger zu sein, denn das Fleisch in der Schüssel war äußerst scharf gewürzt.

Ich blickte dann auf und betrachtete die Decke meines Kerkers. Sie hing etwa dreißig bis vierzig Fuß hoch über mir und war genau so wie die Seitenwände aus Metallplatten zusammengesetzt. Auf einem ihrer Felder fesselte ein sehr seltsames Bild meine ganze Aufmerksamkeit. Es war die gemalte Figur der Zeit, so wie sie gewöhnlich dargestellt wird, nur daß sie statt der Sense einen, wie ich zunächst dachte, gemalten riesigen Pendel von altmodischer Art trug. Das ganze Aussehen dieses Apparats veranlaßte mich aber, ihn genauer zu betrachten. Er befand sich genau über mir, und als ich ihn scharf ins Auge faßte, war es mir, als bewege er sich. Einen Augenblick später fand ich meine Vermutung bestätigt. Seine Schwingung war kurz und natürlich langsam. Eine Weile betrachtete ich ihn erschrocken, aber noch mehr erstaunt. Schließlich ermüdete mich die Beobachtung seiner langsamen Bewegung, und ich wendete meine Augen den andern Gegenständen in der Zelle zu.

Ein leichtes Geräusch schreckte mich auf, und als ich auf den Boden blickte, sah ich mehrere riesige Ratten darüber huschen. Sie waren aus der Grube gekommen, die rechts von mir genau in meinem Blickbereich lag. Gerade als ich jetzt hinschaute, kamen sie, offenbar durch den Fleischgeruch angelockt, schnell und mit gierigen Augen in Scharen herbeigehuscht. Es kostete mich viel Mühe und Achtsamkeit, sie von meinem Essen fortzuscheuchen. Es mochte eine halbe, vielleicht auch eine ganze Stunde verflossen sein – denn ich konnte mir keine richtige Vorstellung von dem Zeitverlauf machen, als ich meine Augen wieder einmal nach oben richtete. Was ich jetzt sah, versetzte mich in Staunen und Bestürzung. Der Pendel schwang jetzt fast in einer Breite von einem Meter, und natürlich war auch seine Geschwindigkeit bedeutend größer geworden. Aber was mich am meisten beunruhigte, war die Beobachtung, daß er sich merklich gesenkt hatte. Ich bemerkte jetzt auch – mit welchem Entsetzen brauche ich wohl nicht zu sagen –, daß sein unteres Ende einen Halbmond von blitzendem Stahl bildete, der von einer Spitze zur andern ungefähr einen Fuß lang war. Die Spitzen standen nach oben, und die untere Kante hatte offenbar die Schärfe eines Rasiermessers. Wie ein Rasiermesser schien er auch schwer und massiv zu sein, und er ging von der Schneide aus allmählich in einen festen und breiten Rücken über. Er hing an einem schweren Stab aus Messing, und es gab ein sausendes Geräusch, wenn er die Luft durchfuhr.

Ich konnte jetzt nicht länger mehr über das Schicksal, das mir die im Erfinden von Folterqualen scharfsinnigen Mönche zugedacht hatten, im Zweifel sein. Die Diener der Inquisition sahen ein, daß ich die Grube kannte – diese Grube, deren Greuel man für einen so frechen Ketzer, wie ich es war, bestimmt hatte –, die Grube, die eine entsetzliche Hölle war und für die Ultima Thule[1] aller ihrer Strafe galt. Durch einen einfachen Zufall war ich dem Sturz in diesen Abgrund entgangen, und ich wußte, daß Überraschung und eine listig aufgestellte Falle, durch die man in diese Folter geriet, einen wichtigen Teil der ungeheuerlichen Todesarten in diesem Kerker bildete. Nachdem ich nun einmal dem Abgrund entgangen war, lag es nicht in ihrer teuflischen Absicht, mich hineinzuschleudern, und so blieb ihnen nichts übrig, als mich auf eine andere und mildere Art zu töten. Milder! Ich lächelte fast in meiner Qual, weil mir dieser Ausdruck eingefallen war.

Was nützt es, die langen, langen Stunden eines mehr als tödlichen Entsetzens zu schildern, während deren ich die sausenden Schwingungen des Stahls zählte! Zoll um Zoll, Linie um Linie, mit Senkungen, deren Zunahme sich scheinbar nur nach Ewigkeiten schätzen ließ, kam er langsam doch tiefer und immer tiefer! Tage vergingen – ja es können Tage gewesen sein –, ehe er so dicht über mir schwebte, daß ich den herben Luftzug seines Schwingens fühlte. Der Geruch des scharfen Stahles drang in meine Nase. Ich betete – ich quälte den Himmel mit meinem Gebet um ein schnelleres Herabsinken. Ich

---

[1] Sechs Tagesfahrten nördlich von Britannien gelegenes Land, das von dem griechischen Geographen und Seefahrer Pytheas von Massilia zwischen 330 und 320 v. Chr. beschrieben wurde. Man vermutet, daß damit Norwegen gemeint ist. Später sprichwörtlich für den äußersten Rand der Welt gebraucht.

geriet in wilden Wahnsinn und preßte mich mühsam empor gegen den Schwung des furchtbaren Krummsäbels. Und dann lag ich plötzlich wieder ruhig da und betrachtete lächelnd den glitzernden Tod, wie ein Kind ein seltsames Spielzeug anlächelt.

Noch einmal überfiel mich völlige Bewußtlosigkeit, aber nur für kurze Zeit. Denn als ich wieder zu mir kam, hatte sich der Pendel nicht merklich gesenkt. Oder vielleicht war doch eine lange Zeit vergangen – denn ich wußte, daß diese Teufel meine Ohnmacht bemerkt haben mußten, und sie konnten ja nach Belieben den Pendelschlag anhalten. Dabei fühlte ich mich nach meinem Wiedererwachen unaussprechlich elend und schwach, als hätte ich eine lange Entkräftung durchgemacht. Aber selbst inmitten dieser Qualen verlangte doch meine menschliche Natur nach Nahrung. Mit schmerzhafter Anstrengung streckte ich, soweit es mir meine Fesselung gestattete, meinen linken Arm aus und griff nach den Überbleibseln, die mir die Ratten gelassen hatten. Als ich ein wenig davon zwischen meine Lippen schob, kam in meine Gedanken ein blasser Schimmer von freudiger Hoffnung. Und doch, welche Veranlassung hatte ich, etwas zu hoffen? Es war, wie gesagt, nur ein blasser Schimmer, wie man ihn manchmal fühlt, auch wenn keine Aussicht auf Erfüllung da ist. Ich fühlte etwas wie eine freudige Hoffnung, aber auch zugleich, daß der Gedanke, kaum entstanden, schon wieder verflogen war. Vergebens mühte ich mich, ihn zurückzurufen, ihn deutlicher zu formen. Durch das lange Leiden waren fast alle meine Gedankenkräfte zerstört – ich war geistesschwach, ich war ein Idiot geworden.

Der Pendel schwang rechtwinklig zu meiner Körperlänge, und ich sah, daß der Halbmond bestimmt war, meine Herzgegend zu durchschneiden. Zuerst würde er den Stoff meines Gewandes aufreißen, bei seinem Zurückschwingen würde er dasselbe tun und noch einmal und noch einmal dasselbe. Trotz seines entsetzlich breiten Schwingens (es waren jetzt einige dreißig Fuß oder mehr) und trotz der sausenden Kraft seiner Bewegung, die imstande schien, selbst diese eisernen Wände zu durchschneiden, würde er allein für das Zerreißen meines Gewandes eine Zeit von mehreren Minuten brauchen. Und bei dieser Vorstellung hielt ich inne. Ich wagte nicht, in meinen Gedanken weiterzugehen; hartnäckig hielt ich meine Aufmerksamkeit darauf gerichtet, als ob ich mit diesem Verweilen hier auch das weitere Herabsinken des Stahles aufhalten könnte. Ich zwang mich zum Grübeln über das Geräusch, das der Halbmond beim Durchschneiden des Gewandes machen würde – über das eigenartig prickelnde Gefühl, das das Zerreißen von Stoff in den Nerven hervorruft. Ich grübelte über diese Nebensächlichkeit solange, bis meine Zähne stumpf zu werden begannen.

Tiefer und tiefer glitt der Pendel. Ich fand ein wahnsinniges Vergnügen dabei, die Geschwindigkeit seiner Abwärtsbewegung mit der seiner Seitwärtsbewegung zu vergleichen. Hin und her, nach rechts und links, schwang er mit dem Kreischen eines verdammten Geistes. Näher kam er meinem Herzen mit dem verstohlenen Schritt eines Tigers! Ich lachte und heulte abwechselnd, je nachdem ich das eine oder das andere gerade beachtete.

Sicherlich kam er tiefer, unaufhaltsam tiefer! Er schwang nur noch drei Zoll von meiner Brust entfernt. Wild und wütend rang ich, um meinen linken Arm freizubekommen. Er war bis zum Ellbogen festgebunden, und ich konnte mit großer Anstrengung meine Hand von der Schüssel neben mir bis zu meinem Munde bewegen, aber nicht weiter. Wäre es mir gelungen, die Fesselung meines Oberarmes zu zerreißen, ich hätte nach dem Pendel gegriffen und versucht, ihn festzuhalten. Vielleicht wäre es ebenso leicht gewesen, eine Lawine aufzuhalten!

Und noch immer glitt er unaufhörlich und unentrinnbar herab. Mit krampfhaftem Zucken schrak ich bei jedem Heranschwingen zurück. Meine Augen folgten dabei seinen Aufwärtsbewegungen mit der Schärfe der sinnlosesten Verzweiflung, und wenn er herabschwang, schlossen sie sich zuckend, obgleich der Tod eine, ach, wie unsagbare Erlösung gewesen wäre. Trotzdem zitterte ich mit jedem Nerv, wenn ich bedachte, durch welche kleine Senkung der Maschinerie die scharfe, blitzende Axt auf meine Brust herabstürzen würde. Es war wirklich eine Spur von Hoffnung, die meine Nerven erzucken und meinen Körper zurückfahren ließ. Es war Hoffnung, dieselbe Hoffnung, die noch auf der Folter triumphiert, deren Flüstern der zum Tode Verurteilte selbst noch in den Verliesen der Inquisition vernimmt.

Ich sah, daß vielleicht zehn oder zwölf Schwingungen den Stahl in direkte Berührung mit meinem Gewand bringen würden

– und mit dieser Beobachtung kam plötzlich über meine Seele die eisige und gefaßte Ruhe der Verzweiflung. Zum ersten Mal seit vielen Stunden – oder vielleicht auch Tagen – dachte ich. Es fiel mir jetzt erst auf, daß die Fesselung oder das Band, das mich umgab, aus einem einzigen Stück war. Nirgendwo befanden sich besondere Knoten. Nach dem ersten Schnitt, den der messerscharfe Halbmond in irgendeinen Teil der Fesseln machte, konnte ich mit Hilfe meiner linken Hand meinen Körper losbinden. Aber wie gefährlich war in diesem Falle die Nähe des Stahles! Welche tödlichen Folgen konnte das leichteste Zucken haben! War es übrigens wirklich anzunehmen, daß die feilen Folterknechte nicht schon diese Möglichkeit vorhergesehen hätten? Warum sollte die Fessel, die über meine Brust ging, gerade die Bahn des Pendels kreuzen? Voller Angst, meine schwache und, wie es schien, letzte Hoffnung enttäuscht zu sehen, hob ich meinen Kopf so weit, daß ich meine Brust deutlich überblicken konnte. Die Fessel umwand meinen Körper und meine Glieder nach allen Richtungen – nur nicht in der Bahn des tötenden Halbmonds.

Kaum hatte ich meinen Kopf wieder in seine frühere Lage zurücksinken lassen, da blitzte in meinem Gehirn ein Gedanke auf, den ich nur als die umgeformte Fortsetzung meiner früheren Befreiungsidee bezeichnen kann, die mir, wie ich schon erzählt habe, flüchtig gekommen war, als ich das Essen an meine brennenden Lippen brachte. Jetzt stand die Idee fertig vor mir – schwach zwar nur, halb wahnsinnig, aber doch vollendet. Ich ging sofort mit der nervösen Energie der Verzweiflung daran, sie in die Wirklichkeit umzusetzen.

Seit vielen Stunden umgaben ganze Schwärme von Ratten das niedrige Holzgestell, auf dem ich lag. Sie waren wild, kühn und ausgehungert, und ihre roten Augen starrten mich an, als warteten sie nur auf meine Unbeweglichkeit, um sich auf mich zu stürzen. „An was für ein Futter“, dachte ich, „hat man sie in dieser Grube wohl gewöhnt?“

Sie hatten trotz meiner Bemühungen, sie zu verscheuchen, den Inhalt der Schüssel bis auf ein geringes Überbleibsel verzehrt. Ich war in ein anhaltendes Hin- und Herschwenken meiner Hand verfallen, bis schließlich die unbewußte Gleichförmigkeit dieser Bewegung keinen Eindruck mehr auf sie machte. Das

Ungeziefer biß mich sogar manchmal in seiner Gier direkt in die Finger. Mit dem fettigen und gewürzten Stückchen Fleisch, das noch übrig geblieben war, rieb ich meine Fesselung, soweit ich sie erreichen konnte, gründlich ein. Dann legte ich meine Hand zur Seite und verharrte in atemloser Stille.

Zuerst erschraken die gierigen Tiere über die eingetretene Veränderung, über das Aufhören der Bewegung. Beunruhigt fuhren sie zurück, und einige flohen sogar in die Grube. Aber das war nur für einen Augenblick. Ich hatte nicht umsonst auf ihre Gefräßigkeit gerechnet. Als sie merkten, daß ich bewegungslos blieb, sprangen ein paar von den kühnsten auf das Holzgestell und schnupperten an der Fesselung. Das schien das Signal zu einem allgemeinen Sturm zu sein. Aus dem Innern der Grube strömten immer neue Scharen herbei. Sie klammerten sich an das Holz, sie liefen darüber hinweg, sie sprangen zu Hunderten auf meinen Körper. Die abgemessenen Bewegungen des Pendels störten sie nicht im geringsten. Sie wichen seinen Schwingungen aus und fielen über die eingefettete Fesselung her. In immer wachsenden Mengen überschwärmten sie mich. Sie zerrten an meiner Kehle, sie berührten meine Lippen mit ihren kalten Schnauzen, und ich wurde fast erstickt von ihrer dicht gedrängten Masse. Ein Ekel, für den die Welt keinen Ausdruck hat, stieg in meiner Brust auf, und eine kalte, feuchte Klebrigkeit preßte mein Herz zusammen. Aber ich fühlte, daß in einer Minute der Kampf auch zu Ende sein würde; deutlich merkte ich, wie sich die Fesselung lockerte. Ich wußte, daß sie schon an mehr als einer Stelle gesprengt sein mußte, und mit übermenschlicher Willenskraft verhielt ich mich bewegungslos.

Ich hatte mich in meiner Berechnung nicht getäuscht, ich hatte nicht umsonst gelitten. Schließlich fühlte ich, daß ich frei war, und daß die Fesseln in Fetzen von meinem Körper herabhingen. Aber schon berührte die Schneide des Pendels meine Brust; sie hatte den Stoff meines Gewandes aufgeschlitzt und war schon durch das darunter liegende Leinen gedrungen. Noch zweimal schwang er herab, und ein scharfes Schmerzgefühl zuckte mir durch alle Nerven. Doch der Augenblick der Befreiung war gekommen. Eine einzige Handbewegung, und meine Bedränger huschten erschreckt davon. Mit einer gleichmäßigen, vorsichtigen Bewegung drängte ich mich langsam zur Seite. Ich glitt aus der Umhüllung der Fesseln und aus dem Bereich des Krummsäbels. Für einen Augenblick wenigstens war ich frei.

Frei! – Und doch in den Krallen der Inquisition! Ich war kaum von dem entsetzlichen Holzgestell auf den Steinboden meines Gefängnisses gelangt, da hörte auch schon das Schwingen der höllischen Maschine auf, und ich sah, wie der Pendel von einer unsichtbaren Hand nach oben und durch die Decke gezogen wurde. Dies war eine Lehre, die ich mir voller Verzweiflung zu Herzen nahm. Zweifellos wurde jede meiner Bewegungen beobachtet. Frei! – Ich war nur einer qualvollen Todesart entgangen, um einer noch viel schlimmeren ausgeliefert zu werden. Mit diesem Gedanken irrten meine Augen angstvoll über die eisernen Wände, die mich einschlossen. Irgend etwas Neues, eine Veränderung die ich zunächst nicht deutlich bemerken konnte, war zweifellos in dem Raum eingetreten. Viele Minuten einer halbbewußten, angstvollen Verwirrtheit hindurch quälte ich mich vergebens ab, die Ursache zu ergründen. Während dieser Zeit bemerkte ich zum erstenmal die Quelle des schwefelgelben Lichts, das die Zelle erleuchtete. Es drang durch eine kaum einen halben Zoll breite Spalte, die rund um das Gefängnis am unteren Rand der Wände vorbeilief und diese vollständig vom Fußboden trennte. Ich versuchte, aber natürlich vergebens, durch diese Spalte hindurchzublicken.

Als ich mich nach dem Versuch wieder erhob, wurde mir plötzlich das Geheimnis der Veränderung in dem Raume klar. Wie ich schon erwähnt habe, waren die Umrisse der Figuren auf den Wänden deutlich sichtbar, während die Farben verwischt und unbestimmt erschienen. Diese Farben hatten jetzt einen erstaunlichen und stark schillernden Glanz angenommen, der noch immer zunahm und den gespenstischen und teuflischen Gestalten ein Aussehen gab, vor dem selbst stärkere Nerven als meine eigenen erzittert wären. Dämonische Augen starrten mich mit wilden und unheimlichen Blicken aus tausend Punkten an, wo sie vorher gar nicht zu sehen gewesen waren. Sie glühten in einem gespenstischen Feuer, das ich vergebens als unwirklich zu betrachten suchte.

Unwirklich! – Gerade, als ich tief Atem holte, kam der Geruch von glühendem Eisen in meine Nase. Ein erstickender

Qualm durchdrang das Gefängnis, und mit jedem Augenblick wurde die Glut der auf meine Qual starrenden Augen stärker. In immer tieferem Rot strahlten die gemalten blutigen Greuel. Ich keuchte, ich rang nach Atem! Ich wußte jetzt nur zu deutlich, was meine Quäler beabsichtigten. O, diese erbarmungslosen, teuflischen Menschen! Ich wich vor dem glühenden Metall nach der Mitte des Kerkers zurück. Bei dem Gedanken an den drohenden Feuertod erschien mir die Kühle der Wassergrube wie Balsam. Ich stürzte an ihren verderblichen Rand und starrte angespannt in ihre Tiefe, die durch den Abglanz der beleuchteten Decke bis in ihre innersten Abgründe erhellt war. Für einen wahnsinnigen Augenblick noch weigerte ich mich, das Gräßliche, was ich sah, zu verstehen. Dann aber zwang es sich mir auf, es drängte sich in meine Seele – es brannte sich in meine schaudernde Vernunft. O, gäbe es eine Stimme, dieses Entsetzliche auszusprechen! Lieber alle Schrecken, nur nicht diese! Mit einem lauten Schrei fuhr ich von dem Rand empor, ich barg mein Gesicht in meinen Händen und weinte bitterlich. Die Hitze vermehrte sich rasend schnell, und wieder blickte ich wie von Fieber geschüttelt empor. Es war jetzt eine zweite Veränderung in der Zelle eingetreten, aber diesmal betraf sie deren Form. Auch jetzt war ich im ersten Augenblick wieder nicht imstande, das Vorgefallene zu verstehen, doch blieb ich nicht lange darüber im Zweifel. Meine zweimalige Rettung hatte die Rachgier der Inquisition angestachelt, und jetzt sollte ich ohne weiteren Verzug die Hölle aller Schrecken kennenlernen. Der Raum war quadratisch gewesen. Jetzt sah ich, daß seine eisernen Wände plötzlich zwei spitze und zwei stumpfe Winkel bildeten. Diese entsetzliche Veränderung nahm rasch zu, wobei ich ein rasselndes oder knarrendes Geräusch hörte. In einem Augenblick hatte sich der Raum rhombenförmig zusammengezogen. Aber die Bewegung hörte damit nicht auf, ich hoffte und wünschte es auch gar nicht mehr. Am liebsten hätte ich die glühenden Wände wie eine Hülle des ewigen Friedens an meine Brust gezogen. „Tod!" rief ich. „Jeden Tod, nur nicht den in der Grube!" Ich Narr! Als ob es nicht gerade die Aufgabe der glühenden Wände gewesen wäre, mich in die Grube hineinzutreiben? Konnte ich ihrer Glut widerstehen? Oder schließlich auch nur einfach ihrem Druck? Und jetzt wurde der Rhombus enger und enger mit einer Schnelligkeit, die mir keine Zeit zum Überlegen ließ. Sein Zentrum und damit seine größte Breite befand sich gerade über dem gähnenden Abgrund. Ich widerstrebte, aber die sich nähernden Wände trieben mich widerstandslos weiter. Schließlich blieb für meinen versengten, sich windenden Körper kein Zoll breit fester Boden mehr im Gefängnis. Ich kämpfte nicht mehr, aber in der Todesnot meiner Seele stieß ich noch einen lauten, langen und letzten Verzweiflungsschrei aus. Ich fühlte, wie ich am Rande der Grube ins Schwanken geriet – ich wandte meine Augen ab –

Plötzlich – ein unbestimmtes Gewirr menschlicher Stimmen! Ein lautes Schmettern vieler Trompeten! Ein grelles Knirschen wie von tausend Donnern! Die glühenden Wände fuhren zurück, und eine ausgestreckte Hand ergriff die meine, gerade als ich im Begriff war, ohnmächtig in den Abgrund zu sinken. Es war die Hand des Generals Lasalle. Die französische Armee war in Toledo eingedrungen, die Inquisition befand sich in den Händen ihrer Feinde.

Der gestohlene Brief

An einem frühdunkeln und stürmischen Herbstabend des Jahres 18.. saß ich in Paris mit meinem Freunde Auguste Dupin in seiner Wohnung, Rue Dunôt Nr. 33 im Faubourg St. Germain, und überließ mich in dem kleinen Bibliothekzimmer im dritten Stock bei einer Meerschaumpfeife dem Behagen träumerischen Nachdenkens. Eine ganze Stunde hatten wir so in tiefem Schweigen verbracht, und ein zufälliger Beobachter hätte sicher gedacht, wir wären nur damit beschäftigt, die Luft im Zimmer mit immer dichteren Rauchwolken zu erfüllen. In Wirklichkeit aber war ich innerlich noch ganz mit den Einzelheiten eines Gesprächs beschäftigt, das sich um die halbvergessene Mordtat in der Rue Morgue drehte. Es erschien mir deshalb als ein seltsamer Zufall, als sich plötzlich die Tür zu unserem Zimmer öffnete, und unser guter Bekannter Monsieur G., der Polizeipräfekt von Paris, hereintrat.

Wir boten ihm ein herzliches Willkommen, denn bei allen kleinlichen Eigenschaften besaß er doch etwas Unterhaltsames, und wir hatten ihn seit mehreren Jahren nicht mehr gesehen. Dupin erhob sich, um die Lampe anzuzünden, denn wir hatten bisher im Dunkeln gesessen, unterließ es dann aber, weil G. sagte, er sei gekommen, um in einer amtlichen Angelegenheit, die ihm schon viel Mühe verursacht habe, meinen Freund um Rat oder vielmehr um seine Meinung zu fragen. „Wenn es etwas ist, was Nachdenken verlangt," bemerkte Dupin und setzte sich wieder hin, ohne den Docht zu entzünden, „so wollen wir es lieber im Dunkeln erörtern."

„Das ist wieder eine Ihrer verzwickten Ideen", sagte der Präfekt, der alles verzwickt nannte, was über sein Verständnis ging, und daher manchmal in wahren Wolken von verzwickten Dingen lebte.

„Ganz gewiß", sagte Dupin, indem er seinem Besuch eine Pfeife anbot und für ihn einen bequemen Sessel heranschob.

„Und was gibt es denn für eine Schwierigkeit?" fragte ich. „Hoffentlich nicht wieder eine Mordgeschichte."

„O nein, gar nichts von der Art. Übrigens ist die Angelegenheit eigentlich ganz einfach, und ich zweifle nicht, das wir schließlich auch gut allein damit fertig werden. Aber ich dachte, Dupin würde sich für die Einzelheiten interessieren, denn das Ganze ist zugleich so außerordentlich verzwickt."

„Einfach und verzwickt", warf Dupin ein.

„Nun ja, aber doch nicht so ganz. Nämlich, das ist ja gerade das Rätsel, daß die Sache so einfach ist und uns doch alle zum Narren hält."

„Vielleicht ist es gerade die Einfachheit der Sache, die Sie irreführt", meinte mein Freund.

„Wie können Sie solchen Unsinn reden!" antwortete der Präfekt und lachte herzlich.

„Vielleicht ist das Rätsel zu leicht", sagte Dupin.

„Aber du lieber Himmel, wer hat schon je einen solchen Unsinn gehört?"

„Vielleicht ist die Lösung zu einleuchtend."

„Hahaha! – Hahaha!" brüllte unser Besucher, aufs äußerste belustigt. „O, Dupin, Sie bringen mich noch einmal um!"

„Also worum handelt es sich denn eigentlich?" fragte ich.

„Gut, ich will es Ihnen erzählen", antwortete der Präfekt, indem er gemächlich eine ungeheure Rauchwolke ausstieß und es sich in seinem Sessel bequem machte. „Ich werde es Ihnen in kurzen Worten erzählen. Aber zuerst muß ich Sie bitten, über diese Angelegenheit das tiefste Schweigen zu bewahren, denn ich würde höchstwahrscheinlich meine Stellung verlieren, wenn es herauskäme, daß ich irgend jemand etwas davon gesagt hätte."

„Beginnen Sie", sagte ich.

„Oder lassen Sie es sein", sagte Dupin.

„Nun gut. Mir ist also persönlich von sehr hoher Stelle mitgeteilt worden, daß ein gewisses Schriftstück von größter Wichtigkeit im königlichen Schloß entwendet worden ist. Man kennt den Dieb. Es kann über seine Person kein Zweifel sein, denn man hat gesehen, wie er den Brief fortnahm. Man weiß auch, daß er ihn noch im Besitz hat."

„Woher weiß man das?" fragte Dupin.

„Das ergibt sich klar aus der Natur des Schriftstückes", antwortete der Präfekt, „und aus dem Ausbleiben gewisser Ereignisse, die unfehlbar folgen müßten, wenn der Dieb es aus den

Händen gäbe – das heißt, wenn er es zu dem Zweck benutzte, zu dem er es schließlich benutzen muß."

„Bitte, seien Sie etwas deutlicher", sagte ich.

„Nun, ich darf es vielleicht wagen, Ihnen mitzuteilen, daß das Papier seinem Besitzer eine gewisse Macht gibt an einer Stelle, wo eine solche Macht von unendlichem Wert ist." Der Präfekt schwelgte in diplomatischen Redewendungen.

„Ich verstehe Sie noch immer nicht ganz", sagte Dupin.

„Wirklich nicht? Nun denn, die Weitergabe des Dokuments an irgendeine dritte Person würde die Ehre einer sehr hochgestellten Person empfindlich berühren. Diese Tatsache gibt dem Besitzer des Dokuments einen Einfluß auf die hochstehende Persönlichkeit, deren Ehre und Ruhm auf dem Spiele stehen."

„Aber dieser Einfluß", warf ich ein, „würde doch davon abhängen, daß der Dieb wüßte, er sei dem Bestohlenen als Dieb bekannt. Und wer dürfte es wagen –"

„Der Dieb", sagte G., „ist der Minister D., der alles darf, ob es nun ehrenhaft ist oder nicht. Die Art, wie er den Diebstahl ausführte, war ebenso eigenartig als kühn. Die bestohlene Person hatte das betreffende Dokument – es war ein Brief, um es offen zu sagen – empfangen, als sie sich allein im königlichen Boudoir befand. Während sie es durchlas, wurde sie plötzlich durch den Eintritt der anderen hochgestellten Persönlichkeit, vor der sie den Brief gerade verbergen wollte, unterbrochen. Nachdem sie in der Eile vergebens versucht hatte, ihn in eine Schublade zu stecken, mußte sie ihn offen, wie er war, auf dem Tisch liegen lassen. Die Adresse lag nach oben, und da der Inhalt nicht zu sehen war, blieb das Schreiben unbeachtet. In diesem Augenblick trat der Minister D. ein. Mit seinen Luchsaugen entdeckte er sofort den Brief, erkannte die Handschrift der Adresse, und da ihm die Verlegenheit der Person, an die der Brief adressiert war, auffiel, konnte er sich ihr Geheimnis denken. Nach einigen geschäftlichen Mitteilungen, die er nach seiner Art ziemlich hastig vorbrachte, zog er einen Brief aus der Tasche, der dem auf dem Tische liegenden ziemlich ähnlich war. Er öffnete ihn, tat so, als ob er ihn läse, und legte ihn dicht neben den andern. Dann hielt er wieder eine Viertelstunde lang über öffentliche Angelegenheiten Vortrag. Schließlich brach er auf und nahm mit seinen Papieren auch den Brief vom Tisch, der ihm nicht gehörte. Die rechtmäßige Besitzerin sah das natürlich, wagte aber nicht, in Gegenwart der andern Persönlichkeit, die dicht neben ihr stand, darauf aufmerksam zu machen. Der Minister ging und ließ seinen eigenen – völlig bedeutungslosen – Brief auf dem Tische liegen."

„Hier haben Sie also," sagte Dupin zu mir, „wonach Sie vorhin fragten. Der Dieb weiß, daß der Bestohlene ihn als Dieb kennt."

„Ja," erwiderte der Präfekt, „und sein dadurch erreichter Einfluß ist während der letzten Monate in einem sehr gefährlichen Maße zu politischen Zwecken ausgenutzt worden. Die bestohlene Person hat sich mit jedem Tage mehr davon überzeugt, daß es unbedingt notwendig ist, den Brief zurückzugewinnen. Aber natürlich kann das nicht offen erreicht werden. Endlich hat sie in der Verzweiflung mir die Sache übertragen."

„Und eine scharfsinnigere Kraft hätte sie sich dafür auch weder wünschen, noch selbst ausdenken können", sagte Dupin in einem gewaltigen Wirbelwind von Rauch.

„Sie schmeicheln mir," erwiderte der Präfekt, „aber es ist möglich, daß man eine solche Meinung von mir hat."

„Es scheint mir klar zu sein," sagte ich, „wie Sie es ja auch betont haben, daß der Brief noch im Besitz des Ministers ist, denn nur im Besitz und nicht in der Veröffentlichung liegt seine Macht. Mit der Veröffentlichung hat sie ein Ende."

„Natürlich," sagte G., „und nach dieser Überzeugung bin ich vorgegangen. Meine erste Sorge war, das Haus des Ministers aufs gründlichste zu durchsuchen, und hierbei war es mir natürlich sehr hinderlich, daß ich diese Durchsuchung ohne sein Wissen vornehmen mußte. Man hat mich vor allem vor der Gefahr gewarnt, die dadurch entstehen kann, daß er etwas von unserer Absicht ahnt."

„Aber", sagte ich, „in solchen Durchsuchungen sind Sie doch auf der Höhe. Die Pariser Polizei hat ja so etwas schon oft gemacht."

„O ja, und deshalb verzweifelte ich auch nicht. Überdies gaben mir die Lebensgewohnheiten des Ministers einen großen Vorteil. Er bleibt häufig die ganze Nacht über aus dem Hause, und seine Dienerschaft ist nicht sehr zahlreich. Sie schlafen von seinen Gemächern entfernt, und da sie meist Neapolitaner sind, kann man sie leicht betrunken machen. Ich habe Schlüssel, wie Sie wissen, mit denen ich jedes Zimmer und jeden Schrank öffnen kann. Während der letzten drei Monate ist keine Nacht vergangen, in der ich nicht persönlich mit daran gearbeitet habe, D.'s Haus genau zu durchsuchen. Meine Ehre steht auf dem Spiel, und um ein tiefes Geheimnis mitzuteilen, es handelt sich um eine riesige Belohnung. Deshalb habe ich meine Suche nicht eher aufgegeben, bis ich mich vollständig überzeugt hatte, daß der Dieb noch scharfsinniger ist als ich selbst. Ich glaube, ich habe in seinem Hause jeden Winkel und jede Ecke, wo der Brief möglicherweise verborgen sein könnte, durchforscht."

„Aber könnte es nicht sein," warf ich ein, „daß wenn auch, woran man nicht zweifeln kann, der Brief sich noch im Besitze des Ministers befindet, er ihn anderswo als in seinem eigenen Hause versteckt hält?"

„Das ist kaum möglich", sagte Dupin. „Bei den gegenwärtigen eigenartigen Zuständen am Hofe und besonders bei den Intrigen, in die bekanntlich D. verwickelt ist, muß gerade die Möglichkeit, den Brief in jedem Augenblick herbeischaffen und vorzeigen zu können, für ihn fast ebenso wichtig wie der Besitz selbst sein."

„Die Möglichkeit, ihn vorzeigen zu können?" fragte ich.

„Ja, oder ihn vernichten zu können", sagte Dupin.

„Sie haben recht", stimmte ich zu. „Danach muß sich der Brief in dem Hause befinden. Die Möglichkeit, daß er ihn mit sich herumträgt, kann man wohl außer Betracht lassen?"

„Vollständig", sagte der Präfekt. „Er ist zweimal wie von Straßenräubern überfallen worden, und man hat ihn unter meiner eigenen Leitung gründlich durchsucht."

„Die Arbeit hätten Sie sich sparen können", sagte Dupin. „D. ist doch schließlich kein Narr und muß natürlich die Straßenüberfälle vorausgesehen haben."

„Er ist nicht ganz ein Narr," entgegnete G., „aber er ist ein Dichter, was nicht weit davon ab ist."

„Gewiß," sagte Dupin nach einem langen und gedankenvollen Zug aus seiner Meerschaumpfeife, „obgleich ich mich selbst auch einiger schlechter Verse schuldig gemacht habe."

„Vielleicht", sagte ich, „schildern Sie uns einmal die Einzelheiten Ihrer Durchsuchungen."

„Nun, die Sache ist die, wir nahmen uns Zeit und suchten überall. Ich habe eine große Erfahrung in solchen Dingen. Ich nahm das ganze Gebäude, Zimmer für Zimmer, vor und widmete jedem die Nächte einer vollen Woche. Zunächst untersuchten wir in jedem Zimmer die Möbel. Wir öffneten jede Schublade, und ich kann Ihnen versichern, daß es für das richtig geschulte Auge eines Polizisten so etwas wie geheime Schubfächer nicht gibt. Nur einem Tölpel könnte bei einer solchen Untersuchung ein geheimes Fach entgehen. Die Sache ist zu klar. Wir berechneten den Raum in jedem Schrank nach ganz genauen Regeln, nicht der fünfzigste Teil einer Linie würde uns entgehen. Nach den Schränken nahmen wir die Stühle vor. Die Kissen wurden mit feinen, langen Nadeln, wie ich ihnen welche gezeigt habe, durchstochen. Von den Tischen nahmen wir die Platten herunter."

„Warum das?"

„Personen, die etwas verstecken wollen, entfernen manchmal die Platten von Tischen oder ähnlichen Möbelstücken, bohren die Füße aus und verbergen den Gegenstand in der Höhlung, worauf sie die Platte wieder aufsetzen. Die oberen und unteren Teile der Bettpfosten werden ähnlich verwandt."

„Aber kann man nicht die Höhlung durch Beklopfen entdecken?" fragte ich.

„Keineswegs, wenn der versteckte Gegenstand mit Baumwolle umgeben wird. Übrigens mußten wir ja in unserm Falle jedes Geräusch vermeiden."

„Aber Sie konnten doch unmöglich alle Möbelteile auseinander nehmen, in denen möglicherweise ein solches Versteck angelegt war. Ein Brief kann so dünn zusammengerollt werden, daß er in der Form nicht weit von der einer großen Stricknadel abweicht und so zum Beispiel in der Seitensprosse eines Stuhles Platz hat. Sie haben doch nicht auch alle Stühle auseinandergenommen?"

„Gewiß nicht, aber wir taten etwas Besseres – wir untersuchten die Sprossen an jedem Stuhl und überhaupt alle Verbindungsstellen an den Möbeln mit sehr starken Vergrößerungsgläsern. Selbst die geringste Spur einer neuerlich stattgefundenen Veränderung hätten wir sofort bemerkt. Jedes Stäubchen Sägemehl, jede verdächtige Stelle am Leim, eine kleine Spalte an den Verbindungsstellen wäre uns sicher aufgefallen."

„Ich nehme an, daß Sie auch die Spiegel zwischen dem Holz und dem Glas untersuchten, ebenso die Bettausrüstungen, die Vorhänge und die Teppiche."

„Das ist selbstverständlich, und als wir auf diese Weise alle Teile der Einrichtung durchgegangen waren, machten wir uns an die Untersuchung des Hauses selbst. Wir teilten seine ganze Oberfläche in einzelne Teile, die wir numerierten, damit keiner vergessen wurde. Dann wurde jeder Quadratzoll des Hauses und der beiden anstoßenden Häuser gründlich mit dem Mikroskop untersucht."

„Der beiden anstoßenden Häuser?" rief ich aus. „Sie müssen ja eine unendliche Mühe gehabt haben."

„Das hatten wir auch, aber die ausgesetzte Belohnung ist außerordentlich hoch."

„Haben Sie auch den Boden rings um die Häuser untersucht."

„Der Boden war überall gepflastert, das machte uns verhältnismäßig wenig Mühe. Wir untersuchten das Moos zwischen den Steinen und fanden es unberührt."

„Sie forschten natürlich auch zwischen D.'s Papieren und in den Büchern seiner Bibliothek?"

„Gewiß, wir haben jedes Paket und jedes Bündel geöffnet. Und die einzelnen Bücher haben wir nicht nur geöffnet und geschüttelt, wie es verschiedene unserer Polizeibeamten tun, sondern darin jedes Blatt umgewendet. Wir maßen auch die Dicke jedes Bucheinbandes mit der größten Genauigkeit und betrachteten ihn mit den schärfsten Mikroskopgläsern. Es war unmoglich, daß uns auch die geringste verdächtige Stelle an einem Einband entging."

„Haben Sie die Fußböden unter den Teppichen durchforscht?"

„Ohne Zweifel. Wir entfernten die Teppiche und untersuchten die Fugen der Dielen mit dem Mikroskop."

„Ebenso die Tapeten an den Wänden?"

„Ja."

„Sie haben in den Kellern nachgesehen?"

„Gewiß."

„Dann", sagte ich, „war Ihre Annahme falsch, und der Brief befindet sich nicht in dem Hause."

„Ich fürchte, Sie haben da recht“, sagte der Präfekt. „Und nun, Dupin, was raten Sie mir zu tun?“

„Eine neue sorgfältige Durchsuchung des Hauses vorzunehmen.“

„Das ist völlig nutzlos“, antwortete G. „So sicher, wie ich hier vor Ihnen sitze, befindet sich der Brief nicht in dem Hause.“

„Ich kann Ihnen keinen besseren Rat geben“, sagte Dupin. „Natürlich haben Sie eine richtige Beschreibung des Briefes?“

„O ja!“ Damit holte der Präfekt ein Notizbuch aus der Tasche und las daraus eine genaue Inhaltsangabe und eine Beschreibung des äußeren Aussehens des verlorenen Schriftstückes vor. Kurz nachher brach er auf, und dabei erschien er mir so niedergeschlagen, wie ich den guten Mann noch nie gesehen hatte.

Ungefähr einen Monat später besuchte er uns von neuem und fand uns bei derselben Beschäftigung wie vorher. Er nahm eine Pfeife und einen Sessel und begann mit uns eine alltägliche Unterhaltung. Endlich sagte ich:

„Übrigens, G., wie steht es mit dem gestohlenen Briefe? Ich glaube, Sie sind jetzt überzeugt, daß es unmöglich ist, den Minister zu überlisten?“

„Hol’ ihn der Teufel, es ist wirklich so. Ich habe aufs neue das Haus durchsucht, wie Dupin geraten hat, aber es war natürlich vergebene Mühe.“

„Wie hoch, sagten Sie, war die ausgesetzte Belohnung?“ fragte Dupin.

„Nun, es war eine sehr hohe – eine sehr anständige Belohnung. Ich möchte nicht genau die Summe nennen, aber das eine will ich sagen, daß ich persönlich demjenigen, der mir den Brief bringt, einen Scheck von fünfzigtausend Franc ausschreibe. Die Sache wird tatsächlich von Tag zu Tag wichtiger, und die Belohnung ist kürzlich verdoppelt worden. Aber wenn sie verdreifacht würde, mehr, als ich schon getan habe, könnte ich wirklich nicht tun.“

„So?“ fragte Dupin und stieß langsam den Rauch aus seiner Meerschaumpfeife aus. „Ich glaube wirklich, G., Sie haben sich in der Sache noch nicht bis zum äußersten angestrengt. Vielleicht könnten Sie doch noch etwas mehr tun.“

„Wieso? In welcher Weise?“

„Nun, Sie könnten sich Rat einholen. Erinnern Sie sich an die Geschichte, die man sich von Abernethy erzählt?"

„Ach was, was geht mich Abernethy an?"

„Gewiß, gar nichts, und doch vielleicht etwas. Nämlich eines Tages wollte sich ein reicher Geizhals bei diesem Abernethy in einer gesundheitlichen Angelegenheit Rat einholen. Er begann daher mit ihm in einer Privatgesellschaft eine Unterhaltung und legte dem Arzt den Fall als einen theoretisch angenommenen dar.

‚Nehmen wir einmal an,' fragte der Geizhals, ‚es handelt sich um die und die Symptome. Was würden Sie, Herr Doktor, dann dem betreffenden Kranken geraten haben?'

‚Ich würde ihm', antwortete Abernethy, ‚geraten haben, einen Arzt zu nehmen.'"

„Nun ja," sagte der Präfekt etwas verwirrt, „ich bin ja gern bereit, einen Rat anzunehmen und dafür zu bezahlen. Ich gäbe wirklich jedem fünfzigtausend Franc, der mir in der Sache hülfe."

„In diesem Falle", antwortete Dupin, indem er eine Schublade öffnete und ein Scheckbuch hervorzog, „können Sie mir einen Scheck in dem genannten Betrage ausfüllen. Wenn Sie ihn unterzeichnet haben, werde ich Ihnen den Brief geben."

Ich war erstaunt. Der Präfekt aber schien wie vom Donner gerührt zu sein. Einige Minuten lang blieb er sprachlos und ohne Bewegung sitzen und blickte meinen Freund ungläubig mit offenem Munde an, wobei ihm die Augen fast aus den Höhlen hervortraten. Endlich schien er sich etwas erholt zu haben. Er ergriff eine Feder, und unter immer erneuten Pausen und leerem Vorsichhinstarren schrieb und unterzeichnete er endlich einen Scheck von fünfzigtausend Franc und reichte ihn über den Tisch hinweg Dupin hin. Dieser betrachtete den Scheck sorgfältig und steckte ihn in sein Taschenbuch. Dann schloß er ein Schreibpult auf, nahm daraus einen Brief hervor und gab ihn dem Präfekten. Der Beamte ergriff ihn mit wahnsinniger Freude, öffnete ihn mit zitternder Hand und warf einen schnellen Blick über seinen Inhalt. Dann purzelte er fast zur Tür und rannte schließlich aus dem Zimmer und aus dem Hause, ohne daß er seit dem Augenblick, da ihn Dupin zur Unterzeichnung des Schecks aufgefordert hatte, auch nur ein Wort geäußert hätte. Als er fort war, begann mein Freund, mir die Sache zu erklären. „Die Pariser Polizei", sagte er, „ist in ihrer Art sehr geschickt. Sie hat Ausdauer, Scharfsinn, Schlauheit und weiß in allem, was nach ihrer Ansicht zu ihrem Fach gehört, gut Bescheid. Als uns nun G. die Art schilderte, wie er das Haus des Ministers durchsucht hatte, fühlte ich zu seiner Arbeit selbst ein volles Vertrauen."

„Zu seiner Arbeit selbst?" fragte ich.

„Nun ja," sagte Dupin, „seine Maßnahmen waren nicht nur die besten in ihrer Art, sondern sie wurden auch bis zur Vollkommenheit durchgeführt. Hätte sich der Brief im Bereich ihres Suchens befunden, die Burschen würden ihn zweifellos gefunden haben."

Ich geriet ins Lachen, er aber blieb ganz ernst bei allem, was er sagte.

„Die Maßnahmen also", so fuhr er fort, „waren in ihrer Art gut und wurden auch gut durchgeführt. Falsch war an ihnen nur, daß sie gerade auf diesen Fall und diesen Mann nicht paßten. Der Präfekt macht aus den ihm zur Verfügung stehenden, an sich ganz sinnreichen Hilfsmitteln ein Prokrustesbett[1], dem er alles mit Gewalt anpaßt. Aber da er bei jeder Sache entweder zu tief oder zu oberflächlich denkt, so irrt er sich immer, und mancher Schuljunge würde richtigere Schlüsse ziehen. Vor allem fehlt ihm völlig die Fähigkeit, sich in den Gedankengang eines anderen hineinzuversetzen."

„Und diese Fähigkeit", sagte ich, „hängt, wenn ich Sie recht verstehe, vor allem von der Genauigkeit ab, mit der man die geistigen Anlagen des anderen abschätzt."

„In bezug auf ihren praktischen Wert hängt sie ganz davon ab," erwiderte Dupin, „und der Präfekt und seine Kohorte irren sich deshalb so häufig, weil sie sich nie in einen fremden Gedankengang versetzen können und weil sie den Intellekt dessen, mit dem sie es zu tun haben, falsch oder überhaupt nicht abschätzen. Sie ziehen nur ihren eigenen geistigen Maßstab in Betracht, und wenn sie etwas Verstecktes suchen, so durchforschen sie nur die Winkel, wo sie es eventuell selbst versteckt haben würden. Da ihre eigene Intelligenz so ziemlich auf dem

[1] Schema, in das etwas gezwängt wird. Der Unhold Prokrustes in der griechischen Sage zwang Wanderer in ein Bett, indem er überstehende Gliedmaßen abhieb oder zu kurze mit Gewalt streckte.

Niveau der breiten Masse steht, haben sie häufig Erfolg, sobald aber ein bestimmter Verbrecher eine besondere Schlauheit entwickelt, führt er sie stets hinters Licht. Dies geschieht immer, wenn er ihnen überlegen ist, häufig aber auch, wenn er geistig tiefer steht. Sie können nämlich ihre Forschungsmethoden nicht variieren, höchstens daß sie, wenn es sich um eine ungewöhnlich hohe Belohnung handelt, innerhalb dieser gewohnten Methoden einen Rieseneifer entwickeln. Auch in dem Fall D. haben sie genau nach ihrem alten Schema gearbeitet, und sie hätten den Brief sicher gefunden, wenn der Minister ein Mann ihrer eigenen Art gewesen wäre. In Wirklichkeit aber wurde der Präfekt gründlich irregeführt, und der tiefere Grund zu seiner Niederlage liegt in seiner Annahme, der Minister sei ein Narr, weil er im Rufe steht, ein Dichter zu sein. Alle Narren sind Dichter, das fühlt der Präfekt, und er irrt sich nur in der falschen Folgerung, daß deshalb auch alle Dichter Narren seien."

„Aber ist er wirklich ein Dichter?" fragte ich. „Soviel ich weiß, gibt es da zwei Brüder, und beide haben sich in der Literatur einen Namen gemacht. Der Minister hat, glaube ich, über Differentialrechnung geschrieben. Er ist ein Mathematiker, aber kein Dichter."

„Sie irren sich, ich kenne ihn gut, er ist beides. Als Dichter und Mathematiker versteht er zu denken; wäre er nur Mathematiker, dann hätte er überhaupt nicht gedacht und wäre leicht dem Präfekten ins Garn gegangen."

„Ihre Behauptung", sagte ich, „setzt mich in Erstaunen, denn sie widerspricht völlig der allgemeinen Ansicht. Seit Jahrhunderten gilt doch gerade das mathematische Denken als das einzige unwiderleglich richtige Denken."

„Ich gebe zu," erwiderte Dupin, „daß die Mathematiker ihr Bestes getan haben, den populären Irrtum, auf den Sie anspielen, zu verbreiten. Aber ich bestreite die praktische Anwendbarkeit und damit den Wirklichkeitswert ihrer abstrakten Formeln. Das mathematische Denken ist einfache Logik, die sich auf Form und Quantität bezieht. Im eigentlichen Leben, nehmen Sie zum Beispiel die Moral, haben mathematische Axiome gar keinen Sinn. Oder wenn Sie zwei gleichstarke Motive zueinander addieren, so haben sie nun nicht etwa ihren doppelten Wert. Trotzdem brauchen Sie einem Mathematiker, der Ihnen beweist, daß $x^2 + px = q$ ist, nur durch ein Experiment zu zeigen, daß die Formel im wirklichen Leben nicht immer stimmt. Dann kann ich Ihnen raten, sich so schnell wie möglich zu entfernen, denn er wird zweifelsohne versuchen, Sie niederzuschlagen.

Ich wollte Ihnen also nur sagen," fuhr Dupin fort, während ich über seine letzte Bemerkung noch lachte, „daß der Präfekt mir schwerlich den Scheck hätte auszuschreiben brauchen, wenn der Minister weiter nichts als ein Mathematiker gewesen wäre. Ich wußte aber, daß er zugleich auch ein Dichter war, und traf danach meine Maßnahmen. Er war auch außerdem noch ein Höfling und ein verwegener Intrigant. Ein solcher Mann mußte sowohl die Straßenüberfälle wie die polizeilichen Hausdurchsuchungen vorausgesehen und in Berechnung gezogen haben.

Gerade das häufige Fortbleiben vom Hause, das dem Präfekten so bequem war, betrachtete ich als List, um der Polizei das Suchen zu erleichtern und sie um so schneller davon zu überzeugen, daß sich der Brief nicht in dem Hause befinde. Alles was die Polizei dachte, hatte sich der Minister sicherlich auch schon durch den Kopf gehen lassen, und er wußte, daß selbst das feinste Versteck den genauen Methoden der Polizei nicht entgehen konnte. Ich begriff daher, daß er notwendigerweise auf etwas ganz Einfaches verfallen, ja, sich sogar das Allereinfachste aussuchen mußte. Sie erinnern sich wohl, wie laut der Präfekt lachte, als ich ihm bei seinem ersten Besuch sagte, das Geheimnis mache ihm vielleicht nur deshalb solche Mühe, weil es gar zu leicht zu lösen sei."

„Ja," sagte ich, „ich erinnere mich noch sehr gut an sein Lachen. Ich dachte fast, er wäre darüber erstickt."

„Sehen Sie," fuhr Dupin fort, „der Präfekt würde in seinem ganzen Leben nicht auf den Gedanken gekommen sein, daß der Minister vielleicht den Brief geradezu aller Welt dicht vor die Nase gelegt hätte, um so am gründlichsten zu verhüten, daß ihn irgend jemand fände. Ich aber dachte an D.'s scharfen Verstand, an die Tatsache, daß er den Brief immer zur Hand haben mußte, um ihn eventuell sofort zu benutzen, und kam so, besonders da ihn der Präfekt an einem versteckten Ort nicht gefunden hatte, zu der festen Überzeugung, daß der Minister auf den naheliegenden und klugen Ausweg verfallen war, ihn überhaupt nicht zu verstecken.

Von dieser Überzeugung erfüllt, setzte ich eine grüne Brille auf und machte eines Morgens einen ganz zufälligen Besuch im Ministerhotel. Ich traf D. zu Hause an. Er lungerte wie gewöhnlich gähnend herum und tat so, als langweilte er sich unendlich. In Wirklichkeit ist er vielleicht der energischste Mensch unserer Zeit – aber nur, wenn ihn niemand sieht.

Um mich als ebenso harmlos hinzustellen, klagte ich über meine schwachen Augen, die mich zwängen, eine Brille zu tragen. Während ich aber ganz in die Unterhaltung mit meinem Wirt vertieft zu sein schien, durchforschte ich unter dem Schutz dieser Brille sorgfältig und gründlich das ganze Zimmer.

Besondere Beachtung schenkte ich einem großen Schreibtisch, neben dem er saß. Alle möglichen Briefe und sonstigen Papiere lagen in wirrem Haufen darauf, ferner zwei Musikinstrumente und ein paar Bücher. Ich konnte aber trotz langem und sorgfältigem Beobachten hier nichts Verdächtiges finden. Schließlich blieben meine Augen, die ich durch das ganze Zimmer schweifen ließ, an einem armseligen Kartenhalter von Pappe haften, der mitten über dem Kaminsims an einem schmutzigen, blauen Band von einem kleinen Bronzeknopf herabbaumelte. In dem Halter, der drei oder vier Fächer hatte, lagen fünf bis sechs Visitenkarten und ein einzelner Brief. Dieser war ziemlich schmutzig und zerknittert. Er war in der Mitte fast durchgerissen, als habe man einen Augenblick die Absicht gehabt, ihn wie eine völlig wertlose Sache einfach fortzuwerfen, und dann diese Absicht geändert. Er trug ein großes, schwarzes Siegel mit einem sehr auffälligen D. als Monogramm und war in einer zierlichen Damenhandschrift an den Minister selbst adressiert. Er sah aus, als sei er gleichgültig und, wie es schien, verächtlich in eins der oberen Fächer des Kartenhalters hineingeworfen worden.

Kaum war mein Blick auf diesen Brief gefallen, als ich auch schon überzeugt war, daß es der gesuchte sei. Natürlich glich er äußerlich ganz und gar nicht dem, dessen genaue Beschreibung uns der Präfekt vorgelesen hat. Statt des kleinen, roten Siegels mit dem Wappen der herzoglichen Familie S. war hier ein großes, schwarzes angebracht mit einem D. als Monogramm. Auch die Handschrift war gänzlich verschieden, und nur in der Größe glichen sich die beiden Briefe. Aber gerade diese vollständige Verschiedenheit, der schmutzige, zerrissene

Zustand, der so gar nicht zu den wirklichen Gewohnheiten des Ministers paßte, die offenbare Absicht, dem Beobachter den Glauben an die Wertlosigkeit des Schriftstückes einzuprägen, die allzu auffällige Lage dicht vor aller Augen, erweckten meinen Verdacht. Ich zog meinen Besuch so lange hinaus, wie es nur ging und während ich den Minister in ein angeregtes Gespräch über einen Gegenstand verwickelte, der, wie ich wußte, ihn noch immer gefesselt hatte, hielt ich meine ganze Aufmerksamkeit auf den Brief gerichtet. Ich prägte mir genau sein äußeres Aussehen und seine Lage in dem Kartenhalter ein. Dabei entdeckte ich auch, was mir den letzten Zweifel nahm, an den Falten, daß man, wie bei einem Handschuh, sein Inneres nach außen gewendet und ihn dann von neuem gesiegelt hatte. Ich verabschiedete mich von dem Minister und ging meiner Wege, wobei ich aber eine goldene Schnupftabakdose auf dem Tische liegen ließ.

Am nächsten Morgen sprach ich noch einmal wegen der Schnupftabakdose vor, und wir nahmen das Gespräch vom Tage vorher sehr lebhaft wieder auf. Mitten in dem Gespräch hörten wir gerade unter den Fenstern des Hauses einen Knall wie von einer Pistole, worauf ein paar entsetzte Schreie und laute Rufe einer erschreckten Volksmenge folgten. D. rannte ans Fenster, zog es empor und blickte hinaus. Inzwischen ging ich an den Kartenhalter, nahm den Brief heraus und steckte ihn in meine Tasche. Ich ersetzte ihn durch eine genaue Nachbildung (zum wenigsten was das äußere Aussehen anbetraf), die ich zu Hause sorgfältig hergestellt hatte.

Der Lärm auf der Straße war durch das wahnsinnige Benehmen eines Mannes verursacht worden, der eine Flinte mitten in eine Gruppe von Frauen und Kindern abgefeuert hatte. Da sich aber herausstellte, daß keine Kugel in dem Lauf gewesen war, ließ man den Burschen als Verrückten oder Trunkenbold laufen. Als er gegangen war, kam D. vom Fenster, wohin ich ihm sofort nach Wegnahme des Briefes gefolgt war, wieder in die Mitte des Zimmers, und ich verabschiedete mich auch bald nachher. Der angeblich Verrückte war ein von mir bezahlter Mann gewesen."

„Aber zu welchem Zwecke", fragte ich, „ersetzten Sie den Brief durch eine Nachbildung? Wäre es nicht einfacher gewesen, bei Ihrem ersten Besuch den Brief offen wegzunehmen und davonzugehen?"

„D. ist ein verzweifelter Charakter", sagte Dupin, „und hat Mut. Er verfügt auch in seinem Hause über sehr ergebene Diener. Hätte ich den tollen Versuch gemacht, den Sie mir rieten, ich wäre wohl nicht lebendig herausgekommen, und in Paris hätte man nie wieder von mir gehört. Aber ich hatte auch einen andern, und zwar einen politischen Grund. Ich trete für die Partei dieser Dame ein. Achtzehn Monate lang hat der Minister sie in seiner Gewalt gehabt. Jetzt ist es umgekehrt, denn da er nichts von dem Verschwinden des Briefes weiß, wird er weiter so handeln wie bisher. Und damit wird er sich selbst eine Blöße stellen und seine politische Laufbahn vernichten. Es wird ein tiefer und sehr unangenehmer Sturz sein. Ich habe jedenfalls kein Mitleid mit ihm, denn er ist ein monstrum horrendum[1], ein Genie ohne Moral. Ich gestehe übrigens, daß ich gern sein Gesicht sehen möchte, wenn er merkt, daß eine „gewisse Person", wie der Präfekt sie nennt, ihn fallen läßt, und er nun den Brief öffnet, den ich für ihn zurückgelassen habe."

„Wie? Haben Sie etwas hineingeschrieben?"

„Nun, es schien mir nicht ganz recht zu sein, das Innere leer zu lassen, das wäre eine Beschimpfung gewesen. D. hat mir einmal in Wien einen bösen Streich gespielt, und ich sagte ihm scherzhaft, er würde sich noch einmal daran erinnern. Da ich nun weiß, daß er gern erfahren wird, wer ihn überlistet habe, so wollte ich ihm wenigstens einen Anhalt geben. Er kennt meine Handschrift sehr gut, und so schrieb ich mitten auf das leere Blatt nur die Worte:

... Un dessein si funeste,
S'il n'est digne d'Atrée, est digne de Thyeste.[2]

Die Verse sind aus Crébillons Atrée."[3]

---

[1] Schreckliches Ungeheuer (lat.).

[2] Solch ein unheilbringender Plan, ist, wenn er nicht Atrée würdig ist, Thyeste würdig.

[3] Prosper-Jolyot de Crébillon (1674-1762), seiner Zeit hochgeschätzter französischer Dramatiker; von ihm stammt das hier zitierte Werk *Atrée und Thyeste*.

William Wilson

Ich will mich hier William Wilson nennen, und die reinen Blätter, die jetzt vor mir liegen, sollen mit meinem richtigen Namen nicht beschmutzt werden. Dieser ist ja auch viel zu sehr der Gegenstand des Abscheus, des Entsetzens, der Verachtung meiner Mitmenschen geworden. Hat sich nicht bis in die fernsten Winkel des Erdballs der öffentliche Unwille über meine unerhörten Schandtaten verbreitet? O Auswurf des allerniedrigsten Auswurfs! Bist du nicht auf ewig tot für die schöne Welt? Für ihre Freuden und Blüten und ihre goldenen Träume? Und schwebt nicht eine dichte, häßliche, endlose Wolke zwischen deinem Hoffen und dem Himmel?

Ich möchte, selbst wenn ich es könnte, hier heute keinen Bericht über meine letzten, von unaussprechlichem Elend und unverzeihlichen Verbrechen erfüllten Jahre hinschreiben. Diese Zeit – die der letzten Jahre – hat mit einem plötzlichen Anwachsen meiner Verworfenheit begonnen, dessen Ursprung zu schildern der einzige Zweck meiner Aufzeichnungen ist. Die meisten Menschen werden gradweise schlechter, von mir aber fiel tatsächlich in einem Augenblick alles Gute wie ein Mantel herab. Von verhältnismäßig schlechter Harmlosigkeit ging ich mit einem Riesenschritt über alle Ungeheuerlichkeiten eines Heliogabal[1] hinaus.

Welch ein Zufall, welch ein Ereignis dieses Böse in mir zum Ausbruch brachte, will ich so gleichmütig wie möglich erzählen. Mein Tod ist nahe, und der Schatten, der ihm vorausfliegt, hat einen besänftigenden Einfluß auf meine Seele ausgeübt. In dem Augenblick, da sich das dunkle Tal mir öffnet, sehne ich mich nach dem Mitgefühl, ich hätte bald gesagt, nach dem Mitleid meiner Mitmenschen. Ich möchte sie gern glauben machen, daß ich gewissermaßen ein Sklave von Umständen

[1] Hohepriester des Sonnengottes Elgabal in Emesa (204-222 n. Chr.); mit 14 Jahren zum römischen Kaiser gekrönt, erhielt er den Namen Marcus Aurelius Antonius. Nach vier Jahren Amtszeit wurde er bei einem Aufstand getötet.

war, die mit übermenschlicher Kraft wirkten. Ich möchte, daß sie in der Wüste meiner Irrtümer doch auch die Oase eines bösen Schicksals bemerken. Ich möchte ihnen, wenn sie es erlauben, zu bedenken geben, daß, so groß auch immer Versuchung auf einzelnen Menschen gelastet haben mag, doch niemals ein Mensch so schwer wie ich versucht worden ist, und daß sicherlich keiner einen solchen Fall getan hat. Aus dem gleichen Grunde hat wohl auch niemand so wie ich gelitten. Habe ich denn nicht immer wie im Fieber gelebt? Sterbe ich jetzt nicht in Angst und Grauen als Opfer der wahnsinnigsten Visionen, die sich je unter dem Mond ereignet haben?

Ich stamme aus einem Geschlecht, das zu allen Zeiten durch sein phantastisches und leicht erregbares Temperament aufgefallen ist, und gab schon in frühester Kindheit Beweise, wie sehr ich diesen Familiencharakter geerbt hatte. Je mehr ich heranwuchs, desto stärker prägte es sich aus, so daß meine Freunde manchen Grund zur Beunruhigung hatten und ich mir selbst häufig Schaden zufügte. Ich wurde eigenwillig, überließ mich den wildesten Launen und unbeherrschtesten Leidenschaften. Meine willensschwachen und an ähnlichen Fehlern leidenden Eltern konnten nur wenig zur Unterdrückung meiner schlechten Neigungen tun. Einige schwache und unzulängliche Versuche versagten ganz und bestärkten mich nur im Triumph des Bösen. Von da ab wurde meine Stimme im Hause Gesetz, und in einem Alter, wo die meisten Kinder noch am Gängelband geführt werden, überließ man mich schon meinem eigenen Willen, und ich konnte tun und lassen, was mir behagte.

Meine frühesten Erinnerungen aus meiner Schulzeit knüpfen sich an ein großes, weitschweifiges Gebäude im elisabethanischen Stil, das in einem düster aussehenden englischen Städtchen mit ganz alten Häusern lag und von einer großen Menge riesiger und zerfallener Bäume umgeben war. Wirklich, diese alte, ehrwürdige Stadt bildete einen traumhaft stillen Winkel. Noch jetzt glaube ich, die kühle Frische der dunkelschattigen Alleen zu fühlen, den Duft der unzähligen Sträucher einzuatmen und wieder mit unsagbarem Entzücken den tiefen, hohlen Klang der Kirchenglocke zu hören, die nach jeder Stunde mit einem plötzlichen Dröhnen die versonnene Stille unterbrach, in der der gezackte gotische Turm in Schlaf gebettet lag.

Umgeben von den schweren Mauern dieses alten Schulgebäudes verbrachte ich, aber ohne Abneigung und Widerwillen, das dritte Jahrfünft meines Lebens. Das an Einfällen so reiche Gehirn des Kindes braucht nicht viele äußere Eindrücke, um sich zu beschäftigen oder zu unterhalten, und die scheinbar so traurige Eintönigkeit des Schullebens barg für mich tiefere Erregungen, als mir der Luxus meiner reiferen Jugend und die Verbrechen meiner Mannesjahre geboten haben. Trotzdem glaube ich, daß meine erste geistige Entwicklung eine ziemlich ungewöhnliche, ja vielleicht unnatürliche gewesen ist. Gewöhnlich üben die Ereignisse der Kindheit auf das Leben im reiferen Alter doch selten eine bestimmte Wirkung aus. Alles ist grauer Schatten – ist schwaches, unbestimmtes Erinnern – eine unbestimmte Menge dürftiger Vergnügen und eingebildeter Leiden. Bei mir aber ist das nicht so. Ich muß als Kind alles das schon mit männlicher Energie empfunden haben, was noch jetzt mit unvergänglichen Linien tief und fest in mein Gedächtnis eingegraben ist.

Und wirklich gaben mir mein Feuer, mein begeistertes Fühlen und das Gebietende meines Wesens einen hervorragenden Platz unter meinen Mitschülern, und nach und nach gewann ich eine gewisse Herrschaft über alle Gleichaltrigen – mit einer einzigen Ausnahme. Diese Ausnahme war ein Schüler, der, obgleich er nicht mit mir verwandt war, doch denselben Vornamen und Familiennamen wie ich trug. Übrigens braucht man das noch nicht für ein besonders merkwürdiges Zusammentreffen zu halten, denn mein Name war trotz meiner sehr vornehmen Abstammung auch unter den niederen Klassen sehr gebräuchlich. Mein Namensvetter nun wagte es allein in meiner Klasse, mit mir zu wetteifern und bei Sport und Spiel mir entgegenzutreten. Er widersprach meinen Worten, unterwarf sich nicht meinem Willen und durchkreuzte bei jeder Gelegenheit meine Pläne.

Nun gibt es nirgendwo auf der Welt einen so grenzenlosen Despotismus wie den, den ein überlegener Geist in der Knabenzeit über seine weniger energischen Spielgefährten ausübt. Wilsons Rebellion war für mich eine Quelle fortwährender Verlegenheit, und das um so mehr, weil ich zwar öffentlich ihm und seinen Anmaßungen in prahlerischem Hohn entgegentrat, innerlich ihn aber fürchtete und wußte, daß die Leichtigkeit, mit der er es mit mir aufnahm, ein Beweis für seine tatsächliche Überlegenheit war. Aber von dieser Überlegenheit oder auch nur Gleichheit hatte niemand außer mir eine Ahnung, denn meine Kameraden waren in dieser Beziehung mit Blindheit geschlagen. In Wirklichkeit zeigte sich auch sein Wettbewerb, sein Widerstand und besonders sein hartnäckiges und zähes Durchkreuzen meines Wollens mehr im geheimen. Von dem Ehrgeiz, der mich antrieb, und der leidenschaftlichen Energie, durch die ich Erfolge gewann, schien er gar nichts in sich zu haben, so daß es aussah, als handle er nur aus einem seltsamen Wunsch, mich zu ärgern, zu verblüffen oder zu quälen. Manchmal aber auch bemerkte ich mit einem Gefühl des Staunens, der Beschämung und der Wut, wie er in seine Beleidigungen, Kränkungen und Widersprüche einen ganz unangebrachten und mir unangenehmen Ausdruck der Zuneigung hineinmischte. Ich schrieb dieses seltsame Benehmen einer tiefen Selbstverachtung zu, die sich unter einer Miene überlegener Gönnerschaft verbarg.

Vielleicht war es diese letzte Eigenheit seines Benehmens, die in Verbindung mit der Gleichheit unserer Namen und der Tatsache, daß wir am gleichen Tag in die Schule eingetreten waren, in den oberen Klassen des Instituts die Meinung verbreitete, wir seien Brüder. Nun war Wilson, wie ich schon erwähnt habe, auch nicht im entferntesten mit meiner Familie verwandt. Trotzdem hätte man uns sogar für Zwillinge halten können, denn wie ich nach dem Verlassen des Instituts zufällig erfuhr, ist mein Namensvetter merkwürdigerweise genau wie ich am neunzehnten Januar 1809 geboren worden.

Seltsam mag es auch erscheinen, daß ich trotz des fortwährenden Unbehagens, das mir der Wettbewerb Wilsons und sein unerträglicher Trieb, mir zu widerstreiten, verursachte, es doch nicht dazu bringen konnte, ihn wirklich zu hassen. Wir hatten zwar fast jeden Tag einen Streit, bei dem ich stets vor der Öffentlichkeit den Sieg davontrug, er mich aber heimlich irgendwie fühlen ließ, daß er ihn verdient habe, doch kam es infolge meines Stolzes und seiner inneren Würde nie zu einem völligen Abbruch unserer Beziehungen. Auf der anderen Seite gab es soviel gemeinsames in unserem Wesen, daß sich vielleicht ohne unsere Rivalität zwischen uns eine gewisse Freundschaft entwickelt hätte. Es ist wirklich schwer, meine Gefühle, die ich zu ihm hegte, richtig zu beschreiben. Sie bildeten eine bunte Mischung der widerstrebendsten Dinge. Es war darunter eine verdrießliche Abneigung, die aber nicht zum Haß auswuchs, etwas Achtung und noch mehr Respekt, sehr viel Furcht und eine ganze Welt unbezähmbarer Neugierde. Für den Menschenkenner brauche ich nicht hinzuzufügen, daß Wilson und ich auch ganz unzertrennliche Gefährten waren.

Natürlich führte das unnatürliche Verhältnis, das zwischen uns herrschte, dazu, allen meinen häufigen, teils offenen, teils versteckten Angriffen gegen ihn, einen scherzhaften Charakter zu geben. Und so sehr ich ihn dadurch verletzen wollte, zu offener und ernsthafter Feindschaft ging ich doch nicht über. Aber meine Versuche, so witzig ich sie vorbereitet hatte, waren doch selten erfolgreich, denn mein Namensvetter besaß jene selbstverständliche und ruhige Sicherheit, die zwar die Schärfe ihres eigenen Witzes anzuwenden weiß, aber selbst keine verwundbare Stelle hat und darum wenig Grund zum Lachen gibt. Ich fand überhaupt nur einen schwachen Punkt bei ihm, der in einem, vielleicht durch eine chronische Krankheit herbeigeführten körperlichen Mangel lag. Mein Nebenbuhler litt an einer Schwäche der Kehlkopforgane, die ihn hinderte, seine Stimme jemals über ein ganz leises Flüstern zu erheben. Ein anderer Gegner hätte vielleicht gerade diesen Mangel geschont, aber ich war am Ende meines Witzes und verfehlte nicht, so gut ich konnte, aus dieser Flüsterstimme meinen Vorteil zu ziehen.

Wilson zahlte mir meinen Spott auf mannigfaltige Weise heim, besonders gab es eine Sache, mit der er mich maßlos quälte. Wie sein Scharfsinn es eigentlich entdeckt hat, daß etwas so Geringfügiges mich so ärgern konnte, habe ich nie herausgefunden. Als er es aber einmal wußte, verfehlte er nicht, täglich davon Gebrauch zu machen. Ich hatte immer gegen meinen durchaus nicht vornehmen Familiennamen einen Widerwillen gehabt, ebenso auch gegen meinen direkt plebejischen Vornamen. Die Worte waren Gift in meinen Ohren, und als mit mir zusammen ein zweiter William Wilson auf das Institut kam, ärgerte ich mich, daß ein zweiter, ein Fremder meinen Namen trug, und daß ich ihn jetzt doppelt häufig hören mußte.

Aber dieser Verdruß wuchs erst recht, als ich mit jedem Augenblick klarer bemerkte, welch eine starke geistige und körperliche Ähnlichkeit zwischen uns bestand. Ich wußte damals noch nichts von unserer Gleichaltrigkeit, aber ich bemerkte, daß wir von derselben Größe und auch sonst an Statur und Gesichtsausdruck uns gleich waren. Ich ärgerte mich auch über das Gerede in den oberen Klassen, wir beide seien miteinander verwandt. Mit einem Wort, nichts konnte mich mehr verwirren als irgendeine Anspielung auf geistige oder körperliche Ähnlichkeit zwischen uns. Ich suchte diese Verwirrung natürlich sorgfältig zu verbergen, und ich glaube auch nicht, daß außer Wilson selbst irgend jemand auf diese Ähnlichkeit geachtet oder gar darüber gesprochen hat. Daß er sie in jeder Hinsicht und so scharf wie ich kannte, war offenbar; aber daß er meine sorgfältig verheimlichten inneren Gefühle darüber entdeckte, beweist seinen ungewöhnlichen Scharfsinn.

Er machte sich nun ein Vergnügen daraus, mich durch Worte und Handlungen aufs vollkommenste nachzuahmen, und spielte seine Rolle ausgezeichnet. Meine Kleidung zu kopieren war nicht schwer, auch gelang ihm meine Gangart und meine Haltung ohne Schwierigkeit. Aber sogar auch meine Stimme entging ihm nicht trotz seines körperlichen Fehlers. Natürlich konnte er nicht den lauten Ton erreichen, aber die Grundlage war dieselbe, und sein eigenartiges Flüstern wurde das genaue Echo des meinigen.

Wie sehr dieses ganz vollkommene Abbild meines Wesens mich quälte (denn man konnte es nicht eine Karikatur nennen), will ich nicht versuchen zu beschreiben. Mein einziger Trost dabei war, daß offenbar niemand außer mir selbst diese Nachahmung bemerkte, und daß nur ich das Wissen und das seltsame, sarkastische Lächeln meines Namensvetters ertragen mußte. Zufrieden damit, auf mich den beabsichtigten Eindruck gemacht zu haben, schien er innerlich über den Stich, den er mir beigebracht hatte, zu lächeln und machte sich bezeichnenderweise nichts aus dem öffentlichen Beifall, den er mit einem solchen gelungenen Witz sicherlich leicht hätte erzielen können. Daß die Schule wirklich nichts von seiner Absicht merkte, die Ausführung nicht sah und nicht darüber grinste, das bildete lange und angstvolle Monate hindurch ein mir unlösbares Rätsel. Vielleicht war es gerade die Vollendung seiner Nachahmung, die sie als solche verbarg, vielleicht verdankte ich meine Sicherheit auch dem meisterhaften Gesichtsausdruck des

Nachahmers, der es verschmähte, einem blöden Publikum den Schlüssel zu geben, und mir allein das Nachdenken und den Ärger über sein witziges Spiel zu kosten gab.

Ich habe schon von der unangenehmen, gönnerhaften Miene gesprochen, die er mir gegenüber annahm, und von seinen häufigen, zudringlichen Einmischungen in meine Absichten. Diese Einmischungen nahmen manchmal den Charakter von Ermahnungen an, von Ermahnungen, die nicht offen erteilt, sondern durch Winke und Hindeutungen gegeben wurden. Ich empfing sie mit einem Widerstreben, das immer mehr wuchs, je älter ich wurde. Aber heute, nach so langer Zeit, möchte ich ihm doch die Gerechtigkeit zukommen lassen und anerkennen, daß er sich nicht ein einziges Mal in dem, was er mir riet, geirrt hat, und daß, abgesehen von seinen sonstigen Fähigkeiten, sein moralisches Gefühl weit über meinem eigenen stand. Vielleicht wäre ich heute ein besserer und damit auch ein glücklicherer Mann, hätte ich nicht so oft seinen Rat zurückgewiesen, den er mir in seinem so ernsten und von mir so gehaßten Flüsterton zu geben pflegte.

So aber wehrte ich mich immer hartnäckiger gegen seine abscheuliche Vormundschaft, und von Tag zu Tag kämpfte ich offener gegen das, was ich seine unerträgliche Anmaßung nannte. Wie ich schon sagte, hätten die Gefühle, die ich in den ersten Jahren der Schulzeit für ihn hegte, leicht zur Freundschaft reifen können, in den letzten Monaten aber gingen meine Gefühle, obgleich sein Wesen zweifellos viel zurückhaltender geworden war, in hohem Maße zu offenem Haß über. Bei einer Gelegenheit bemerkte er das, glaube ich, und mied mich von da ab, oder tat wenigstens so, als ob er mich miede.

Um dieselbe Zeit, wenn ich mich recht erinnere, geriet ich mit ihm in einen heftigen Streit, in dessen Verlauf er mehr als sonst aus seiner Zurückhaltung fiel und mit einer Offenheit seines Wesens sprach und handelte, die ihm sonst sehr fremd war. Bei dieser Gelegenheit glaubte ich in dem Ton seiner Sprache, in seinem Gesicht und in seiner ganzen Erscheinung etwas zu entdecken, was mich zuerst erschreckte und dann aufs tiefste interessierte, denn es brachte in mein Bewußtsein verschwommene Bilder aus meiner allerfrühesten Kindheit, wilde, verworrene, sich drängende Erinnerungen an eine Zeit, wo die

Erinnerung noch gar nicht geboren ist. Ich kann die Empfindung, die mich überfiel, nicht besser beschreiben, als wenn ich sage, ich hätte nur mit Mühe den Glauben von mir abgeschüttelt, mit diesem Wesen, das da vor mir stand, sei ich schon einmal vor unendlich ferner Zeit bekannt gewesen. Diese Einbildung verschwand aber ebenso schnell wie sie gekommen war, und ich erwähne sie nur, weil ich damals meine letzte Unterredung mit dem seltsamen Namensvetter hatte.

Das riesige alte Haus mit seinen unendlich vielen Unterabteilungen hatte verschiedene große Zimmer, die miteinander in Verbindung standen und den Schülern als Schlafräume dienten. Es gab aber auch, wie das bei einem so planlos errichteten Gebäude natürlich war, viele kleine Ecken und Winkel, die zu kleinen Zimmerchen eingerichtet waren und wenigstens für einzelne noch Schlafgelegenheiten gaben. In einem dieser ganz kleinen Räume wohnte Wilson.

Eines Abends gegen Ende meines fünften Schuljahres und unmittelbar nach dem eben erwähnten Streit, erhob ich mich, als alle andern schliefen, aus dem Bett und schlich mich mit einer Lampe in der Hand aus meinem Schlafzimmer nach dem meines Gegners. Ich hatte schon lange geplant, ihm noch einmal einen dieser boshaften Streiche zu spielen, wie sie mir bisher immer wieder mißglückt waren. Jetzt sollte es mir aber gelingen, und ich wollte ihn den ganzen Haß fühlen lassen, der sich in mir angesammelt hatte. Als ich das Zimmerchen erreicht hatte, trat ich geräuschlos hinein, indem ich die abgeblendete Lampe draußen ließ. Ich näherte mich einen Schritt und lauschte auf seine ruhigen Atemzüge. Als ich mich überzeugt hatte, daß er schlief, kehrte ich zurück, nahm die Lampe und trat von neuem an das Bett. Dichte Vorhänge hingen davor, die ich zur Ausführung meines Planes langsam und ruhig zurückzog. Als aber nun das helle Licht strahlend auf den Schläfer fiel, und ich im gleichen Augenblick auf sein Gesicht sah, durchfuhr meinen ganzen Körper plötzlich eine eisige Erstarrung. Meine Brust bebte, meine Knie zitterten, und ein rätselhaftes, unbeschreibliches Angstgefühl erfaßte meine Seele. Nach Atem ringend senkte ich die Lampe näher an das Gesicht heran. Waren dies – waren dies wirklich die Züge William Wilsons? Ich überzeugte mich, daß es tatsächlich seine Züge waren, und schüttelte mich doch vor Entsetzen über meine Einbildung, sie könnten es doch nicht sein. Was gab es denn in ihnen, was mich bestürzt machte? Ich starrte, während mein Gehirn von einer Flut wirrer Gedanken betäubt war. Nein, so sah er nicht aus, so sah er gewiß nicht aus in der Lebendigkeit seiner wachen Stunden. Der gleiche Name, die gleiche Gestalt, der gleiche Tag der Ankunft in der Schule, und dabei die hartnäckige, sinnlose Nachahmung meines Gangs, meiner Stimme, meiner Gewohnheiten und Bewegungen! Konnte es wirklich im Bereich irdischer Möglichkeit liegen, daß das, was ich jetzt sah, nur die einfache Folge alltäglicher Gewohnheit einer spottlustigen Nachahmung war? Von Grauen ergriffen und mit zuckenden Schultern löschte ich die Lampe und schlich mich still aus dem Zimmer. Ich verließ zur gleichen Stunde die Räume der alten Schule, um nie wieder dorthin zurückzukehren.

Nach Verlauf von einigen Monaten, die ich zu Hause müßig verbracht hatte, befand ich mich als Student in Eton. Trotz der kurzen Zwischenzeit waren die Erinnerungen an die letzten Ereignisse im Schulinstitut schon merklich erblaßt, oder vielmehr, ich sah jetzt alles mit viel skeptischeren Augen an. Ich glaubte nicht mehr an die Wirklichkeit des Erlebten und zog selbst das deutlich Gesehene in Zweifel. Wenn ich überhaupt noch einmal an die Geschichte dachte, dann geschah es nur mit einem Staunen über die menschliche Leichtgläubigkeit und mit einem Lächeln über die lebhafte Einbildungskraft, die ich von meinen Vorfahren geerbt hatte. Auch war das Leben, das ich in Eton führte, nicht geeignet, meine materialistische Auffassung abzuschwächen. Der Strudel gedankenloser Vergnügungen, in den ich mich hier sofort mit aller Rücksichtslosigkeit hineingestürzt hatte, wusch alles Schöne meiner vergangenen Stunden hinweg und verschlang alle tieferen und ernsteren Eindrücke, so daß ich mich nur noch an die Nichtigkeiten meines früheren Lebens erinnerte.

Ich möchte hier nun nicht das elende, schändliche Leben erzählen, bei dem ich mich über alle Gesetze hinwegsetzte und die Wachsamkeit der Universität zu täuschen wußte. Drei tolle Jahre vergingen, in denen ich nichts lernte als lasterhafte Gewohnheiten, aber mich körperlich erstaunlich entwickelte. Einmal lud ich nach einer in niedrigen Ausschweifungen verbrachten

Woche eine kleine Gesellschaft der zügellosesten Studenten zu einem geheimen Gelage in meine Zimmer ein. Wir kamen spät abends zusammen, denn unsere Schwelgereien dauerten gewöhnlich bis in den hellen Morgen hinein. Der Wein floß in Strömen, nach andern und vielleicht gefährlicheren Vergnügungen verlangten wir nicht, und im Osten dämmerte schon das Morgengrauen, als wir uns auf dem Höhepunkt unserer wilden Ausschweifung befanden. Sinnlos erregt vom Trinken und Kartenspiel wollte ich gerade einen besonders ruchlosen Toast ausbringen, als plötzlich die Tür halb aufgerissen wurde, und ich draußen die heftige Stimme meines Dieners hörte. Er teilte mir mit, daß jemand offenbar in großer Eile mich zu sprechen wünschte.

In meinem tollen Weinrausch erfreute mich die unerwartete Störung mehr, als sie mich in Erstaunen setzte. Ich taumelte sofort hinaus, und ein paar Schritte brachten mich in die Vorhalle des Gebäudes. In diesem hohen und nicht sehr großen Raum hing keine Lampe, und außer der ganz matten Dämmerung, die durch das halbrunde Fenster kam, war überhaupt kein Licht da. Als ich meinen Fuß über die Schwelle setzte, bemerkte ich einen jungen Mann von meiner Größe, der eine weiße Kasimirmorgenjoppe[1] trug von demselben Schnitt, wie ich sie jetzt anhatte. In dem schwachen Dämmerlicht konnte ich das zwar erkennen, aber sonst seine Gesichtszüge nicht unterscheiden. Bei meinem Eintreten eilte er schnell auf mich zu, ergriff mich mit zudringlicher Eile beim Arm und flüsterte mir die Worte „William Wilson" ins Ohr.

In einem Augenblick wurde ich vollkommen nüchtern.

In dem Benehmen des Fremden und in dem heftigen Zittern seines erhobenen Fingers, den er zwischen das Licht und meine Augen hielt, lag etwas, was mich mit grenzenlosem Erstaunen erfüllte. Aber trotzdem hatte mich nicht gerade dies so heftig erregt. Was mich wie der Schlag einer elektrischen Batterie traf, war die feierlich mahnende Eindringlichkeit dieser leise gezischten Worte, war vor allem der seltsam bekannte Ton, der Charakter dieser wenigen geflüsterten Silben, die tausend verworrene Erinnerungen vergangener

[1] Hausjacke für Männer.

Tage in mir aufwühlten. Ehe ich wieder zur Besinnung kommen konnte, war er fortgegangen.

Obgleich dieses Ereignis einen lebhaften Eindruck auf meine wüste Phantasie machte, ging die Besinnung doch schnell vorüber. Zwar überließ ich mich einige Wochen lang ernstem Nachdenken, und die krankhaftesten Vorstellungen quälten mich. Ich versuchte nicht, mich über die Persönlichkeit des Fremden zu täuschen, der sich so hartnäckig in meine Angelegenheiten einmischte und mich mit seinen unverschämten Ermahnungen belästigte. Aber wer und was war denn nun dieser Wilson? – Woher kam er? – Was wollte er eigentlich? Auf keine dieser Fragen konnte ich eine befriedigende Antwort finden; das einzige, was ich auf Erkundigungen erfuhr, war, daß er am Nachmittag desselben Tages, an dem ich aus dem Institut entflohen war, es ebenfalls wegen eines plötzlichen Sterbefalles in seiner Familie verlassen hatte. Doch hörte ich bald auf, überhaupt über diese Dinge nachzudenken, und wurde ganz durch den Plan, nach Oxford überzusiedeln, in Anspruch genommen. Ich ging auch kurz nachher dorthin, wobei mich meine Eltern in ihrer törichten Eitelkeit aufs reichste ausstatteten. Das Geld, das sie mir aussetzten, ermöglichte es mir, mich ganz dem mir schon so unentbehrlichen Luxus zu widmen und an toller Verschwendung mit den reichsten und vornehmsten Erben Englands zu wetteifern. Ich verfiel bei meinen reichen Mitteln nun ganz dem Leben des Lasters, und meine schlechten Anlagen entwickelten sich jetzt erst mit doppelter Kraft, so daß ich die letzten Hemmungen des Anstands in dem Wahnsinn meiner Ausschweifungen verlor. Es wäre sinnlos, dieses Leben in seinen Einzelheiten schildern zu wollen. Es genügt, wenn ich sage, daß ich selbst die ausgelassensten Verschwender hinter mir ließ, daß ich eine Menge neuer Tollheiten erfand und die lange Liste von Ausweisungen, die damals in der liederlichsten Universität Europas herrschten, beträchtlich zu vergrößern wußte.

Man wird es aber kaum für möglich halten, daß ich gerade hier schließlich so tief unter das Niveau eines anständigen Menschen sinken konnte und Bekanntschaft mit den niedrigsten Falschspielern suchte. Ich hatte bald ihre verächtliche Kunst erlernt und benutzte sie ganz regelmäßig, um mein schon riesengroßes Einkommen noch auf Kosten meiner harmloseren

Studienkameraden zu vermehren. Aber gerade das Ungeheuerliche meines Verstoßes, das allem männlichen und ehrenhaften Gefühl Hohn sprach, war auch ohne Zweifel der einzige Grund, warum ich dies Verbrechen so ungestraft begehen konnte. Wer von den liederlichsten meiner Genossen würde nicht lieber dem klaren Augenschein mißtraut als vermutet haben, daß der fröhliche, offene und anständige William Wilson – der großmütigste und freigebiste Student in Oxford –, dessen Torheiten nur die Torheiten übersprudelnder Jugend waren, daß der eines solchen Verbrechens fähig wäre?

Zwei Jahre hatte ich so ohne Mißerfolg verbracht, als zur Universität ein junger Emporkömmling namens Glendinning kam, dem das Gerücht ungeheure, leicht erworbene Reichtümer zusprach. Ich fand bald heraus, daß er nicht sehr intelligent war, und hielt ihn deshalb für ein passendes Objekt meiner Künste. Ich lud ihn öfter zum Spielen ein und ließ ihn anfangs beträchtliche Summen gewinnen, um ihn nachher um so sicherer in meine Falle zu bringen. Zuletzt war mein Plan reif, und ich beschloß ein letztes und entscheidendes Zusammentreffen mit ihm. Ich hatte dafür die Wohnung eines Mitstudenten namens Preston gewählt, der mit uns beiden gleich gut bekannt war und natürlich von meiner Absicht auch nicht das geringste ahnte. Um dem Ganzen einen besseren Anstrich zu geben, hatte ich dafür gesorgt, daß sich etwa acht oder zehn Kameraden zusammenfanden, und daß das Gespräch wie zufällig auf das Kartenspiel kam, so daß es aussah, als habe mein Opfer selbst den Vorschlag gemacht. Unsere Sitzung hatte sich bis spät in die Nacht ausgedehnt, und ich war endlich soweit, Glendinning als einzigen Gegner vor mir zu haben. Das Spiel war das von mir geliebte Ecarté, und die anderen, die sich für unsere Partie interessierten, hatten ihre Karten hingeworfen und sahen uns zu. Der Emporkömmling, den ich in geschickter Weise schon früh am Abend zum starken Trinken verleitet hatte, zeigte jetzt beim Mischen, Austeilen und Spielen eine solche Erregung, daß ich sie nur zum Teil den Folgen des Trinkens zuschreiben konnte. In kurzer Zeit schuldete er mir eine sehr große Summe, und dann geschah das, was ich erwartet hatte. Er trank einen großen Schluck Portwein und schlug mir vor, die schon übertrieben hohen Einsätze zu verdoppeln. Mit gut gespieltem

Widerstreben und erst, nachdem mein wiederholtes Ablehnen seines Vorschlages ihn zu ärgerlichen Worten veranlaßt hatte, gab ich schließlich wie gezwungen nach. Der weitere Verlauf bewies, wie fest er sich in meinem Netz verstrickt hatte, denn in weniger als einer Stunde war seine Schuld aufs Vierfache angewachsen. Eine Zeitlang war die durch den Wein verursachte Röte aus seinem Gesicht gewichen, dann aber sah ich zu meinem Staunen, wie mein Gegner in wirklich angsterregender Weise erbleichte. Ich sage zu meinem Erstaunen, denn Glendinning war mir auf meine genauen Erkundigungen hin als unermeßlich reich bezeichnet worden, und wenn auch die von ihm verlorenen Summen an sich sehr beträchtlich waren, so konnten sie doch unmöglich ihn ernstlich in Verlegenheit bringen, noch weniger ihn direkt ruinieren. Nein, das naheliegendste war doch, daß ihm der vorhin getrunkene Wein zuviel geworden war, und ich wollte schon, mehr um mein Ansehen bei meinen Kameraden zu wahren als aus Rücksicht auf seinen Verlust, ein unbedingtes Abbrechen des Spieles fordern, als ich aus einigen Bemerkungen der Zuschauer und einem verzweifelten Ausruf Glendinnings entnahm, daß ich wirklich seinen vollkommenen Ruin herbeigeführt und ihn zu einem Gegenstand allgemeinen Mitleids gemacht hatte.

Wie ich mich jetzt verhalten sollte, war schwer zu sagen. Die erbarmenswerte Lage meines Opfers hatte eine trübe, drückende Stimmung über uns alle geworfen, und eine Weile herrschte tiefstes Schweigen. Meine Wangen brannten, und ich fühlte die zornigen und vorwurfsvollen Blicke, die mir die Anständigeren in der Gesellschaft zuwarfen. Ja, ich will sogar zugeben, daß eine unerträgliche Angst schwer auf mir lastete, als eine unvermutete und ganz außerordentliche Unterbrechung eintrat. Die großen, schweren Doppeltüren des Zimmers wurden plötzlich weit aufgestoßen, und dies geschah mit einer solch gewaltigen Wucht, daß sämtliche Kerzen im Zimmer wie durch Zauber ausgeblasen wurden. In ihrem erlöschenden Licht konnten wir gerade noch einen Fremden von meiner Größe erkennen, der, dicht ein einen Mantel gehüllt, eingetreten war. Dann aber herrschte vollständige Dunkelheit, und wir fühlten nur noch, daß er in unserer Mitte stand. Bevor sich aber einer von uns von dem grenzenlosen Erstaunen über die Heftigkeit seines Eindringens erholt hatte, hörten wir seine Stimme.

„Meine Herren," sagte er in einem leisen, deutlichen und nie zu vergessenden Flüstern, das mir bis in das Mark der Knochen drang, „meine Herren, ich bitte Sie nicht um Entschuldigung wegen meines Benehmens, denn ich erfülle, indem ich mich so benehme, nur meine Pflicht. Sie kennen ohne Zweifel nicht den wirklichen Charakter der Person, die heute abend im Ecarté eine große Summe von dem Lord Glendinning gewonnen hat. Ich werde Ihnen daher sagen, wie Sie auf schnelle und sichere Weise sich genau darüber informieren können. Bitte, untersuchen Sie ruhig das Innenfutter seines linken Ärmelaufschlags und die verschiedenen kleinen Paketchen, die Sie in den etwas geräumigen Taschen seines gestickten Rocks finden."

Während seines Sprechens war es so totenstill geworden, daß man eine Stecknadel hätte fallen gehört. Mit dem letzten Wort aber verschwand der Fremde ebenso schnell und so plötzlich wie er gekommen war. Kann ich – soll ich meine Empfindungen beschreiben? Muß ich gestehen, daß ich alle Schrecken der Verdammten fühlte? Sicherlich hatte ich wenig Zeit zum Überlegen. Mehrere Hände griffen sofort fest nach mir, und es wurde schnell wieder Licht gemacht. Es folgte dann eine Untersuchung, und im Futter meines Ärmels fand man alle Kartenbilder, die beim Ecarté wertvoll sind, in den Taschen meines Rockes aber eine Anzahl von vollständigen Spielen, die genau den am Tisch benutzten glichen, nur daß die meinigen, wie man das in Spielerkreisen nennt, arrondiert waren. Die Trümpfe waren am schmalen Ende, die niedrigen Karten an der Seite leicht abgerundet. Das Opfer des Falschspielers nimmt wie gewöhnlich beim Abheben in der Länge ab und gibt dem Gegner einen Trumpf. Der Falschspieler macht es umgekehrt: er nimmt breit ab und gibt dem andern eine schlechte Karte, was natürlich im Spiel sehr stark zählt.

Wäre es zu heftigen Ausbrüchen des Unwillens gekommen, so hätte mich das weniger erregt als die schweigende Verachtung, die sarkastische Ruhe, mit der die Entdeckung aufgenommen wurde.

„Mr. Wilson," sagte unser Wirt, indem er sich bückte, um zu seinen Füßen einen außergewöhnlich kostbaren Pelz aus seltenen Fellen aufzuheben. „Mr. Wilson, dies ist ihr Eigentum." (Das Wetter war kalt, deshalb hatte ich den Pelz übergezogen und ihn hier abgelegt.) „Ich denke, es ist überflüssig, daß wir uns hier noch nach weiteren Beweisen für Ihre Fähigkeiten umsehen. Wir haben genug davon. Sie werden hoffentlich die Notwendigkeit einsehen, Oxford – auf alle Fälle aber meine Wohnung – sofort zu verlassen."

So beschämt und in den Staub gebeugt, wie ich damals war, ich hätte doch auf diese galligen Worte mit einem sofortigen tätlichen Angriff geantwortet, wäre nicht meine ganze Aufmerksamkeit in diesem Augenblick durch eine sehr überraschende Tatsache gefesselt worden. Der Mantel, den ich getragen hatte, war mit ganz seltenem Pelz ausgefüttert. Wie selten, wie ungeheuer kostbar er war, wage ich gar nicht zu sagen. Auch seinen ungewöhnlichen Schnitt hatte ich selbst erfunden, da ich in solchen Dingen bis zur Narrheit anspruchsvoll war. Als mir daher Mr. Preston an der Doppeltür den Pelz überreichte, den er vom Boden aufgehoben hatte, bemerkte ich mit einem Erstaunen, das fast an Schrekken grenzte, daß ich den meinen schon auf dem Arm hängen hatte, und daß der mir überreichte in jeder, auch in der geringfügigsten Kleinigkeit das genaue Abbild davon war. Das seltsame Wesen, das mich so entsetzlich bloßgestellt hatte, war, wie ich mich erinnerte, in einen Mantel gehüllt gewesen, während sonst niemand von der Gesellschaft außer mir selbst einen solchen getragen hatte. Ich spannte alle Geisteskraft an, nahm den Pelz, den mir Preston anbot, und legte ihn unbemerkt über den andern. Dann verließ ich mit einem stolzen Blick der Verachtung das Zimmer und begann am nächsten Morgen vor Tagesanbruch, zitternd vor Angst und Scham, eine fluchtartige Reise von Oxford nach dem Kontinent. Ich floh vergebens. Mein böses Verhängnis folgte mir wie im Triumph und zeigte mir tatsächlich, daß er die Ausübung seiner geheimnisvollen Herrschaft jetzt erst begonnen hatte. Kaum hatte ich in Paris Fuß gefaßt, da erhielt ich einen frischen Beweis von dem abscheulichen Interesse, das Wilson an meinen Plänen nahm. Jahre vergingen, aber nie fand ich Ruhe. Der Elende! – Wie unzeitig und mit welcher gespensterhaften Würde trat er nicht in Rom zwischen mich und meinen Ehrgeiz! Dasselbe geschah in Wien – in Berlin – und in Moskau. Wo hatte ich einmal nicht bittere Ursache, ihm aus tiefstem Herzen zu fluchen? Vor seiner unerklärlichen Tyrannei floh ich schließlich schreckerfüllt wie vor der Pest. Ich floh bis zum Ende der Welt und floh vergebens.

Und wieder und wieder, wenn ich allein mit mir selber war, fragte ich mich: „Wer ist er? – Woher kam er? – Was will er eigentlich?" Aber nie fand ich eine Antwort. Und nun durchforschte ich mit genauester Schärfe die Arten und Formen und den leitenden Charakter seiner unverschämten Überwachung. Aber selbst hieraus war wenig zu entnehmen. Immerhin fiel es mir auf, daß er, so oft er auch meinen Weg gekreuzt hatte, immer nur solche Pläne und Handlungen zu stören pflegte, die, wenn sie ganz zur Ausführung gelangt wären, schlimmes Unheil verursacht hätten. Wahrhaftig, eine armselige Rechtfertigung für ein so gebieterisch angemaßtes Amt! Eine armselige Entschädigung für das hartnäckige, beschimpfende Versagen eines so natürlichen Rechts wie das der Selbstbestimmung!

Mir war ferner aufgefallen, daß mein Quälgeist eine sehr lange Zeit hindurch (während er mit genauester und unerklärlicher Sicherheit seine wunderliche Laune durchführte, mir äußerlich gleichen zu wollen) doch bei der Durchführung all der verschiedenartigen Einmischungen in mein Handeln es fertiggebracht hatte, daß ich niemals die Züge seines Gesichts zu sehen bekam. Mochte nun Wilson sein, wer er wollte, dies war entweder reine Affektiertheit oder Wahnsinn. Konnte er sich wirklich einen Augenblick einbilden, daß ich in dem Ermahner in Eton – in dem Zerstörer meiner Ehre in Oxford – in ihm, der in Rom meinen Ehrgeiz, in Paris meine Rache, in Neapel meine leidenschaftliche Liebe, in Ägypten was er meine Habgier nannte durchkreuzte –, daß ich in diesem meinem Erzfeind und bösen Genius nicht den William Wilson meiner Schuljahre wiedererkannte – den Namensvetter, Mitschüler und Rivalen – den verhaßten und gefürchteten Nebenbuhler im Institut? Unmöglich! – Aber ich will mich beeilen, zur letzten, ereignisreichen Szene des Dramas zu kommen.

Bisher war ich immer seiner gebietenden Herrschaft unterlegen. Die Empfindung tiefen Grauens, mit der ich gewöhnlich das erhabene Wesen, die majestätische Weisheit und die offenbare Allgegenwart und Allmacht Wilsons betrachtete, vermischt mit dem Gefühl wirklicher Angst, das mir gewisse Züge seiner Natur und seines Handelns einflößten, hatten mir bis dahin die Überzeugung meiner unbedingten Schwäche und Hilflosigkeit beigebracht, so daß ich mich, wenn auch mit bitterem Widerstreben, seinem entscheidenden Wollen unterwarf. Aber in der späteren Zeit gab ich mich immer mehr dem Weingenuß hin, der einen erregenden Einfluß auf meinen ererbten

Charakter ausübte und in mir immer mehr Wut gegen den mich beaufsichtigenden Zwang erzeugte. Ich begann zu murren – zu schwanken – zu widerstreben. Und war es nur Einbildung, daß ich zu bemerken glaubte, wie beim Anwachsen meiner eigenen Festigkeit mein Quälgeist entsprechend schwächer wurde? Sei dies, wie es wolle, jedenfalls begann in mir eine brennende Hoffnung aufzuglimmen, und schließlich wuchs in meinen geheimen Gedanken ein ernster und verzweifelter Entschluß, mich nicht länger der Sklaverei zu unterwerfen.

Es war in Rom während des Karnevals des Jahres 18.., als ich einem Maskenfest im Palast des neapolitanischen Herzogs di Broglio beiwohnte. Ich hatte mich zügelloser als sonst dem Genuß des Weins hingegeben, und jetzt quälte mich die erstickende Atmosphäre der überfüllten Räume in unerträglichem Maße. Außerdem wurde die Ungeduld meiner Stimmung noch durch die Schwierigkeit vermehrt, in der sich drängenden Menge meinen Weg zu finden, da ich begierig nach der jungen, fröhlichen und schönen Frau des alten und schwachsinnigen di Broglio suchte. Mit einem zu leichtfertigen Vertrauen hatte sie mir bei einer früheren Gelegenheit das Geheimnis des Kostüms, das sie tragen würde, verraten, und da ich jetzt einen Schimmer ihrer Person entdeckt hatte, eilte ich, um in ihre Nähe zu gelangen. In diesem Moment legte sich eine leichte Hand auf meine Schulter, und das nie zu vergessende, leise, verruchte Flüstern drang an mein Ohr.

Mit einer wahrhaft wahnsinnigen Wut wandte ich mich sofort nach dem, der mich so angehalten hatte, und ergriff ihn heftig beim Kragen. Er war, wie ich erwarten durfte, in genau dem gleichen Kostüm wie ich. Er trug einen spanischen Mantel von blauem Samt und um die Taille einen roten Gürtel, der einen Stoßdegen hielt. Eine Maske von schwarzer Seide bedeckte das ganze Gesicht.

„Schurke!“ schrie ich mit vor Wut keuchender Stimme, während jede Silbe, die ich sprach, nur noch meinen Zorn anzufeuern schien. „Schurke! Betrüger! Verfluchter Schuft! Du sollst mich nicht – du sollst mich nicht zu Tode quälen! Folge mir, oder ich steche dich hier zusammen!“ Und ich bahnte mir einen Weg aus dem Ballsaal in ein kleines Vorzimmer, wobei ich ihn unwiderstehlich mit mir riß.

Beim Eintreten stieß ich ihn wütend von mir ab. Er taumelte gegen die Wand, während ich mit einem Fluch die Tür schloß und ihm zu ziehen befahl. Er zauderte, aber nur einen Augenblick, dann zog er mit einem leisen Seufzer seinen Degen und legte sich in die Verteidigung.

Der Kampf war aber nur kurz. Ich raste in tausendfacher, wilder Erregung und fühlte in meinem einzelnen Arm die Kraft und Energie einer ganzen Menge. In wenigen Sekunden zwang ich ihn durch meine bloße Kraft gegen die Wandtäfelung, und jetzt, da er mir verfallen war, stieß ich ihm meinen Degen mit roher Wut immer wieder durch die Brust.

In diesem Augenblick rüttelte jemand an dem Riegel der Tür. Ich eilte hin, um ein Eindringen zu verhindern, und wandte mich gleich darauf wieder zu meinem sterbenden Gegner. Aber welche menschliche Sprache kann auch nur annähernd dieses Erstaunen und dieses Entsetzen beschreiben, das mich bei dem Anblick ergriff, der sich mir darbot? Der kurze Augenblick, da ich mich abwandte, hatte genügt, um eine materielle Veränderung in dem hinteren Teil des Raumes hervorzubringen. Ein großer Spiegel – wenigstens schien es mir anfangs in meiner Verwirrung einer zu sein – stand da, wo vorher keiner gestanden hatte, und als ich im äußersten Schrecken darauf zuschritt, näherte sich mir mein eigenes Bild, aber mit einem ganz bleichen und blutbefleckten Gesicht, und kam mit schwachem, taumelndem Gang zu mir heran.

Es erschien mir dies so, sage ich, denn in Wirklichkeit war es anders. Es war mein Gegner, es war Wilson, der jetzt, mit dem Tode kämpfend, vor mir stand. Seine Maske und sein Mantel lagen, wo er sie zur Erde geworfen hatte. Keinen Faden gab es an seinen Kleidern – keine Linie in den ausgeprägten und eigenartigen Gesichtszügen, die nicht bis zur absoluten Genauigkeit meine eigenen waren!

Es war Wilson. Aber er sprach nicht mehr flüsternd, und man hätte glauben können, ich selbst habe die Worte gesagt, die er äußerte:

„Du hast gesiegt, und ich unterliege. Aber von nun an bist du ebenfalls tot – tot für die Welt, für den Himmel und für die Hoffnung! In mir nur hast du gelebt – und jetzt, da ich sterbe, erkenne in meinem Bild, das dein eigenes ist, wie tief du dich selbst ermordet hast."